日本児童文学者協会70周年企画　児童文学 10の冒険

きのうまでにさよなら

編
＝
日本児童文学者協会

偕成社

児童文学　10の冒険

きのうまでにさよなら

児童文学 10の冒険

きのうまでにさよなら

もくじ

凡例

・本シリーズは各巻に三〜五点の作品を収録した。
・選集、全集などの単行本以外を底本とした場合は、出典一覧にその旨を記した。
・一部の作品は著者が部分的に加筆修正した。
・漢字には振り仮名を付した。
・表記は原則として底本どおりとし、明らかな誤記は訂正した。また、本文中の一部に現在では不適当な表現もあるが、作品発表時の時代背景などを考慮し、底本どおりとした。

ながれ星《ぼし》

川島《かわしま》えつこ

おばあちゃんが好《す》きなのは、あのゆりじゃないのに。

部屋《へや》のすみでひざをかかえて、あいは思《おも》った。

おばあちゃんの写真《しゃしん》の両《りょう》わきには、白《しろ》い花《はな》が、あふれんばかりにかざられている。

ぽってりと大《おお》きな、たいりんぎくとやまゆりだ。

おばあちゃんはゆりの花《はな》が大好《だいす》きだったけれど、いちばん好《す》きなのはやまゆりじゃなくて、たかさごゆりだった。

たかさごゆりは、やまゆりみたいに、びらびらしていない。背高《せいたか》のくきに、細《ほそ》い葉《は》っぱをはしごのようにつけ、てっぺんに白《しろ》い花《はな》をさかせる。

「あいが生《う》まれた夏《なつ》に、池《いけ》のそばに見《み》なれない草《くさ》がはえてきたと思《おも》ったら、ぽっと、この花《はな》がさいたのよ。しんてっぽうゆりににてるけど、葉《は》っぱが細《ほそ》いから、たかさごゆりかしらね」

と、おばあちゃんはいっていた。

この夏《なつ》は、そのたかさごゆりが、庭《にわ》にやけにたくさんさいた。

「これは近《ちか》ぢか、なにか、びっくりするようなことが、おこるかもしれないわ」

おばあちゃんがそういったのは、つい三日《みっか》まえだ。

「びっくりすることって、なあに？」

あいがたずねると、

「なんだかは、わからないけれど、とにかくすごいこと」

といって、おばあちゃんはわらった。おばあちゃんはいつも元気《げんき》で、たまにかぜをひく以《い》外《がい》は、大《おお》きな病気《びょうき》などしたことがなかった。

ほんとうに、すごいことがおこっちゃったよ、おばあちゃん。

あいは、鼻《はな》をすすりながら思《おも》った。

目《め》のまわりがはれぼったくて、じんじんしている。のどはからからで、手《て》も足《あし》もうまく力《ちから》が入《はい》らない。体《からだ》じゅうの水分《すいぶん》がみんな、なみだになって、ながれてしまったのかもしれない。

「あいがおよめさんにいくまで、あたしはおじいちゃんのところへはいけないね」

といって、おばあちゃんはいつも、おじいちゃんの写真《しゃしん》に手《て》を合《あ》わせていた。

おじいちゃんは、あいが生《う》まれる一か月《げつ》まえになくなった。お酒《さけ》とおさしみとゆでたまごが大好《だいす》きだった、というおじいちゃん。

あいが生《う》まれるのを、とても楽《たの》しみにしていたんだけれど、間《ま》に合《あ》わなかったわねえ、とおばあちゃんはいっていた。

なのに、おばあちゃんまで写真《しゃしん》の中《なか》に入《はい》ってしまった。ふっくらしたまる顔《がお》。目《め》が三日《みか》月《づき》みたいになる、いつものわらいかた。

おばあちゃんは、お父《とう》さんのお母《かあ》さんだ。

おばあちゃんの家《いえ》は、あいの家《いえ》から、歩《ある》いて五分《ふん》ほどのところにある。お母《かあ》さんもお父《とう》さんも仕事《しごと》がいそがしいので、あいは小《ちい》さなころから、おばあちゃんの家《いえ》にあずけられることが多《おお》かった。

学校《がっこう》がおわると、あいはおばあちゃんの家《いえ》へ帰《かえ》る。夕方《ゆうがた》、お母《かあ》さんがむかえにくるまで、あいはおばあちゃんといっしょに、おやつを食《た》べたり宿題《しゅくだい》をしたりさんぽをしたりして、毎日《まいにち》すごした。

きのうの昼休《ひるやす》み、お母《かあ》さんがとつぜん、学校《がっこう》へきた。

「おばあちゃんがたおれたらしいの。すぐ病院《びょういん》へいくわよ」

といって。

けれども、病院《びょういん》にかけつけたときはもう、おばあちゃんの顔《かお》には白《しろ》い布《ぬの》がかけられていた。

お棺《かん》の中《なか》に入《はい》ったおばあちゃんは、まるでお人形《にんぎょう》みたいに見《み》えた。白《しろ》い着物《きもの》を着《き》て、顔《かお》はきれいにお化粧《けしょう》され、生《い》きていたときよりも、少《すこ》し小《ちい》さくなった感《かん》じ。なんだか、本物《ほんもの》のおばあちゃんじゃないみたいだった。

木魚《もくぎょ》って、のんきな音《おと》だな、とあいは思《おも》う。それに、おぼうさんのお経《きょう》って、遠《とお》くで鳴《な》いているかえるの声《こえ》ににてる。

お父《とう》さんとお母《かあ》さんは、おぼうさんのすぐ後《うし》ろにすわり、となりには、おじさんやおばさんたち、たくさんのいとこたちもならんでいる。

はじめは、あいもお父《とう》さんたちといっしょにすわっていたのだけれど、泣《な》きじゃくるばかりなので、おくのざしきで休《やす》んでおいで、といわれたのだ。

でも、おばあちゃんがいるこの部屋《へや》からでることもできず、あいはひとり、しょうじの前《まえ》にぽつんとすわっていた。

おじさんたちは、みんな遠《とお》くに住《す》んでいるので、お正月《しょうがつ》でも全員《ぜんいん》そろうことは、めったにない。なのに、こんなときにだけ、きゅうにせいぞろいするなんて、へんなの、とあいは思《おも》う。

九州《きゅうしゅう》のおばあちゃんたちも、明日《あした》くるらしい。お母《かあ》さんのほうのおばあちゃんとおじいちゃんに会《あ》うのは、ひさしぶりだ。お母《かあ》さんの育《そだ》った家《いえ》はとても遠《とお》いので、あいはまだ三回《かい》くらいしかいったことがない。

ここ、知《し》らない部屋《へや》みたい。あいは、ぐるりと見《み》まわして思《おも》った。

おとといまで、おばあちゃんとおやつを食《た》べたりテレビを見《み》たりしていた居間《いま》だったのに、今日《きょう》の昼《ひる》すぎ、葬儀屋《そうぎや》さんがやってきて、かべ一面《いちめん》に白黒《しろくろ》のまくをはってしまった。

そうしたら、黒《くろ》い服《ふく》を着《き》た人《ひと》が、どんどんあつまってきた。

あいはそっと部屋《へや》をぬけだすと、縁側《えんがわ》へいった。

縁側《えんがわ》は庭《にわ》へつづいている。

もくれん、さくらそう、あじさい、ばら、さるすべり、こぎく、ききょう、はぎ、さざんか。一年《ねん》じゅうつぎつぎと花《はな》がさく、おばあちゃんじまんの庭《にわ》だ。

たかさごゆりは、金魚《きんぎょ》のいる池《いけ》のまわりに、毎年《まいとし》、五、六本《ぽん》さいていたのだけれど、今年《ことし》は、池《いけ》のそばには十一本《ぽん》、木戸《きど》の前《まえ》やもくれんの木《き》の下《した》にも、四、五本《ほん》ずつさいている。

あいは、いつものピンクのサンダルをはくと、庭《にわ》へおりた。

西《にし》の空《そら》が、もえるように赤《あか》い。たいこのおはやしが、きこえてくる。そういえば、今夜《こんや》は、夏《なつ》まつりなのだ。

おまつり、いっしょにいこうって、いってたのに。今年《ことし》は花火《はなび》につれていってくれるって、おばあちゃん、やくそくしてたのに。

あいの目《め》は、またうるんできた。

大川《おおかわ》の花火《はなび》は、おまつりのクライマックスだ。けれども、花火《はなび》は八時《じ》からなので、そんな時間《じかん》に子《こ》どもが出歩《である》くのはよくない、と、お母《かあ》さんは去年《きょねん》まで、あいが花火《はなび》にいくのをゆるしてくれなかった。

ようやく、おばあちゃんがお母《かあ》さんを説得《せっとく》してくれて、四年生《ねんせい》になったら、花火《はなび》を見《み》にいっていいことになったのだ。

やっと、四年生《ねんせい》になったのに。

東《ひがし》の空《そら》は、だんだん暗《くら》くなってきた。ぶどうジュースみたいな夜《よる》の色《いろ》。星《ほし》がひとつ、ながれた。

「おばあちゃん……」

そこまでいって、あいは言葉《ことば》につまった。

おばあちゃんが死《し》にませんように。おばあちゃんが生《い》きかえりますように。おばあちゃんといっしょに、おまつりにいけますように。……なんてねがったら、いいのだろう。

「ながれ星《ぼし》は、おじいちゃんのあいさつだからね、心《こころ》をこめてねがうと、おじいちゃんがかなえてくれるよ」

おばあちゃんはそういって、「つるばらがいい花《はな》をつけますように」「三キロやせますようしに」なんておねがいを、よくしていた。

あいも、「算数《さんすう》で百点《てん》とれますように」「飼育係《しいくがかり》になれますように」「妹《いもうと》が生《う》まれますように」と、いくつものおねがいをした。かなったものもあったし、かなわなかったものもあった。

「あい」

ふいに、ききおぼえのある声《こえ》がした。

あいが顔《かお》をあげると、もくれんの木《き》の下《した》に、ほっそりとした女《おんな》の人《ひと》が立《た》っている。

さっきまで、庭《にわ》にはだれもいなかったのに、いつのまにきたんだろう。

女《おんな》の人《ひと》はかけよってきて、いきなりあいをぎゅうっとだきしめた。

女《おんな》の人《ひと》の体《からだ》はやわらかくてあたたかくて、せっけんとお線香《せんこう》のまざったような、なつかしいにおいがした。

あいの目《め》から、うるうる、なみだがあふれてきた。

「おどろかせちゃったわね。ごめんね」

そういって、女《おんな》の人《ひと》は、

「まあ、こんなにないて」

と、白《しろ》いハンカチで、あいのなみだをふいてくれた。

二十歳《はたち》くらいだろうか。長《なが》い髪《かみ》を後《うし》ろでたばね、あわいむらさき色《いろ》のゆかたを着《き》ている。

女《おんな》の人《ひと》は、あいの髪《かみ》をやさしくなでると、

「そろそろ、いこうか」

といった。

「え。どこに？」

あいは、鼻《はな》をすすりながらたずねた。

「どこって、おまつりにきまってるでしょ」

その人《ひと》は、そうこたえてから、

「でも、そのかっこうじゃねえ……。ちょっと、いらっしゃい」

げたをぬいで、縁側《えんがわ》へあがった。

このおねえさん、いとこのだれかかなあ、とあいは思《おも》った。

あいのお父《とう》さんは、四人兄弟《よにんきょうだい》の年《とし》のはなれた末《すえ》っ子《こ》なので、あいのいとこは高校生《こうこうせい》や大《だい》学生《がくせい》ばかりだ。

みんな、小《ちい》さなあいをかわいがってくれるものの、どの人《ひと》とも、年《ねん》に一回《かい》くらいしか会《あ》わないうえに、女《おんな》の人《ひと》は会《あ》うたびに、髪《かみ》がたやお化粧《けしょう》がかわるので、だれがだれやら、ちっともおぼえられない。

おねえさんは、ろうかから、居間《いま》のしょうじを三センチほどあけた。お経《きょう》がひくくひびいている。おねえさんは口《くち》を真一文字《ま・いちもんじ》にむすび、じっとお通夜《つや》のようすを見《み》ている。

やがて、おねえさんは目《め》をとじ、両手《りょうて》をむねの上《うえ》にかさねて、しずかに息《いき》をはいた。

それからしょうじをしめ、まっすぐろうかをゆくと、台所《だいどころ》の前《まえ》で、ぴたりと足《あし》をとめた。

「あら？」

おねえさんは、ろうかのかがみをのぞいて、目《め》をまるくしている。

「こんなことって、あるのかしら……」

両手《りょうて》でパンパンとほおをたたいたり、口《くち》を大《おお》きくあけたりとじたりしながら、おねえさんはくいいるように、かがみを見《み》つめている。

「どうしたの？」

あいは、となりから、かがみをのぞきこんだ。

おねえさんの顔《かお》のよこにあいの顔《かお》がうつる。おねえさんはぎょっとしたように、ふたつの顔《かお》をながめた。そしてすぐに、

「あ。なんでもないわ」

われにかえったようにいった。それから、すたすたと台所《だいどころ》へ入《はい》り、

「のど、かわいたわね」

冷蔵庫《れいぞうこ》から麦茶《むぎちゃ》ポットをだし、ガラスのコップにつぐ。

「ほら、のんで」

おねえさんは、あいにコップを持《も》たせ、自分《じぶん》のコップにも麦茶《むぎちゃ》をつぐと、のみほした。

あいもコップに口《くち》をつけた。からからだった体《からだ》に、麦茶《むぎちゃ》がすうっとしみこんでゆく。

おねえさんは台所《だいどころ》をでて、おくのふすまをあけた。

そこは、おばあちゃんの寝室《しんしつ》で、ざしきに大《おお》きな桐《きり》のたんすと、古《ふる》い本《ほん》だながならんで

いる。

たんすの上《うえ》には、いとこたちの写真《しゃしん》や人形《にんぎょう》などがごちゃごちゃとならび、手前《てまえ》のほうに、あかちゃんのときのあい、入学式《にゅうがくしき》のあい、そして、七五三《しちごさん》のあいの写真《しゃしん》がかざられている。

おねえさんは、なんのためらいもなく、たんすのいちばん下《した》のひきだしをあけて、藍色《あいいろ》の布《ぬの》のようなものをだし、

「さあ、はやくその服《ふく》、ぬいで」

といった。

「え？」

あいがとまどっていると、おねえさんは、てきぱきと黒《くろ》いワンピースをぬがせた。それから、あいの体《からだ》をくるくるまわして、さっきの布《ぬの》を着《き》せた。それは、藍色《あいいろ》に白《しろ》いゆりの花《はな》をいくつもそめぬいたゆかただった。

「ええと、これ、かってに着《き》ちゃって、いいの？」

あいがたずねると、

「いいにきまってるでしょ。今日《きょう》のために、ぬいあげたんだから」

おねえさんは、なれた手《て》つきで、こしのところをひもでむすぶ。

ぬいあげたって、おばあちゃんがぬってくれたのかなあ。でも、いつ、ぬってたんだろう。ちっとも知《し》らなかったな。

あいがぼんやり考《かんが》えていると、おねえさんは帯《おび》をぎゅっとしめた。

「わあ、本物《ほんもの》の帯《おび》だ」

あいは思《おも》わずつぶやいた。水色《みずいろ》の小花《こばな》もようの帯《おび》。

去年《きょねん》まで、あいは一年生《ねんせい》のころから着《き》ている赤《あか》い金魚《きんぎょ》のゆかたに、もも色《いろ》のへこ帯《おび》をしめていた。

こうして、ちゃんとした帯《おび》をしめると、きゅうに大人《おとな》になったような気《き》がしてくる。

おねえさんは、さいごにえりをととのえると、あいを頭《あたま》から足《あし》のさきまでゆっくりとながめ、

「よかった。ぴったりね」

と満足《まんぞく》そうにいった。それから、たんすのいちばん上《うえ》のひきだしをあけ、むらさきの花《はな》もようの小《ち》さなバッグをだした。

「それ、かってに、いいの？」

あいがおずおずいうと、おねえさんは、

「いいのよ。こういうときのための、へそくりなんだから」

と、ほほえんだ。目《め》が三日月《みかづき》みたいになる、そのえがおを見《み》たら、なぜだか、あいはすうっと安心《あんしん》してしまった。

おねえさんは、縁側《えんがわ》でげたをはきながら、

「あ、わすれた」

と、顔《かお》をあげた。

「なにを？」

「あいの新《あたら》しいげたを買《か》っておこうと思《おも》ってたのに、うっかりしちゃったわ」

おねえさんは、はあぁ、とため息《いき》をつき、

「ほんとにわすれっぽくて、いやんなっちゃうわ」

とつぶやく。

「サンダルで、へいきだよ」

あいは、ピンクのサンダルをはいた。おばあちゃんとさんぽをするときや庭《にわ》で遊《あそ》ぶとき、いつもはいていたサンダルだ。

立《た》ちあがると、なにかがサンダルにぶつかった。十円玉《えんだま》くらいのまるいものだ。

「あら、おはじき」

おねえさんが、おどろいたようにいった。

あいは、つまみあげると、土《つち》をはらい、

「こんなところに、おちてたんだ」

とつぶやいた。

おはじきは、指《ゆび》ではじいて遊《あそ》ぶものだけれど、お店屋《みせや》さんごっこのときは、お金《かね》になるし、ままごとのときは、ごはんにもなる。

ほかのおはじきよりも、ひとまわり大《おお》きいこのおはじきは、あいの宝物《たからもの》だった。つるつるのガラスに、青色《あおいろ》があわくにじんでいて、まるで宝石《ほうせき》みたいに思《おも》えた。

あいは、おはじきをぎゅっとにぎりしめてから、ゆかたの左《ひだり》のたもとにそっと入《い》れた。

「じゃ、いこうか」

おねえさんは、うらの木戸《きど》から路地《ろじ》へでた。あたりは、もう、すっかり暗《くら》い。ききょうの花《はな》びらみたいな、ひんやりした空《そら》。

おねえさんはあいの手《て》をひき、のんびり歩《ある》きだす。二重《ふたえ》の目《め》、細《ほそ》い鼻《はな》すじ。

この人《ひと》には、たしかに、まえにも会《あ》ったことがある、とあいは思《おも》うのだけれど、どうしても名前《なまえ》が思《おも》いだせない。

でも、なんていう名前《なまえ》なの、とは、今《いま》さらききにくいから、おねえさん、ってよべばいいかな……。

「なにもおまつりの日《ひ》に、お通夜《つや》しなくってもねえ。でも、夏《なつ》だから、しょうがないのかしら」

おねえさんがいった。

「夏《なつ》だから？」

あいは首《くび》をかしげた。

「夏《なつ》だから、あんまり長《なが》くおいておくと、ちょっとね」

「ちょっと、って？」

「死《し》ぬとね、体《からだ》が、いたむのよ。あついから」

おねえさんは、なんでもないことのように、いう。

あいは、おどろいて立《た》ちどまった。

おばあちゃんがいたむ？　古《ふる》くなった牛乳《ぎゅうにゅう》やたまごみたいに？

「あらやだ。そんな顔《かお》、しないで」

おねえさんは、おっとりとほほえみ、

「生《い》きていなかったら、みんないたむの。花《はな》も草《くさ》も虫《むし》も魚《さかな》もけものも人間《にんげん》も、みんなおんなじよ」

といった。

ねこかぶりデイズ

錦織《にしきおり》友子《ともこ》

1　ねこかぶりの理由《りゆう》

Ⅰ

教室中《きょうしつじゅう》の注目《ちゅうもく》をあびて、私《わたし》は黒板《こくばん》の前《まえ》に立《た》っていた。

小林菜々《こばやしなな》

私《わたし》の名前《なまえ》を、黄色《きいろ》いチョークでくっきりと大《おお》きく書《か》くと、五年《ねん》三組《くみ》の担任《たんにん》の浅田先生《あさだせんせい》はいきおいよく手《て》をはたいた。

「じゃ、自己紹介《じこしょうかい》してもらおうか」

私《わたし》はそろそろと顔《かお》をあげて、みんなの方《ほう》をむいた。

ざわついていた教室《きょうしつ》の中《なか》が、ぴたりと静《しず》かになった。転入生《てんにゅうせい》の私《わたし》のことをよくみようとして、みんな身《み》をのりだしている。

大丈夫《だいじょうぶ》。髪《かみ》の毛《け》はブラッシングがいきとどいているし、つぶつぶ入《い》りクリームで念入《ねんい》りに洗顔《せんがん》もした。あわいピンク色《いろ》のブラウスと、プリーツたっぷりのスカートもばっちりきまってる。私《わたし》は自分《じぶん》にいいきかせた。

「んっ、大丈夫《だいじょうぶ》か？　緊張《きんちょう》してるんだな」

浅田先生《あさだせんせい》のぶあつい手《て》が、私《わたし》の背中《せなか》をおすようにぽんとたたいた。

私《わたし》は、すうっと息《いき》をすいこんだ。

「小林菜々《こばやしなな》です。よろしくお願《ねが》いしますぅ……」

最後《さいご》の方《ほう》は消《き》えちゃうくらい小《ちい》さな声《こえ》でいうと、私《わたし》は自分《じぶん》のはいているうわばきの先《さき》にすっと視線《しせん》をおとした。

「えっ、今《いま》なんていったんだ？」

「きこえませーん」

あちらこちらから声《こえ》があがる。

思《おも》わず顔《かお》をあげて大《おお》きな声《こえ》で自己紹介《じこしょうかい》しなおしそうになって、私《わたし》はくちびるをかんでがまんした。

ここでそんなことしたら、せっかくの決心《けっしん》がまるつぶれになってしまう。

「まあまあ、みんな、そのへんにしといてあげようじゃないか。菜々《なな》は、きっとはずかしがり屋《や》なんだな。これからは同《おな》じクラスの仲間《なかま》だから、みんな仲良《なかよ》くしてやるんだぞ」

ジャージのズボンの腰《こし》に両手《りょうて》をあてて、浅田先生《あさだせんせい》はみんなをみまわした。

はずかしがり屋《や》なんて、十一年間《ねんかん》の人生《じんせい》の中《なか》で一度《いちど》もいわれたことはなかった。だから、なんだか背中《せなか》がむずがゆい気分《きぶん》。

「菜々《なな》、おまえの席《せき》はあそこの後《うし》ろから二番目《ばんめ》だ」

私《わたし》は小《ちい》さくうなずくと、しずしずと通路《つうろ》を歩《ある》いた。くつしたについているレースが、ふくらはぎにあたってちくちくしている。

「ねえ、かわいい子《こ》じゃない?」

「おとなしそうだぜ……」

みんなのささやきあう声《こえ》が、とぎれとぎれに耳《みみ》に入《はい》った。そのとたん、ふくらはぎをかきむしりたい気持《きも》ちが、どこかにとんでいった。

こみあげてくるうれしさをおしころして、私《わたし》はスカートのプリーツをくずさないようにそおっと腰《こし》をおろした。

「転校《てんこう》して、ほんっとうに良《よ》かった」

心《こころ》の中《なか》で、私《わたし》は父《とう》さんの転勤《てんきん》に感謝《かんしゃ》した。

なんせ、転校前《てんこうまえ》までの私《わたし》ときたら、寝《ね》ぐせではねた髪《かみ》の毛《け》を風《かぜ》になびかせ、顔《かお》は朝《あさ》ピチャピチャ水《みず》でぬらす程度《ていど》。冬《ふゆ》はテロテロのトレーナー、夏《なつ》も同《おな》じくテロテロのT《ティー》シャツを着《き》て、ひざのぬけそうなジーンズを愛用《あいよう》していたのだ。ちょっとくらいよごれたって、気《き》にしない。がびがびになるまで着《き》たおした。

今《いま》の私《わたし》のことを見《み》たら、前《まえ》の学校《がっこう》の子《こ》たちはどう思《おも》うだろう？　もしかしたら、私《わたし》だって気《き》づかないかもしれない。

そんなことを考《かんが》えていたら、胸《むね》の奥《おく》の方《ほう》がズキンと痛《いた》んだ。

思《おも》いだしたくもないのに、転校前《てんこうまえ》のある出来事《できごと》が頭《あたま》の中《なか》をかすめていったからだ。

その出来事《できごと》が、私《わたし》に転校《てんこう》をチャンスにして自分《じぶん》をかえようと決心《けっしん》させるきっかけになったのだ。

Ⅱ

五月《がつ》のはじめだっていうのに、むしむしとした真夏《まなつ》のような日《ひ》だった。

「おいっ、そのヨーグルトよこせ」

給食《きゅうしょく》の時間《じかん》、うなるような低《ひく》い声《こえ》がきこえた。声《こえ》の方《ほう》をみると、本間《ほんま》がとなりの席《せき》のユカをひじでぐいっとおしたところだった。

「え、でも……」

大《おお》きな体《からだ》の本間《ほんま》ににらみつけられて、ユカは何《なに》もいいかえせない。

「おまえは、もうおなかがいっぱいなんだろ。ヨーグルトまで食《た》べらんないんだよな。なっ」

むちゃくちゃな理屈《りくつ》をこねて、本間《ほんま》はヨーグルトに手《て》をのばした。まわりの子《こ》はみてみぬふりをして、口《くち》をもぐもぐ動《うご》かしている。

私《わたし》はむかむかしながら、深皿《ふかざら》の中《なか》のシチューをスプーンでかきまわしていた。

私《わたし》は思《おも》ったことはなんでも、はっきりきっぱりいわないと気《き》がすまない性格《せいかく》。決《き》めたことは自分一人《じぶんひとり》でもがんがんやる。短気《たんき》ですぐに頭《あたま》に血《ち》がのぼっちゃううえに、そそっかしいのが玉《たま》にきず。

こんな性格《せいかく》なもんだから、クラスの女子《じょし》からはたよりにされっぱなしだった。そうじをさぼる男子《だんし》がいれば、走《はし》っていってそいつのえり首《くび》をつかまえる。女子《じょし》をからかう男子《だんし》がいれば、とんでいってやめさせる。

おとなしいユカは、男子《だんし》にちょっかいをだされることが多《おお》くて、私《わたし》はそのたびに助《たす》けてあげていた。

「そいじゃ、いただきまーす」

本間《ほんま》がユカからとりあげたヨーグルトのふたをばりっとはがした時《とき》、私《わたし》はいすをけって立《た》ちあがった。

「ちょっと、いいかげんにしなさいよ」

つかつかと歩《ある》いていって、私《わたし》は本間《ほんま》の前《まえ》に立《た》った。

「なんだよ、おまえには関係《かんけい》ないだろ」

ヨーグルトをつかんだまま、本間《ほんま》は私《わたし》をじろりとみあげた。

「関係《かんけい》ないとかあるとかの問題《もんだい》じゃないでしょ。他人《たにん》のものとった、あんたが悪《わる》い！」

私《わたし》は本間《ほんま》の手《て》から、ぱっとヨーグルトをとりあげた。

「あっ、何《なに》しやがる」

本間《ほんま》が立《た》ちあがると、のしかかるように私《わたし》の肩《かた》をどんとおした。

「そっちこそ、何《なに》すんのよ」

私《わたし》も負《ま》けずに、背《せ》のびをするとどんっと本間《ほんま》の肩《かた》をおしかえしてやった。

「くっそー」

本間《ほんま》が、手《て》をふりあげてこっちにむかってきた。私《わたし》はさっと体《からだ》をかがめると、本間《ほんま》のべんけいの泣《な》きどころにするどいけりをいれた。

先生《せんせい》に止《と》められるまでに、私《わたし》は本間《ほんま》の顔《かお》を十回《じっかい》はひっかいてやった。同《おな》じくらいやりかえされたけど。

「はい、とりかえしたからね」

教室《きょうしつ》のすみで先生《せんせい》におこごとをたっぷりちょうだいした後《あと》、私《わたし》はすぐにヨーグルトをユカにかえしてあげた。

「あ、ありがと……」

ユカは、うつむいたまま小《ちい》さな声《こえ》でいった。

「また、あいつに何《なに》かされたらいつでもいってよ」

私《わたし》はどんと自分《じぶん》の胸《むね》を、たたいた。


「ありゃりゃ、ハンカチがないや」

昼休《ひるやす》み、トイレから出《で》て手《て》を洗《あら》った後《あと》、私《わたし》はポケットがからっぽなのに気《き》がついた。

いつもだったらジーンズのもののとこで手《て》をぬぐうとこだけど、たまたまその日《ひ》はハンカチをもってきていたのだ。

「ここに入《はい》ってないってことは、もしかして……」

あわてて五つならんでる個室《こしつ》トイレのいちばん奥《おく》にとって返《かえ》した。不吉《ふきつ》な予感通《よかんどお》り、とびらのかげにハンカチがおちていた。

「うへえ、まいっちゃったな」

ハンカチをひろおうと腰《こし》をかがめた時《とき》、何人《なんにん》かの子《こ》がトイレに入《はい》ってくる声《こえ》がした。

「菜々《なな》ちゃんて、やんなっちゃう」

その声《こえ》は、さっき私《わたし》がヨーグルトを救出《きゅうしゅつ》してあげたユカのものだった。

自分《じぶん》の名前《なまえ》を耳《みみ》にして、私《わたし》はかがんだ体勢《たいせい》のままその場《ば》を動《うご》けなくなった。

「ヨーグルトくらいで、大騒《おおさわ》ぎすることないじゃない。いつもいいかっこばっかしようとしてさ。本当《ほんとう》におせっかいなんだから」

ハンカチをにぎった手《て》のひらに、じわりとあせがでた。

「ガキっぽい男子《だんし》なんていちいち相手《あいて》にしなきゃいいのに。菜々《なな》ちゃんて、自分《じぶん》が正義《せいぎ》の味方《みかた》にでもなったつもりなんじゃないの？」

思《おも》ってもみなかったユカの言葉《ことば》が、私《わたし》の胸《むね》につきささった。

「でも、菜々《なな》ちゃんのおかげで私《わたし》たち助《たす》かってるじゃない。あの子《こ》にどなり役《やく》まかせとけば、こっちは男子《だんし》にきらわれなくてすむしさ」

ほかの子《こ》たちが、ユカをなだめるようにいった。

「そりゃ、そうだ。ね、男子《だんし》が菜々《なな》ちゃんのこと、なんていってるか知《し》ってる？」

ユカが声《こえ》をひそめていった。

「え、なになに、知《し》らない」

「人間《にんげん》とは思《おも》えないほどたくましくって、とても女《おんな》とは思《おも》えないってさ」

はじけるような笑《わら》い声《ごえ》が、ひびきわたった。

私《わたし》はハンカチをポケットにねじこんだ。くらくらするほど、頭《あたま》にきていた。

「女《おんな》に思《おも》えないうえに、おせっかいやきで悪《わる》かったわね」

静《しず》かに個室《こしつ》から出《で》た私《わたし》は、ゆっくりと大《おお》きな声《こえ》でいった。

ふりむいたのは、ユカと同《おな》じクラスの女《おんな》の子《こ》三人《にん》だった。みんなおどろいて目《め》をみひらいている。

「あ、あたしがいったわけじゃないんだってば。ほら、男子《だんし》たちだよ」

「ちがう、ちがう。今《いま》のちがうの。菜々《なな》ちゃんにはいつも感謝《かんしゃ》してるって」

口々《くちぐち》にいいわけをいいはじめたけど、私《わたし》は無言《むごん》でみんなの横《よこ》をすりぬけた。

すごく、すごくショックだった。

いつもなにかとかばってきたユカが、本当《ほんとう》は私《わたし》のことをめいわくに思《おも》っていたなんて。

それに、ほかの女《おんな》の子《こ》たちも私《わたし》のことを、てきとうに利用《りよう》してたんだ。

いわれた言葉《ことば》のひとつひとつが、心《こころ》の中《なか》に深《ふか》くしずんで、よどんだ池《いけ》になったみたいだった。いつだってまわりのことを考《かんが》えて、たのまれればなんだって引《ひ》き受《う》けてきた。

でも、そのあげく、こんな風《ふう》にいわれるんじゃわりがあわない。

考《かんが》えてみれば、ずっと私《わたし》は損《そん》な役《やく》ばかりさせられている。

男子《だんし》からは攻撃《こうげき》されるばかりで、一度《いちど》として女《おんな》の子《こ》扱《あつか》いされたことがない。歩《ある》き遠足《えんそく》にいけば、気分《きぶん》の悪《わる》くなった子《こ》の荷物《にもつ》をもたされ、だれかがけんかしたっていえば、関係《かんけい》ないのに私《わたし》が代表《だいひょう》で先生《せんせい》にしかられる。

「なんだか、私《わたし》ってばかみたい」

つぶやいたら、それまで好《す》きでやってきたはずのひとつひとつのことが、本当《ほんとう》にあほらしく思《おも》えてきた。

つまり、おとなしくてなんでも他人《たにん》にたよっているような人間《にんげん》が、いつだって得《とく》をすることになってるんだ。世《よ》の中《なか》がそんな風《ふう》になっているってことを、私《わたし》ははじめて知《し》った。と、いうことは、このまま私《わたし》はずっと損《そん》ばかりしていくんだ。

そんな考《かんが》えを頭《あたま》からおいだそうとするたびに、いわれた言葉《ことば》がにごった水《みず》みたいにどろりと胸《むね》の中《なか》にあふれだしてくるようになった。

父《とう》さんの転勤《てんきん》が決《き》まったのは、そんなことのあったすぐ後《あと》だった。

「転校《てんこう》なんてしたくないよ」

ひとみしりをするせいで、最近《さいきん》になってクラスにやっと仲良《なかよ》しができたばかりの弟《おとうと》ののぼるは、泣《な》きそうな声《こえ》をだした。

その言葉《ことば》をきいた時《とき》、私《わたし》の頭《あたま》にある考《かんが》えがひらめいた。

「転校《てんこう》って、すごいチャンスじゃん」

私《わたし》は指《ゆび》をぱちりとならした。私《わたし》も、クラスのほかの女《おんな》の子《こ》みたいになればいいんだ。

いいや、こうなったらいっそのこと、クラスにたいてい一人《ひとり》はいるかわいくておとなしくて、男《おとこ》の子《こ》からお姫様《ひめさま》みたいにあつかわれる女《おんな》の子《こ》になってやろうじゃないの。

そしたら、もういやな思《おも》いも、損《そん》もしなくなるはず。

ずっともやもやしていた頭《あたま》の中《なか》が、霧《きり》がはれたようにはっきりした。

「よし、これからの私《わたし》はかわる。かわってみせる」

私《わたし》は、こぶしをぎゅっとにぎりしめた。

菜々《なな》ちゃんもだまっていればかわいいのに、と耳《みみ》にたこができるくらいいわれてきたんだ。

努力《どりょく》と根性《こんじょう》でぶりっこでもなんでもして、これまでとはちがう楽々《らくらく》な学校生活《がっこうせいかつ》をおくってやる。

私《わたし》の心《こころ》は決《き》まった。

III

「お姉《ねえ》ちゃん、それ、何《なに》やってんの？」

夜《よる》十時《じ》すぎ、のぼるが目《め》をこすりながら、私《わたし》の部屋《へや》にのそのそ入《はい》ってきた。

私《わたし》はねころがったまま、自転車《じてんしゃ》のペダルをふむように足《あし》を空中《くうちゅう》でぐるぐる動《うご》かしていた。

「足《あし》を細《ほそ》くする運動《うんどう》。じゃましないでよね」

いきおいをつけて立《た》ちあがると、私《わたし》はのぼるの顔《かお》の前《まえ》で手《て》をしっしとはらった。

転入初日《てんにゅうしょにち》は大成功《だいせいこう》で、私《わたし》はすっかり気《き》をよくしていた。かわいさをパワーアップさせるために、やることがたくさんあるのだ。

「ああいそがしい、いそがしい」

床《ゆか》にちらばったマンガやかばん、ティッシュペーパーの箱《はこ》、もろもろをよけながら、部屋《へや》のすみの棚《たな》にやっとのことでたどりつく。

「ヘアーブラシは、どこだったっけ」

ごちゃごちゃと物《もの》のならべられた棚《たな》の、どこにブラシをおいたのか、さっぱり思《おも》いだせない。本《ほん》や、鉛筆立《えんぴつた》てをどかして探《さが》していると、ザザッと音《おと》がして棚《たな》の裏側《うらがわ》にプリントのたばがおちた。

「ここだよ、お姉《ねえ》ちゃん」

ふりむくと、のぼるの手《て》にヘアーブラシがにぎられていた。

「あれー、どこにあった？」

「ぬいぐるみのくまの下《した》。くまがブラシでくしざしになってた」

のぼるはブラシを私《わたし》にむかってぽーんとなげてよこした。私《わたし》はさっそく、千回《かい》ブラッシングにとりかかった。まんべんなくブラッシングすると、肩《かた》まである髪《かみ》の毛《け》がつやつやになるのだ。

「あのさ、お姉《ねえ》ちゃん、おしゃれもいいけど、もうすこし部屋《へや》もかたづけたら？」

のぼるは、くまのおなかをぽんぽんと手《て》ではたいた。もわっとほこりがまいあがった。

「お姉《ねえ》ちゃんの決心《けっしん》、引《ひ》っ越《こ》しが決《き》まった時話《ときはな》したでしょ」

私《わたし》はシュッシュッとブラッシングする手《て》を休《やす》めずに、のぼるをじろりとにらんだ。

私《わたし》はあらかじめ、家族《かぞく》に女《おんな》の子《こ》らしくかわることを宣言《せんげん》していた。洋服《ようふく》だって買《か》ってもらわなきゃいけないし、協力《きょうりょく》もしてもらいたかったから。

「うん、おぼえてる」

「部屋《へや》はちょっぴりきたないけど、やさしくてきれいなお姉《ねえ》ちゃんと、部屋《へや》はぴかぴかにきれいだけどいじわるで、かみの毛《け》もごわごわで、顔《かお》も洗《あら》わないできったなくてデロデロなお姉《ねえ》ちゃんと、あんたどっちがいい？」

「それは、どっちかっていうと、やさしい方《ほう》がいいけどさ……」

「そうでしょう、そうでしょう」

私《わたし》は最後《さいご》までいわせなかった。

「身《み》だしなみに気《き》をつけて、言葉《ことば》づかいに気《き》をつけて、さりげなく気配《きくば》りなんかしちゃったりして。お姉《ねえ》ちゃんは女《おんな》の子《こ》らしく、楽《たの》しーく学校生活《がっこうせいかつ》をおくらせていただくのよ」

私《わたし》は口《くち》に手《て》をあてて、おほほと笑《わら》った。

「でも、お姉《ねえ》ちゃんのやってること、ぼくあんまり好《す》きじゃない。だって、それってただのねこかぶりじゃないか」

のぼるは、ぬいぐるみのくまを私《わたし》の勉強机《べんきょうづくえ》の上《うえ》にすわらせた。くまの首《くび》が、がくんと前《まえ》にのめった。

「これだから三年《ねん》のちびはいやなのよ。全然《ぜんぜん》わかってないんだから。ねこかぶりしたぶりのぶりっこの方《ほう》がねえ、本当《ほんとう》は人《ひと》に好《す》かれるのっ」

私《わたし》はブラシを、右手《みぎて》から左手《ひだりて》にもちかえた。

「そんなのうそだ。ぶりっこなんて、時代《じだい》おくれもいいとこだよ。ぼくは前《まえ》までのパキパキしたお姉《ねえ》ちゃんの方《ほう》が、今《いま》の百万倍《ばい》よかったよ」

「なにいっ」

私《わたし》はくまをつかむと、のぼるに力《ちから》いっぱいなげつけた。なれたもので、のぼるはさっとドアをすりぬけた。

くまはぼすんとかべにぶつかると、くたりとあおむけにころがった。

「まったく、なんにもわかってないくせになまいきなんだから。百万倍《ばい》いいのは、今《いま》の私《わたし》の方《ほう》でしょ」

私《わたし》はふん、と鼻《はな》をならした。

2 人気《にんき》ばつぐん

I

「はあ、はあ、セーフ」

全速力《ぜんそくりょく》で走《はし》って、私《わたし》はやっとのぼるにおいついた。学校《がっこう》へむかう子《こ》たちでいっぱいになる大通《おおどお》りに、あとひとつ角《かど》をまがると出《で》ちゃうぎりぎりのところだった。

転校《てんこう》をしてから一週間《いっしゅうかん》、私《わたし》は思《おも》い通《どお》りのおとなしくてかわいらしいイメージで、クラスにとけこむことができていた。

そんな私《わたし》が遅刻《ちこく》なんてかっこ悪《わる》いことを、するわけにはいかないのだ。

「なんで、起《お》こしてくれなかったのよ」

ランドセルを背負《せお》ったのぼるは、私《わたし》の方《ほう》をちらりともみない。右手《みぎて》を左《ひだり》のわきのしたにあて、体《からだ》をかたむけたまま歩《ある》いている。

「目覚《めざ》まし時計《どけい》がさんざんなってたんだもん。それに、母《かあ》さんがほっとけっていうし」

私《わたし》は、小《ちい》さく舌《した》うちをした。

母《かあ》さんは私《わたし》の決心《けっしん》に、大反対《だいはんたい》しているのだ。

私《わたし》が取《と》っ組《く》み合《あ》いをしたせいで学校《がっこう》によびだされても、テストで五点《てん》をとってかえってきても、母《かあ》さんはいつも笑《わら》いとばしてくれた。

いっぱい趣味《しゅみ》をもってて、行動的《こうどうてき》な母《かあ》さんは、さっぱりしてててとっても話《はな》せる人《ひと》なのだ。

それなのに、今回《こんかい》はいつもと様子《ようす》がちがう。

「菜々《なな》、なんで自分《じぶん》をむりやりかえようとするの?」

母《かあ》さんにきかれて、私《わたし》はどうしても本当《ほんとう》のことをいえなかった。

トイレで友《とも》だちが自分《じぶん》のかげぐちをいっているのを、きいたからです。口《くち》にだしたら、たったそれだけのこと。でも、それだけのことで今《いま》までの自分《じぶん》が、足元《あしもと》からぐらついちゃったってことを、どう説明《せつめい》していいのかわからない。

「私《わたし》のことなんだから、ほっといて。私《わたし》はもう決《き》めたの。何《なに》いったってむだだからね。

やるとなったら、とことんやるんだから」

思《おも》わず、私《わたし》はさけぶようにいってしまった。

母《かあ》さんは、ふーっとため息《いき》をついた。

「そんなにいうなら好《す》きにしなさい。ただし、自分《じぶん》のことは自分《じぶん》でやるのよ。それに家《いえ》の手伝《てつだ》いも、きっちりやってもらいますからね」

それでも母《かあ》さんは、すきがあると文句《もんく》をいってくる。

「娘《むすめ》が女《おんな》の子《こ》らしくかわいくなろうとしてるってのに、なんで反対《はんたい》するのよ」

つぶやいた私《わたし》の横《よこ》で、不意《ふい》にピピッという音《おと》がした。のぼるが立《た》ち止《ど》まると、しんみょうな顔《かお》でポロシャツのえりに手《て》をつっこんだ。

「三十六度《ど》三分《ぶ》」

はじめて顔《かお》をあげると、私《わたし》をみあげてうれしそうににやっとした。のぼるの手《て》には、しっかりと電子体温計《でんしたいおんけい》がにぎられていた。

そう、のぼるは体温《たいおん》をはかっていたのだ。

「歩《ある》きながら、体温《たいおん》はかるのやめなよね。あぶないよ」

何度注意《なんどちゅうい》しても、決《けっ》してやめない。のぼるはあらゆるところで、あらゆる時《とき》に体温《たいおん》をはかるのだ、小学二年《しょうがくにねん》の時《とき》からだから、もう一年以上続《ねんいじょうつづ》いている。

「三十六度《ど》三分《ぶ》だってばあ」

みだれた髪《かみ》の毛《け》を、手《て》でとかしつけていると、のぼるは私《わたし》の鼻先《はなさき》に体温計《たいおんけい》をつきだした。

「はい、はい、よかったねえ」

私《わたし》がこたえると満足《まんぞく》したらしく、のぼるは大《おお》きくうなずいた。まったく、体温《たいおん》のことになると急《きゅう》に強情《ごうじょう》になるんだから。

「わかったから、早《はや》くそれしまいなよ」

のぼるはポケットからクリーム色《いろ》のケースをとりだすと、おとなしく体温計《たいおんけい》をしまった。

「じゃ、ぼく先《さき》にいくから」

のぼるは向《む》こうむきのまま、手《て》をひらひらふった。

まるでランドセルが歩《ある》いているみたいなのぼるの後《うし》ろ姿《すがた》が、すいっと人《ひと》の列《れつ》にまぎれこんだ。

Ⅱ

「このように、川《かわ》は流《なが》れているのです」

私《わたし》が思《おも》い入《い》れたっぷりにそこまで読《よ》みおわると、先生《せんせい》が満足《まんぞく》そうに大《おお》きくうなずいた。

私《わたし》はそれを確認《かくにん》して、静《しず》かに腰《こし》をおろした。

教室《きょうしつ》はしんとしたままだ。時《とき》おり、窓《まど》から流《なが》れこむしめった風《かぜ》が、ばたばたと壁新聞《かべしんぶん》をめくりあげる音《おと》だけがひびく。

ちょっと、おおげさに読《よ》みすぎちゃったかなあ。私《わたし》はドキドキしながら、みんなの反応《はんのう》をうかがった。

「ほんとうに、菜々《なな》は上手《じょうず》だなあ」

浅田先生《あさだせんせい》は、感動《かんどう》してばちばちと大《おお》きな手《て》をたたいた。

「そんなこと、ないです」

私《わたし》はうつむくと、小《ちい》さく首《くび》をふった。

「いやいや、本当《ほんとう》にすごい。なあ、みんなもそう思《おも》うよな」

浅田先生《あさだせんせい》の熱心《ねっしん》さにつられるように、教室《きょうしつ》のあちらこちらで首《くび》がこっくりと動《うご》いた。

ああ、よかった。家《いえ》でのどがつぶれるほど練習《れんしゅう》してきたかいがあった。私《わたし》はほーっと胸《むね》をなでおろした。

まどぎわの席《せき》に目《め》をやると、ぽちゃぽちゃと太《ふと》ったさおりがこっちにむかってV《ブイ》サインをだしていた。まんまるい鼻《はな》の上《うえ》に、ちょこんとふちなしめがねがのっている。ほんわかした外見《がいけん》とはうらはらに、さおりはクラスのみんなをぐいぐいひっぱっていく強気《つよき》の学級《がっきゅう》委員長《いいんちょう》だ。

さおりの後《うし》ろの席《せき》のみほも、音《おと》をたてないようにはくしゅしている。目鼻立《めはなだ》ちのはっきりしたみほはアイドルが雑誌《ざっし》からそのままでてきたように、いつもセンスのいい洋服《ようふく》をきこなしている。みほはさおりと正反対《せいはんたい》で、のんびりした性格《せいかく》だ。

はきはきしたさおりと、おっとりとしたみほは姉妹《しまい》みたいに仲《なか》が良《よ》い。

二人《ふたり》とも声《こえ》をださずに、口《くち》をぱくぱくさせて
「す・ご・く・じょ・う・ず」

といってくれているのがわかった。

「菜々《なな》ちゃん、わかんないことがあったらさ、なんでも私《わたし》にきいてよ」

クラスの中《なか》でいちばんはじめに、さおりが声《こえ》をかけてくれた。それをきっかけに、私《わたし》はこの二人組《ふたりぐみ》といっしょに行動《こうどう》するようになった。

学校《がっこう》にいる間《あいだ》は休《やす》み時間《じかん》はもちろん、トイレにいくのも、どこにいくのも全部《ぜんぶ》いっしょだ。今《いま》まで、そのへんは好《す》きかってにやっていたものだから、ちょっぴりきゅうくつだった。でも、なれるまではしかたない。

「じゃあ、次《つぎ》はっと。鈴木《すずき》、続《つづ》き読《よ》んで」

がたっ、と大《おお》きな音《おと》をたてて私《わたし》の前《まえ》の席《せき》の鈴木《すずき》さんが立《た》ち上《あ》がった。

「川辺《かわべ》に棲《す》む虫《むし》たちは、冬《ふゆ》になると……」

鈴木《すずき》さんはすらすらと読《よ》み進《すす》めているのだけど、声《こえ》があまりにも小《ちい》さくてみんなに全然《ぜんぜん》きこえていない。とたんに教室《きょうしつ》がざわめきだした。

「きこえないぞ。もうちょっと大《おお》きい声《こえ》で読《よ》んでくれ」

先生《せんせい》の注意《ちゅうい》も無視《むし》して、鈴木《すずき》さんは教科書《きょうかしょ》に顔《かお》をのめりこませ、消《き》え入《い》りそうな声《こえ》で読《よ》み続《つづ》ける。浅田先生《あさだせんせい》が、大《おお》きくためいきをついた。

私《わたし》はすかさず後《うし》ろから「鈴木《すずき》さん、がんばれ」って、背中《せなか》をぽんとたたきたい気持《きも》ちにかられた。でも、今《いま》の私《わたし》はそういう行動《こうどう》は、ひかえなくてはならない。

「よし、そのへんでいいぞ」

浅田先生《あさだせんせい》は、もうあきらめたって顔《かお》で教科書《きょうかしょ》をとじた。そのへんもこのへんも、鈴木《すずき》さんはまだちょっとしか読《よ》んでないのに。

「はい」

体《からだ》をちぢめて腰《こし》をおろす鈴木《すずき》さんにかまわず、浅田先生《あさだせんせい》はプリントを配《くば》りはじめた。

この鈴木《すずき》さん、超《ちょう》がつくくらいおとなしくってクラスでも全然《ぜんぜん》めだたない。仲《なか》の良《よ》い友《とも》だちもいないみたいだ。休《やす》み時間《じかん》にみかける鈴木《すずき》さんは、まわりがどんなにうるさくてもゆうゆうと本《ほん》を開《ひら》いている。そんなマイペースな鈴木《すずき》さんをみると、私《わたし》はなぜかほっとする。

「よーし、急《いそ》いでプリントまわせよ」

プリントを後《うし》ろにわたすために体《からだ》をひねったら、ななめ後《うし》ろの席《せき》の斉藤《さいとう》とばちっと目《め》があってしまった。

髪《かみ》の毛《け》をつんつん立《た》たせた斉藤《さいとう》はものすごくきどってて、私《わたし》のいちばんきらいなタイプの男子《だんし》だった。

私《わたし》が目《め》をそらす前《まえ》に、斉藤《さいとう》は耳《みみ》までさけよとばかりに歯《は》をむきだしにしてにやっとした。げっ。私《わたし》はかろうじて、口元《くちもと》だけでほほえみかえした。うへえ、斉藤《さいとう》ったら横目《よこめ》で、いつまでもこっちをうかがってる。

こいつが女子《じょし》にけっこう人気《にんき》があるっていうから、信《しん》じられない。斉藤《さいとう》のやることなすことはおおげさで、みんなの注目《ちゅうもく》を集《あつ》めるためにいつも大声《おおごえ》をだすとこが、私《わたし》にはものすごく鼻《はな》につく。

「いいか、十分間《ぷんかん》でこのプリントの問題《もんだい》一のとこ、やっちゃえよ」

先生《せんせい》の声《こえ》に、みんながいっせいにプリントに書《か》きこみをはじめた。私《わたし》もあわてて、シャーペンをつかんだ。

III

「なにボーッとしてるのさ?」

さおりにばしっと背中《せなか》をたたかれて、私《わたし》はわれにかえった。さおりとみほがトイレに入《はい》っているのを、私《わたし》はぼんやりと校庭《こうてい》を眺《なが》めながら待《ま》っていたのだ。窓《まど》わくにおいた手《て》のひらには、いつのまにか二本線《ほんせん》がくっきりとついていた。

「菜々《なな》ちゃんて、こんな所《ところ》でも、オトメチックなのねえ」

かんしんしたようにいいながら、みほも後《うし》ろ手《で》にトイレのドアを静《しず》かにしめた。

オトメチックといわれたうれしさをかくして、私《わたし》は首《くび》をすくめた。

二人《ふたり》とも、必要以上《ひつよういじょう》に水洗《すいせん》のペダルをおしたらしい。水《みず》の流《なが》れる音《おと》がいつまでも止《と》まらずに、ゴーゴーとひびいている。うー、水《みず》がもったいない。

「水《みず》のだしすぎは、良《よ》くないんじゃん」

のどまででかかった言葉《ことば》を、私《わたし》はごくんと飲《の》みこんだ。私《わたし》は、オトメチックな人間《にんげん》なのだ。人《ひと》の水洗《すいせん》の回数《かいすう》に、いちいち文句《もんく》をつけたりしてる場合《ばあい》ではない。

「菜々《なな》ちゃんてさ、男子《だんし》に人気《にんき》ばつぐんじゃんか」

そういうとさおりは、水《みず》にさっと手《て》をくぐらせただけで、ろくに洗《あら》いもせずに蛇口《じゃぐち》をきゅっとしめた。

「ええっ、うっそー。そんなことないよう」

人気《にんき》ばつぐん？　胸《むね》が高鳴《たかな》った。とびあがりたい気持《きも》ちをおさえて、私《わたし》はリップクリームをぐりぐりとくちびるにぬりこんだ。

「まった、また。けんそんしちゃってさ。一部《いちぶ》の男子《だんし》なんて、菜々《なな》ちゃんにぞっこんじゃん。ね、みほ」

さおりが、ちらっとみほにめくばせをした。

二人《ふたり》だけの信号《しんごう》が、私《わたし》をすどおりしておくられていく。

ちょっと気《き》になったけど、私《わたし》には一部《いちぶ》の男子《だんし》がだれなのかの方《ほう》がよっぽど重要《じゅうよう》だった。

野球少年《やきゅうしょうねん》の小林君《こばやしくん》かな。それとも秀才《しゅうさい》で大人《おとな》っぽい森君《もりくん》かも。もしかしてどっちもだったりしてえ。くーっ、どうしよう。私《わたし》の頭《あたま》の中《なか》でクラスの男子《だんし》の顔《かお》が、ぐるぐるとまわりだした。

「ほらほら、斉藤《さいとう》だよ。さっきも二人《ふたり》でみつめあってたじゃんか」

はずしためがねに、はーっと息《いき》をふきかけながら、さおりはこともなげにいった。

「えっ、だれ？」

さおりの言葉《ことば》に、私《わたし》はこおりついた。

「だから、さ・い・と・う」

カクン、と私《わたし》のひざから力《ちから》がぬけた。へんな期待《きたい》させないでほしい。私《わたし》は期待《きたい》が大《おお》きかった分《ぶん》、どっとおちこんだ。

「なによ、私《わたし》たちちゃんとみてたんだからさ」

「ちがう、ちがう」

めがねをかけたさおりにみつめられて、私《わたし》はぶんぶん首《くび》を横《よこ》にふった。

「ちょっと、目《め》があっただけなのよ。よく、あることでしょ」

助《たす》けを求《もと》めて、みほの方《ほう》をむいた。

「私《わたし》、そんなことないない。菜々《なな》ちゃんてすごーい。やっぱりかわいいからねえ」

みほは指《ゆび》を一本《ぽん》一本《ぽん》ていねいにハンカチでぬぐいながら、すごいをくりかえしている。

「斉藤君《さいとうくん》てね、サッカーチームでは副《ふく》キャプテンだしい、かっこいいよう」

私《わたし》はぎょっとして、みほをみつめた。

やめてよ、あんなやつのどこがいいっていうの？　私《わたし》この前《まえ》、あいつが前髪《まえがみ》かきあげながら歩《ある》いてて、どかっとげた箱《ばこ》に激突《げきとつ》したとこ目撃《もくげき》したんだから。あの時《とき》のきょとんとしたまぬけな顔《かお》が、今《いま》でも忘《わす》れられない。

とにかく、あんな絵《え》にかいたようなすかしたやつ、じょうだんじゃないよ。

「そ、そうかなあ。私《わたし》、まだクラスの男子《だんし》ってよくわからないのよね」

「ふーん」

二人《ふたり》は顔《かお》をみあわせている。まだ何《なに》かいいたそうだ。

「あの」

その時《とき》、私《わたし》たちの後《うし》ろで蚊《か》のなくような小《ちい》さな声《こえ》がした。

「私《わたし》、手《て》あらいたいんだけど……」

いつのまにきたのか、そこには背中《せなか》をまるめた鈴木《すずき》さんが立《た》っていた。

「どうぞ、ここ、使《つか》って」

私《わたし》は、後《うし》ろに下《さ》がって場所《ばしょ》をあけた。斉藤《さいとう》の話《はなし》がとぎれて、ほっとしていた。

鈴木《すずき》さんはぺこりと頭《あたま》を下《さ》げると、あいたスペースにぎゅうっと体《からだ》をおしこんだ。鈴《すず》木《き》さんはたてにだけでなく、横《よこ》もかなり大《おお》きめなのだ。

ジャージャーほとばしる水《みず》で、手《て》をごしごしと洗《あら》う姿《すがた》が堂々《どうどう》としてみえた。

さおりとみほは口《くち》をひき結《むす》んだまま、鈴木《すずき》さんをあからさまにじろじろみている。

「ありがと」

顔《かお》をあげた鈴木《すずき》さんは、水《みず》のついた手《て》をパッパッとはらった。さおりがとんでくる水滴《すいてき》を、おおげさに体《からだ》をねじらせてよけた。

「あのこって、本当根暗《ほんとうねくら》ーって感《かん》じ」

鈴木《すずき》さんがいなくなると、さおりが鼻《はな》にしわをよせていった。

「そうねえ。いっつも一人《ひとり》でいるなんて、ちょっと信《しん》じられなーい」

みほは、大《おお》きくうなずいた。

くすくす笑《わら》いあう二人《ふたり》を、私《わたし》はびっくりしてみつめた。二人《ふたり》の笑顔《えがお》は、どこかしらゆがんでいるように思《おも》えた。

鈴木《すずき》さんのことを、悪《わる》くいって何《なに》が楽《たの》しいのだろう？

ありもしないことを決《き》めつけてかかるさおりと、そんなさおりにあわせてばかりのみほ。

今《いま》まで知《し》らなかった二人《ふたり》の一面《いちめん》をみて、私《わたし》はとてつもなく大《おお》きな石《いし》を飲《の》みこんだような気分《きぶん》になった。

それなのに、

「ね、菜々《なな》ちゃんも、そう思《おも》うでしょ」

とみほに笑《わら》いかけられて、思《おも》わずヘラッと笑《わら》い返《かえ》してしまった。

3 二人《ふたり》の秘密《ひみつ》？

I

菜々《なな》へ
肉《にく》の桜井屋《さくらいや》で、あいびき肉六百《にく》グラム買《か》ってきてね。
特売日《とくばいび》だから大急《おおいそ》ぎでいってよ。
今夜《こんや》はジャンボハンバーグだから。

コーラスがんばるママより

学校《がっこう》から帰《かえ》ると、テーブルの上《うえ》にメモがのっているのを発見《はっけん》してしまった。母《かあ》さんは引《ひ》っ越《こ》してすぐなのに、もう新《あたら》しいコーラスサークルに通《かよ》いはじめたのだ。

それにしても母《かあ》さんはなぜ、私《わたし》を苦《くる》しめるようなことをいいつけるのだろう。

「ああ、これが最高級《さいこうきゅう》のステーキ肉《にく》だったら、いや、せめて牛肉《ぎゅうにく》だったら……」

私《わたし》は、ぐしゃっとメモをにぎりつぶした。

オトメチックなはずの私《わたし》が、ひき肉《にく》を買《か》ってる姿《すがた》を（それも特売日《とくばいび》に）誰《だれ》かにみられたら、イメージぶちこわしじゃないか。

「そうだ。のぼるにいかせればいいんだ」

私《わたし》はいすにすわって、いらいらと貧乏《びんぼう》ゆすりをしながらのぼるの帰《かえ》りを待《ま》った。

しんとした家《いえ》の中《なか》で、壁《かべ》かけ時計《どけい》の音《おと》がやけに耳《みみ》につく。なのに、いつまでたってものぼるは帰《かえ》ってこない。

このままじゃ、母《かあ》さんが先《さき》に帰《かえ》ってきてしまうかもしれない。約束《やくそく》の家《いえ》の手伝《てつだ》いはきっちりやる、が守《まも》れなくなってしまう。

「ええい。もうしかたないや」

私《わたし》は心《こころ》を決《き》めて、立《た》ちあがった。

「ちょっと、こっちハム四百おねがい」

「牛《ぎゅう》コマ五百、鳥《とり》のむね肉《にく》三百、早《はや》くしてー」

おばさんたちの声《こえ》が、とびかっている。

特売日《とくばいび》だけあって、肉《にく》の桜井屋《さくらいや》はめちゃくちゃこんでいた。おばさんたちにぎゅうぎゅうおされて、私《わたし》はいつのまにか店《みせ》のすみっこにおしやられた。

「あ、いてっ」

あげくのはてに足《あし》をふまれて、私《わたし》は完全《かんぜん》に頭《あたま》に血《ち》がのぼった。

「ちょっとおじさーん。あいびき六百グラムこっちおねがーい。大急《おおいそ》ぎで、ょよろしくー」

私《わたし》の口《くち》から、とびきりの大声《おおごえ》がするりととびだしていた。

「あいよ。いせいのいいおじょうちゃん」

おじさんは、にこにこと肉《にく》を包《つつ》んでくれた。

「おじさん、サンキュ」

私《わたし》はおばさんたちの体《からだ》を、かきわけかきわけちかづくと、ショーケースの上《うえ》にばしっとお金《かね》をおいた。

「気《き》いつけて帰《かえ》んなよ」

おじさんの声《こえ》を背中《せなか》に受《う》け止《と》めると、大急《おおいそ》ぎで店《みせ》をとびだした。

「ねえ、ちょっと待《ま》って、菜々《なな》ちゃんだろ」

そんなとき突然《とつぜん》よびとめられて、私《わたし》はぎくりと体《からだ》をこわばらせた。しまった、ゆだんした。

ひやりとする気持《きも》ちを、私《わたし》はけんめいにおちつかせた。

なにも、特売《とくばい》のひき肉《にく》を買《か》いにきたなんて、こっちからいわなきゃわからないんだから。

「あーら、ぐうぜん」

私《わたし》はそろそろと体《からだ》のかげに、肉《にく》の入《はい》った袋《ふくろ》をかくしてふりむいた。

「あ、やっぱり菜々《なな》ちゃんだ。ラッキー」

私《わたし》は口《くち》のはしをむりやりもちあげて笑顔《えがお》を作《つく》りつつ、ほほをぴくぴくさせてしまった。

「さ、斉藤君《さいとうくん》じゃないの」

自転車《じてんしゃ》にまたがったままの斉藤《さいとう》は、ニヒヒッと肩《かた》までなみうたせて笑《わら》った。おそろしいことに自転車《じてんしゃ》のかごには、私《わたし》のと同《おな》じピンク色《いろ》の袋《ふくろ》が入《はい》っていた。

「さっき桜井屋《さくらいや》で、菜々《なな》ちゃんに似《に》た声《こえ》がきこえたからさ。信《しん》じられなかったけど、やっぱ本物《ほんもの》だったんだな」

斉藤《さいとう》はちょびっとしかない前髪《まえがみ》を、ササッとかきあげた。

「あ、おれサッカーの練習《れんしゅう》の帰《かえ》りなんだ。ふだんは、買《か》い物《もの》なんかしないんだけどさ。

今日《きょう》はおふくろのやつにたのまれてさあ」

いいわけをするところが、なんだかわざとらしかった。

べらべら話《はな》す斉藤《さいとう》にうなずいてみせながら、私《わたし》は頭《あたま》の中《なか》をフル回転《かいてん》させていた。

こんなことで、今《いま》までの努力《どりょく》を水《みず》のあわにしてたまるか。てのひらにあせが、じわりとでた。

私《わたし》はおなかにぐっと力《ちから》を入《い》れて、とびきりの笑顔《えがお》をつくった。

「あらやだあ。お肉屋《にくや》のおじさんが気《き》づいてくれないんですもの。はずかしかったけど、思《おも》いきっておばさんたちのまねしちゃった」

私《わたし》は下《した》くちびるをきゅっとかむと、目《め》をぱちぱちさせて斉藤《さいとう》をみあげた。

「斉藤君《さいとうくん》にきかれちゃったなんて、菜々《なな》ショック。みんなには、絶対《ぜったい》いっちゃいやよ」

口《くち》の前《まえ》にひとさし指《ゆび》をたてると、私《わたし》はバチッとウインクをしてみせた。

「お、おれ、約束《やくそく》するよ」

首《くび》すじまで真《ま》っ赤《か》にした斉藤《さいとう》は、大《おお》きくうなずいた。

「菜々《なな》ちゃんとおれだけの秘密《ひみつ》。ふ、二人《ふたり》の秘密《ひみつ》かあ……」

自転車《じてんしゃ》のハンドルによりかかって、斉藤《さいとう》はうれしそうにぐにゃぐにゃ体《からだ》をよじっている。

「じゃ、また明日《あした》ね。バイバーイ」

まだぶつぶついってる斉藤《さいとう》に、私《わたし》は背《せ》をむけた。

「あーあぶなかった」

しばらく歩《ある》いてから、私《わたし》はやっと肩《かた》の力《ちから》をぬくことができた。すると、後《あと》から後《あと》からおかしさがこみあげてきた。たったあれだけいい顔《かお》をするだけで、こんなにもあっさり信《しん》じてもらえるもんなんだ。なんて楽《らく》なんだろう。

II

「あ、のぼるだ」

桜井屋《さくらいや》から帰《かえ》る途中《とちゅう》、みなれた後《うし》ろ姿《すがた》が、ひょろりと背《せ》の高《たか》い男《おとこ》の子《こ》とならんで歩《ある》いているのが遠《とお》くにみえた。

その背《せ》の高《たか》い子《こ》には、みおぼえがあった。

近所《きんじょ》に住《す》んでいる子《こ》で、キャリアウーマンのびしっとスーツを着《き》たお母《かあ》さんとつれだって歩《ある》いているのを何回《なんかい》かみたことがある。

たしか準《じゅん》って名前《なまえ》で、のぼると同《おな》じクラスだった。

「ちびたちは、悩《なや》みがなくていいねえ」

準《じゅん》とのぼるは、肩《かた》でおたがいをおしあったり、ランドセルをたたきあったりしてじゃれあっている。すごく、楽《たの》しそうだ。

「それにしても、のぼるはよわっちいなあ」

一方的《いっぽうてき》に、準《じゅん》にやられてばかりいるようにみえる。

肩《かた》かけかばんから準《じゅん》がノートのようなものを何冊《なんさつ》かとりだして、のぼるにさしだした。のぼるはそれを、両手《りょうて》でおしかえしている。それでもなお、準《じゅん》はぐいぐいとのぼるにおしつけている。

のぼるはあきらめたように受《う》け取《と》ると、背中《せなか》をまるめてランドセルにしまいはじめた。

なんだ、あれ？　私《わたし》は首《くび》をひねると、二人《ふたり》に急《いそ》ぎ足《あし》でちかづいた。

「のぼるちゃん、今日《きょう》はずいぶん遅《おそ》かったのね」

私《わたし》は、注意《ちゅうい》してやさしい声《こえ》をだした。

「あ、お姉《ねえ》ちゃん」

のぼるはランドセルのふたをばたん、といきおいよくとじた。

「準君《じゅんくん》、いつものぼるちゃんがお世話《せわ》になっちゃって、ごめんなさいね」

私《わたし》はにっこりと話《はな》しかけているのに、準《じゅん》は口《くち》をひき結《むす》んだまま。

「じゃあな」

のぼるにむかって一言《ひとこと》だけいうと、すたすた先《さき》に歩《ある》いていってしまった。

「なあに、あの態度《たいど》は」

「きっと、てれてるんだよ」

むっとした私《わたし》に、のぼるがのんびりとこたえた。のぼるはポケットから体温計《たいおんけい》をとりだすと、いそいそとわきのしたにはさみにかかった。

「ね、さっきあんたがランドセルに入《い》れたのは何《なに》？」

のぼるはちらりと私《わたし》の顔《かお》をみあげると、ふいっと目《め》をそらした。

「さ、参考書《さんこうしょ》とテキスト。準君《じゅんくん》がいってる塾《じゅく》の」

「なんで、そんなものあんたにわたすのさ」

のぼるは、視線《しせん》をうろうろとさまよわせている。

「こっちの学校《がっこう》での勉強《べんきょう》に役《やく》に立《た》つからって、かしてくれたんだよ。ほら、前《まえ》の学校《がっこう》とは勉強《べんきょう》の進《すす》み方《かた》がずいぶんちがうじゃない。うん、そういうことだよ」

しばらくしてからやっと口《くち》を開《ひら》いたのぼるは、自分一人《じぶんひとり》でなっとくしている。さっきの準《じゅん》をみたかぎりでは、そんな親切《しんせつ》をするようには思《おも》えなかった。なんだかみょうな気《き》がした。

でも、のぼるはすっかり体温計《たいおんけい》に気《き》をとられていて、心《こころ》ここにあらずだ。

不意《ふい》に、私《わたし》は自分《じぶん》が肉《にく》の桜井屋《さくらいや》の袋《ふくろ》を持《も》っていることを思《おも》いだした。

「ちょっとのぼる、ダッシュで帰《かえ》るよ！」

これ以上《いじょう》この姿《すがた》を人《ひと》にみられたら、たまらない。私《わたし》はのぼるのランドセルをおして、フルスピードで歩《ある》きだした。

III

その夜《よる》、頭《あたま》の先《さき》から足《あし》の先《さき》まで念入《ねんい》りに洗《あら》っていたら、おふろの時間《じかん》がずいぶんかかってしまった。

「ごめんね。長《なが》くって」

タオルでぬれた髪《かみ》をふきながら台所《だいどころ》にいくと、父《とう》さんが帰《かえ》っていた。

「いいよいいよ。父《とう》さんはおふろまだだしな」

父《とう》さんは、ビールの入《はい》ったコップを片手《かたて》に目《め》じりをさげている。

「もう、菜々《なな》おそいよ。スペイン語会話《ごかいわ》がはじまっちゃうでしょ」

母《かあ》さんが足音《あしおと》あらくやってきて、目《め》をつりあげた。

「女《おんな》の子《こ》らしくするのもいいけど、家族《かぞく》にめいわくかけないで、って前《まえ》にもいったよね」

私《わたし》は首《くび》をすくめて、父《とう》さんの後《うし》ろに逃《に》げこんだ。

「まあまあ母《かあ》さん。いいじゃないか、おふろくらい。そんなにおこると美人《びじん》がだいなしだ。昔《むかし》は、今《いま》の菜々《なな》くらいかわいかったのになあ」

いすの上《うえ》であぐらをかいた父《とう》さんは、おいしそうにぐぐっとビールを飲《の》みほした。

母《かあ》さんは、うっと一瞬言葉《いっしゅんことば》をつまらせた。

「だ、だいたい、父《とう》さんは菜々《なな》に甘《あま》すぎるの。甘《あま》くするのはおくさんだけでいいんだから」

母《かあ》さんはすてゼリフを残《のこ》して、おふろにいってしまった。

「菜々《なな》は、ほんとうにかわいくなったぞ。おふろの時間《じかん》なんて、すこしも気《き》にしないでいいんだからな」

家族《かぞく》の中《なか》で私《わたし》のただ一人《ひとり》の味方《みかた》の父《とう》さんは、にっこりした。父《とう》さんは、全国気《ぜんこくき》のいい人《ひと》ベストテンをやったら、絶対《ぜったい》ナンバースリーには入《はい》るような人《ひと》だ。かけてもいい。

なんでも自分《じぶん》のことは自分《じぶん》でやる。母《かあ》さんが習《なら》いごとで遅《おそ》く帰《かえ》ってくる時《とき》は、ちゃっちゃっとご飯《はん》も作《つく》ってくれる。

おこることもないし、私《わたし》たちの話《はなし》もよく聞《き》いてくれる。ああ、なんてすばらしいお父《とう》さん。……なのに、なのに、悲《かな》しいことに、こんな父《とう》さんにも重大《じゅうだい》な欠点《けってん》があるのだ。

「おい、のぼる。こっちおいで。いっしょに飲《の》もう」

ほろ酔《よ》いかげんの父《とう》さんは、右手《みぎて》を左《ひだり》のわきのしたにあてておトイレにおりてきたのぼるを手《て》まねきした。のぼるは、よく父《とう》さんと牛乳《ぎゅうにゅう》でお相手《あいて》してあげている。

「あ、父《とう》さん帰《かえ》ってたの。あれ、二本《ほん》も飲《の》んでるじゃない。あーあ、もう頭《あたま》のてっぺんまで真《ま》っ赤《か》だよ」

そう、そうなのだ。父《とう》さんの頭《あたま》は、とっても見通《みとお》しがよいのだ。まあ、はっきりいってバーコードなのよ、髪《かみ》がたが。

くわえて、ファッションセンスがゼロ。さらに、趣味《しゅみ》がじじむさい囲碁《いご》。色《いろ》がぬけきったよれよれのシャツを着《き》て、碁盤《ごばん》にむかってるバーコード頭《あたま》を見《み》て、私《わたし》が何度《なんど》ためいきをついたことか。まだ三十代《だい》なのに、あんまりにもひどいのではないだろうか。

自分《じぶん》の洋服《ようふく》や身《み》だしなみにも気《き》をつかうようになった今《いま》、私《わたし》には父《とう》さんの欠点《けってん》がますます目《め》につくようになった。

「のぼる、新《あたら》しいクラスどうだ。かわいい子《こ》いたか？　なんちゃって。ま、かんぱーいっと」

父《とう》さんのグラスとのぼるの牛乳《ぎゅうにゅう》入《い》りのコップがあたって、かちんと軽《かる》い音《おと》をたてた。

「のぼる、準君《じゅんくん》からかりたテキスト、少《すこ》しは役《やく》に立《た》った？」

なにげなく私《わたし》がいったとたん、のぼるの手《て》からコップがするりとおちた。

「うわっ、ありゃりゃりゃ」

父《とう》さんはサッと、とびのいた。テーブルの上《うえ》に、みるみるうちに白《しろ》い池《いけ》ができた。

「わ、わ、わ、早《はや》くふかなきゃ」

私《わたし》はあわてて、頭《あたま》からタオルをむしりとって、ぞうきんがわりにした。タオルは牛乳《ぎゅうにゅう》をぐんぐんすいこんで、池《いけ》が湖《みずうみ》になるのをふせいだ。

「お、お、そっちにも広《ひろ》がったぞ」

父《とう》さんが、指《ゆび》さした。

テーブルからこぼれた牛乳《ぎゅうにゅう》は、のぼるのパジャマのズボンにぽたりぽたりとたれている。

それなのにのぼるは、牛乳《ぎゅうにゅう》がしみこむのにまかせたままぴくりとも動《うご》こうとしない。

「のぼる、ぬれてるよ。早《はや》くぬぎな」

私《わたし》がせかすと、やっと顔《かお》をあげた。

「ごめん、手《て》、すべっちゃったみたい」

「いいんだ、いいんだ、このくらい。でものぼる、どうかしたのか？　なんだかボーッとしてるみたいだなあ」

父《とう》さんは両手《りょうて》でのぼるのほほをはさむと、心配《しんぱい》そうにその目《め》をのぞきこんだ。

のぼるの顔《かお》が、こまったようにすこしゆがんだ。

ピピッという音《おと》がした。のぼるは、身《み》をよじって父《とう》さんの手《て》からぬけだした。

あわてててわきのしたから、体温計《たいおんけい》をとりだす。

「三十六度《ど》四分《ぶ》」

のぼるは体温計《たいおんけい》にくいいいるようにみいりながら、部屋《へや》をでていった。

私《わたし》はお勝手《かって》の水道《すいどう》で、タオルをぎゅっとしぼった。牛乳《ぎゅうにゅう》とリンスがまざりあって、においがムッと鼻《はな》をつく。

「あらあら。どうしたのよ、牛乳《ぎゅうにゅう》こぼしちゃって。もう一度《ど》ふかなかきゃだめだわ、それは」

体《からだ》にバスタオルをまきつけた母《かあ》さんが、台所《だいどころ》の入《い》り口《ぐち》に立《た》って大《おお》きな声《こえ》をあげた。

「母《かあ》さん、ここは私《わたし》がちゃんとふいとくから大丈夫《だいじょうぶ》。まかせといて」

すこしでも良《よ》い印象《いんしょう》をもってもらうために、私《わたし》は母《かあ》さんにむかってぞうきんをふってみせた。

「ほら、早《はや》くしないとスペイン語《ご》がはじまっちゃうよ。父《とう》さんももういいから、ここは私《わたし》にまかせて」

私《わたし》はいきおいよく、テーブルの上《うえ》をふきはじめた。

「まあ、菜々悪《ななわる》いわね。それじゃあ、お願《ねが》いするわ」

「菜々《なな》、ありがとな」

母《かあ》さんと父《とう》さんは、つれだって居間《いま》にいった。

一人《ひとり》きりになってテーブルにかがみこんでいたら、私《わたし》の胸《むね》にはわけのわからない不安《ふあん》がわきあがってきた。

のぼるのさっきの態度《たいど》は、ちょっとおかしかった。準《じゅん》の名前《なまえ》を私《わたし》がだしたとたん、コップをおとしたようにみえた。

桜井屋《さくらいや》からの帰《かえ》り道《みち》でみた二人《ふたり》の姿《すがた》を、私《わたし》は思《おも》いだしていた。

「うーん、でも、私《わたし》のかんちがいかもしれないしなあ」

明日《あした》のために、やらなくちゃならないことがたくさんあるのだ。のぼるになんか、かまっちゃいられないんだから。

私《わたし》は頭《あたま》をぶん、とふると、ぞうきんを流《なが》しになげこんだ。

4 バケツで玉入《たまい》れ

I

「みなさん、そうじはすみずみまできちんとやりましょう」

よけいなおせわの校内放送《こうないほうそう》が、がんがんにひびきわたる中《なか》、私《わたし》はジャッ、ジャッとほうきを地面《じめん》にたたきつけていた。

「もう、あのばか、なに考《かんが》えてんのよ」

さっき、そうじ場所《ばしょ》の体育館裏《たいいくかんうら》へいこうとしてたら、廊下《ろうか》で斉藤《さいとう》とすれちがった。斉藤《さいとう》のやつ、にまにましながら私《わたし》にむかって、親指《おやゆび》をつきだしてみせたのだ。へったくそなウインクまでしちゃって。またさおりとみほに、誤解《ごかい》されたらどうしてくれるんだ。

「みんな、がんばってやってるかい？」

みまわりにきた浅田先生《あさだせんせい》が、一人《ひとり》はりきった声《こえ》をだしている。はでなオレンジ色《いろ》のジャージ姿《すがた》の浅田先生《あさだせんせい》は、はっきりいってそうじのじゃまでしかない。

「どら、先生《せんせい》にかしてみろ。手本《てほん》をみせてやる」

と生徒《せいと》から竹《たけ》ぼうきをうばっては、せっかく集《あつ》めたごみをちらかしている。

「ううむ、このごみをすてなくっちゃいけないな。だれか、体育倉庫《たいいくそうこ》から竹製《たけせい》ちりとりをもってきてくれないか？」

みんな、いやそうな顔《かお》をしてそっぽをむいている。私《わたし》はまよわず、さっと手《て》をあげた。

「先生《せんせい》、私《わたし》がいってきます」

「お、菜々《なな》たのむよ。じゃあ、鈴木《すずき》も手伝《てつだ》ってやってくれ」

いっしょのそうじ当番《とうばん》だった鈴木《すずき》さんは、無言《むごん》でうなずいた。

「うっわあ、すごいほこりねえ」

私《わたし》はくもの巣《す》を手《て》ではらいながら、かびくさい体育倉庫《たいいくそうこ》に一歩《いっぽ》ふみこんだ。

ここは、体育倉庫《たいいくそうこ》とは名《な》ばかりで、学校《がっこう》の物置《ものおき》になっている。やぶれて使《つか》われなくなったマットや古《ふる》くなったとび箱《ばこ》、こわれたテレビなどが山《やま》とつまれている。

古《ふる》い木造《もくぞう》で日《ひ》もあたらず、昼間《ひるま》でもうす暗《ぐら》い。私《わたし》たちには、あけたままのとびらから入《はい》ってくるわずかな光《ひかり》だけがたよりだ。

私《わたし》の心《こころ》の中《なか》は、すでに後悔《こうかい》の気持《きも》ちでいっぱいだった。こんなきたない所《ところ》にすこしでもいたら、洋服《ようふく》がよごれてしまう。

でも、ゴホゴホせきこんで後《うし》ろからついてくる鈴木《すずき》さんの手前《てまえ》、くるりとまわれ右《みぎ》するわけにはいかない。

私《わたし》は、服《ふく》がそこらへんにさわらないようにってことだけに、意識《いしき》を集中《しゅうちゅう》させて前《まえ》へ進《すす》んだ。

「あそこ」

鈴木《すずき》さんが、倉庫《そうこ》の奥《おく》のかべを指《ゆび》さした。

天井近《てんじょうちか》くのかべにくぎがうってあり、古《ふる》くなった玉入《たまい》れの玉《たま》のつまった竹《たけ》かごといっしょに、ちりとりがひっかけてある。

「あんなたかいところじゃ、むりよね」

どんなに背《せ》のびしても、そのちりとりはとれっこないように思《おも》われた。

「私《わたし》、とってくる」

鈴木《すずき》さんが、力強《ちからづよ》くいった。

「むりだよ。やめようよ」

私《わたし》はおどろいて、鈴木《すずき》さんをみあげた。

「大丈夫《だいじょうぶ》。あの下《した》にある平均台《へいきんだい》にのぼって、手《て》をのばせばきっととどくと思《おも》う」

授業中《じゅぎょうちゅう》にあてられた時以外《ときいがい》に、鈴木《すずき》さんがこんなに長《なが》く話《はな》すのを、私《わたし》ははじめてきいた。

鈴木《すずき》さんの声《こえ》は、すこし低《ひく》くて大人《おとな》っぽかった。

「でも……」

私《わたし》はいいかけて、口《くち》をつぐんだ。

鈴木《すずき》さんの横顔《よこがお》が、きりりとひきしまってみえたからだ。

鈴木《すずき》さんはほこりだらけの平均台《へいきんだい》に、ばんっと手《て》をついた。大《おお》きな体《からだ》がぐっとちぢんだかと思《おも》うと、ミシッという音《おと》とともに鈴木《すずき》さんは平均台《へいきんだい》の上《うえ》に立《た》っていた。

「気《き》をつけてね」

私《わたし》の声《こえ》に軽《かる》くうなずくと、鈴木《すずき》さんはちりとりにむかってそろそろと手《て》をのばした。

あとすこし、という所《ところ》で、なかなかとどかない。鈴木《すずき》さんの体《からだ》が、不安定《ふあんてい》にゆらゆらゆれた。そのたびに、平均台《へいきんだい》はギシ、ギギギィとあやしい音《おと》をたてる。

「あっ、まずい」

ぐらり、と鈴木《すずき》さんの体《からだ》が前《まえ》のめりにたおれた。私《わたし》は思《おも》わず、手《て》をのばして鈴木《すずき》さんの方《ほう》へかけよった。

ガガガ、ガッターン。すごい音《おと》が体育倉庫中《たいいくそうこじゅう》にひびきわたった。平均台《へいきんだい》から落《お》ちてきた鈴木《すずき》さんと私《わたし》は、かさなりあってたおれた。

ドサドサーッと、玉入《たまい》れの玉《たま》が私《わたし》たちの上《うえ》にふってきて、ほこりがもわもわとあがった。

「いってえ」

鈴木《すずき》さんの下《した》じきになって、私《わたし》はうめいた。

「あ、ごめんごめん」

あわてて鈴木《すずき》さんが、体《からだ》を起《お》こす。

やっとのことで起《お》きあがった私《わたし》は、口《くち》の中《なか》がほこりっぽくて、ぺっぺっとつばをはきだした。

「あっ、ああー。なんだよ、これえ」

体《からだ》をみおろして、私《わたし》はさけんでいた。あんなに気《き》を使《つか》っていた洋服《ようふく》が、ほこりだらけになっていたのだ。おまけにどこにひっかけたのか、スカートのすそがほつれて、裏生地《うらきじ》がべろりとはみだしていた。

うー、それもこれもこのかびくさいぼろぼろの玉《たま》のせいだ。それだけではない、このきたない体育倉庫全部《たいいくそうこぜんぶ》が悪《わる》い。

「どうしてくれんのよっ」

かっとした私《わたし》は、そこらじゅうにころがってる玉《たま》のひとつをつかむと、かべにたたきつけた。

ボンッととび箱《ばこ》にあたった玉《たま》が、はねかえってきた。私《わたし》はそれをひろいあげてもう一《いち》度《ど》なげようと、うでを大《おお》きくふりあげて、はっと我《われ》にかえった。

ひえー、ここは学校《がっこう》だったんだ。

頭《あたま》にのぼっていた血《ち》がサーッとひいた。

玉《たま》をぎゅっとにぎりしめたまま、私《わたし》はおそるおそるふりかえった。

鈴木《すずき》さんと私《わたし》の目《め》が、パチッとあった。その瞬間《しゅんかん》、信《しん》じられないことが起《お》こった。

鈴木《すずき》さんがサッとかがんで、赤《あか》い玉《たま》をひろいあげたのだ。

「体育倉庫《たいいくそうこ》、もうすこしきれいにしろー」

鈴木《すずき》さんは、ひゅっと玉《たま》をなげた。ぽこんとまのぬけた音《おと》がして、その玉《たま》は倉庫《そうこ》のすみにつみあげてあった、バケツにみごとに入《はい》った。

「そうだ、きれいにしろっ」

思《おも》わず私《わたし》ももっていた玉《たま》を、バケツにむかってなげていた。白《しろ》い玉《たま》はきれいな線《せん》をえがいて、ぽこんとバケツにとびこんだ。

ふりかえった私《わたし》と鈴木《すずき》さんは、顔《かお》をみあわせると、ぷーっとふきだしてしまった。

なぜだかわからないけれど、あとからあとから笑《わら》いがこみあげてきて、私《わたし》たちはおなかがいたくなるほど笑《わら》い続《つづ》けた。

II

「鈴木《すずき》さんって、けっこう大胆《だいたん》だったんだね」

さんざん笑《わら》った後《あと》、私《わたし》は鈴木《すずき》さんの背中《せなか》をばんばんたたいてほこりをはらってあげた。

「菜々《なな》ちゃんこそ、どなったりするんだ」

鈴木《すずき》さんは持《も》っていた安全《あんぜん》ピンで、私《わたし》のスカートのすそを上手《じょうず》にとめてくれた。

「へ、へ、へ、おどろいたでしょ」

私《わたし》はすっかりひらきなおってぺろりと舌《した》をだした。あんな姿《すがた》をみられてしまったら、今《いま》さらごまかしてもしかたない。

昨日《きのう》斉藤《さいとう》にあった時《とき》とちがって、私《わたし》はすごくおちついていた。鈴《すず》木《き》さんには、よくみせなくてもだいじょうぶ、不思議《ふしぎ》とそんな安心感《あんしんかん》があった。

「うーん、正直《しょうじき》びっくりした」

私《わたし》たちは体育倉庫《たいいくそうこ》の古《ふる》マットの上《うえ》にハンカチをひくと、どちらからともなく腰《こし》をおろした。

私《わたし》の中《なか》には、ひさしぶりにあたたかい気持《きも》ちがじわじわとわいてきた。

「でしょ。私《わたし》もけっこう努力《どりょく》してるんだ。前《まえ》の学校《がっこう》でいやなことがあってさあ、なんだかそれまでの自分《じぶん》のことやんなっちゃったんだ」

なぜだかわからないうちに、私《わたし》はこれまでの自分《じぶん》のことを夢中《むちゅう》で話《はな》していた。

途中《とちゅう》で口《くち》をはさむこともなく、鈴《すず》木《き》さんは私《わたし》の話《はなし》にじっと耳《みみ》をかたむけてくれた。

「なんかわかるよ、菜《な》々《な》ちゃんの気持《きも》ち」

私《わたし》が話《はな》しおわると、鈴《すず》木《き》さんがぽつりといった。自分《じぶん》のくつの先《さき》に視線《しせん》をおとした鈴《すず》木《き》さんの顔《かお》が、やけにさみしそうにみえた。

「でも鈴木《すずき》さんだって、教室《きょうしつ》にいる時《とき》と今《いま》とぜーんぜんちがうじゃない」

私《わたし》はひじで、鈴木《すずき》さんのわきばらをこづいた。

「私《わたし》は、別《べつ》にいいの。菜々《なな》ちゃんとちがって人間関係《にんげんかんけい》よくしていこうなんて思《おも》ってないから。私《わたし》、一人《ひとり》でいるのがいちばん好《す》きだし」

私《わたし》は、ちょっとがっかりした。

「でもさ、だれかと仲良《なかよ》くしようかなあ、なんて思《おも》わない？」

「ううん。全然《ぜんぜん》思《おも》わない。ほら、みんながかってに私《わたし》のこと、おとなしいと思《おも》いこんでるでしょ。すごく都合《つごう》がいいんだ、楽《らく》だし」

あんまり鈴木《すずき》さんのじゃましない方《ほう》がいいな、と私《わたし》は思《おも》った。

「あの、私《わたし》のこと……」

「もちろん、だれにもいわない」

いいかけた私《わたし》に、鈴木《すずき》さんはきっぱりといった。

「じゃあ、いこうか」

私《わたし》は鈴木《すずき》さんと同時《どうじ》に立《た》ちあがると、いきおいよくスカートをはらった。

「いつも本読《ほんよ》んでるけど、あれっておもしろいの？」

ちりとりをはさんで歩《ある》きながら私《わたし》がたずねると、鈴木《すずき》さんはふふっと笑《わら》った。

「ね、どこがおもしろいの？　私《わたし》、マンガと雑誌《ざっし》しか読《よ》まないんだ」

字《じ》がずらーっとならんでいるのをみると、あくびがでちゃうのだ。

「うーん、どこがおもしろいかっていうと……」

鈴木《すずき》さんは、遠《とお》くをみるような目《め》つきをした。

「自分《じぶん》じゃない人間《にんげん》になれるところ、かな」

「あ、それってわかる気《き》がする」

私《わたし》だって、ちがう人間《にんげん》になるためにがんばってるみたいなものだもんね。


「菜々《なな》ちゃーん。なにしてんのさ」

倉庫《そうこ》をでると、体育館《たいいくかん》の角《かど》をまがってさおりがこちらにむかって走《はし》ってくるのがみえた。

「おそいからさ、むかえにきてあげたんだよ。もうとっくにチャイムなったじゃんか」

さおりは口《くち》をとがらせていうと、ちらりと鈴木《すずき》さんをみた。めがねの奥《おく》の目《め》が、こちらがひやりとするくらい冷《つめ》たかった。

体育倉庫《たいいくそうこ》にずいぶん長《なが》い間《あいだ》いたせいで、浅田先生《あさだせんせい》ばかりかほかの子《こ》たちも帰《かえ》ってしまった後《あと》だった。

「ずっと待《ま》っててくれたの？　ごめんね。すぐすませるから」

ねっ、と私《わたし》は鈴木《すずき》さんの方《ほう》をみた。

「あ、あとは、私《わたし》がやっとく」

鈴木《すずき》さんは、私《わたし》の手《て》からちりとりをもぎとると、つっけんどんにいった。下《した》をむいたまま、私《わたし》と目《め》をあわせようともしない。

「ほら、やってくれるってさ。正門《せいもん》で菜々《なな》ちゃんのかばんもって、みほがまってるんだよ」

さおりはぽちゃぽちゃした指《ゆび》で、私《わたし》のうでをつかむとぐいぐいひっぱった。すごい力《ちから》だった。

「鈴木《すずき》さん、ごめんね。後《あと》、よろしくね」

しかたなく、私《わたし》は鈴木《すずき》さんにあやまった。

「もお、いいからさ。早《はや》くいくよ」

私《わたし》はさおりにうながされて、歩《ある》きだした。

ふりかえってみると、鈴木《すずき》さんの大《おお》きな背中《せなか》がすごく遠《とお》くに思《おも》えた。

私《わたし》は、さっきまでぽんぽんにふくらんでいた胸《むね》の中《なか》の風船《ふうせん》が、ぺしゃんこになったような気持《きも》ちになった。

「ちょっと菜々《なな》ちゃん、鈴木《すずき》さんとなんか、あんまり話《はな》しちゃだめじゃん」

帰《かえ》り道《みち》で、さおりが顔《かお》をゆがめていった。

「ええっ、どうして？」

私《わたし》はおどろいて、ききかえした。さおりはみほにちらっとめくばせをした。

「だって、鈴木《すずき》さんて暗《くら》いじゃん。ぶっきみって感《かん》じ。菜々《なな》ちゃんもいっしょにいると、根暗《ねくら》がうつるよ」

「そうよお。菜々《なな》ちゃん、さおりちゃんのいうとおりなんだから」

みほは、まゆをひそめている。

鈴木《すずき》さんのこと、なんにも知《し》らないくせに、なんでこんなことがいえるんだろう？

「ねえ菜々《なな》ちゃん、明日《あした》ね、学校《がっこう》の帰《かえ》りにうちに遊《あそ》びにきてくれなーい？　きてくれるとすっごく、うれしいんだけどお」

ふりかえったみほが、小首《こくび》をかしげていった。たたみこむように、さおりも続《つづ》けた。

「菜々《なな》ちゃん、まだ塾《じゅく》にもいってないじゃん。みほちゃんちで遊《あそ》ぼうよ。ね、決《き》まり」

私《わたし》の返事《へんじ》を待《ま》たずに、さおりがさっさとはなしをまとめた。

「じゃあ、おじゃまさせてもらうわ」

家《いえ》にさそわれるのは、やっぱりうれしかった。なんとなく、三人《にん》の結束《けっそく》がかたくなるような気《き》がするからだ。

私《わたし》の胸《むね》には、鈴木《すずき》さんといっしょにいたときとはちがうけど、別《べつ》のうれしさがこみあげてきた。

5 指《ゆび》きりinみほの家《いえ》

I

「はじめまして。おじゃまいたします」

私《わたし》はきのうの夜《よる》おそくまで鏡《かがみ》の前《まえ》で何度《なんど》も練習《れんしゅう》したとおり、深々《ふかぶか》と頭《あたま》を下《さ》げた。

「まあ、なんて礼儀《れいぎ》ただしいのかしら」

家《いえ》の中《なか》なのにばっちりとお化粧《けしょう》をしたみほのお母《かあ》さんは、すっかり感心《かんしん》している。とっても薄《うす》い生地《きじ》の体《からだ》にぴったりしたワンピースを着《き》たみほのお母《かあ》さんは、まるでテレビドラマの女優《じょゆう》さんみたいにきれいだった。

「そんなこと、ないですう」

私《わたし》は両手《りょうて》で自分《じぶん》のほほをはさんで、うつむいた。これは大人向《おとなむ》け、はにかみのポーズ。

「もう、菜々《なな》ちゃんたらねえ、いっつもこうなのよお、ママ」

みほがお母《かあ》さんのうでに、軽《かる》く手《て》をかけた。

「さあ、菜々《なな》ちゃんも、さおりちゃんもお二階《かい》のみほの部屋《へや》にあがっててちょうだい」

私《わたし》は、おやっと首《くび》をひねった。お母《かあ》さんがさりげなく、みほの手《て》をふりはらったようにみえたからだ。

「きて、きて、菜々《なな》ちゃん。こっち、こっち」

さおりが、先《さき》にたって階段《かいだん》をあがっていく。

私《わたし》は手《て》すりにつかまって、急《いそ》いでその後《あと》をおった。さっきのは、みまちがいだったのかもしれない。

「ジャーン。ほら、ここがみほちゃんの部屋《へや》だよ」

さおりの後《あと》から一歩《いっぽ》部屋《へや》にふみこんで、私《わたし》はその場《ば》で立ちすくんだ。

「す、すごい」

床《ゆか》はこげちゃ色《いろ》のフローリング、大人《おとな》っぽい花柄《はながら》のカーテンが大《おお》きな窓《まど》に品良《ひんよ》くかかっている。これまたこげちゃ色《いろ》の木製《もくせい》のベッドには、外国製《がいこくせい》のキルティングのベッドカバーがかけてある。

部屋《へや》にあつらえたようなうすちゃ色《いろ》の家具《かぐ》は、ピカピカに光《ひか》っている。籐《とう》でできたみほ専用《せんよう》の化粧台《けしょうだい》まである。鏡《かがみ》の中《なか》の私《わたし》が、目《め》をみひらいてこっちをのぞきこんでいる。

かべにはさりげなく、ドライフラワーがかけてある。

これぞ、女《おんな》の子《こ》のあこがれる部屋《へや》の決定版《けっていばん》だった。

「ね、すっごいすてきな部屋《へや》だよね」

さおりはベッドにこしをおろすと、ぴょんぴょん体《からだ》をはずませた。まるで、自分《じぶん》の部屋《へや》のようにふるまっている。

「ほんとう。すてきー」

私《わたし》はおどろきから立《た》ち直《なお》って、胸《むね》の前《まえ》で大《おお》きくパチンと手《て》をうちあわせた。

「菜々《なな》ちゃん、この部屋《へや》どうお?」

みほが、おぼんにティーセットとケーキをのせてしずしずと運《はこ》んできた。

「うん。もう感激《かんげき》しちゃった」

そういいつつも、私《わたし》はなんだかおちつかなかった。

ここはみほの部屋《へや》のはずなのに、どこにもみほがいない。部屋《へや》の主《あるじ》を感《かん》じさせるものがひとつもないのだ。お気《き》に入《い》りのポスターとか、何度《なんど》もくりかえし読《よ》んだ本《ほん》やマンガとか、うすよごれたぬいぐるみとか。

だから、すてきな部屋《へや》にちがいないんだけど、雑誌《ざっし》の中《なか》にいるみたいでちっとも気持《きも》ちがやすまらない。

「すごくきれいに、かたづいてるのねえ」

「うちのママがねえ、とってもきれい好《ず》きなの。おそうじもぜーんぶやってくれるの。はーい、これどうぞ」

みほは、私《わたし》の前《まえ》にピンク色《いろ》のティーカップをコトリとおいてくれた。すすめられるままに、私《わたし》は紅茶《こうちゃ》を一口《ひとくち》飲《の》んで、あやうくブワーッとふきだしそうになった。

「ふ、不思議《ふしぎ》な味《あじ》ねえ」

むせそうになるのをこらえて、私《わたし》はやっとのことでたずねた。

「おいしいでしょう。これバラの紅茶《こうちゃ》なの」

みほは私《わたし》のティーカップに、あふれるほどバラの紅茶《こうちゃ》をつぎたしてくれた。私《わたし》は目《め》を白黒《しろくろ》させて、二口目《ふたくちめ》をのどに流《なが》しこんだ。

口直《くちなお》しに食《た》べたチーズケーキは、口《くち》がまがるほど甘《あま》かった。実《じっ》は、私《わたし》は甘《あま》いものって苦手《にがて》だった。おしんことご飯《はん》があれば生《い》きていけるって、いつも思《おも》ってる。

「ママの手作《てづく》りなの。おかわりあるから、たくさん食《た》べてねえ」

「やったね。みほちゃんちのケーキってそこらへんのケーキ屋《や》さんより、おいしいもん」

とびあがってよろこぶさおりが、私《わたし》には宇宙人《うちゅうじん》にみえた。私《わたし》は、ポテトチップをばりばり食《た》べたいよー。

「あのさ、実《じつ》は大事《だいじ》な話《はなし》があるんだ」

二個目《こめ》のケーキをぺろりと食《た》べおわったさおりが、声《こえ》をひそめていいだした。

きたきた、女《おんな》の子《こ》のお約束《やくそく》、秘密《ひみつ》の話《はなし》。

やっぱり、おたがいに秘密《ひみつ》の話《はなし》をしてこそ、本当《ほんとう》の友《とも》だちになるのよねえ。

「大事《だいじ》な話《はなし》って、なあに？」

元気《げんき》をとりもどした私《わたし》は、わくわくしながら次《つぎ》の言葉《ことば》を待《ま》った。

「まず先《さき》にききたいんだ。菜々《なな》ちゃんてさ、うちのクラスに、好《す》きな男子《だんし》いたりする？」

さおりが、私《わたし》にぐぐっと顔《かお》を近《ちか》づけてきた。

「んー、べつに、いないけど」

ちょっといいなあと思《おも》う男子《だんし》は何人《なんにん》かいたけど、好《す》きな男子《だんし》なんて一人《ひとり》もいなかった。

「あら、よかったあ。ねえ、さおりちゃん」

みほがとびあがって、さおりにだきついた。

あまりの喜《よろこ》びように、私《わたし》は首《くび》をかしげた。

「ごめん、ごめん。あのさ、私《わたし》、菜々《なな》ちゃんと自分《じぶん》の好《す》きな人《ひと》が両思《りょうおも》いなんじゃないかって心配《しんぱい》してたんだ」

おたがいの背中《せなか》をたたきあって、ひとしきり喜《よろこ》びあうと、さおりがやっと顔《かお》をあげた。

私《わたし》の胸《むね》の中《なか》に、じわじわといやな予感《よかん》がわきあがった。

「さおりちゃんの好《す》きな人《ひと》って、だあれ？」

「うふふ、私《わたし》、紅茶《こうちゃ》のおかわり持《も》ってくる」

みほは気《き》をきかせておぼんを胸《むね》にかかえると、ばたばたとでていってしまった。

「あのさ、私《わたし》、斉藤《さいとう》が好《す》きなんだ」

さおりは、きっぱりといった。

いやな予感《よかん》は的中《てきちゅう》した。この前《まえ》トイレで斉藤《さいとう》のことをもちだしてきたのも、こういうわけだったのか。

「へええ、さおりちゃんて斉藤君《さいとうくん》のことが好《す》きだったの。ぜっんぜん知《し》らなかったあ」

斉藤《さいとう》のどこがいいの？　とずばりききたいのを、私《わたし》はがまんした。

「それでさ、ひとつたのみがあるんだ」

さおりは息《いき》がかかるくらい私《わたし》の耳元《みみもと》で、力《ちから》をこめていった。

「明日《あした》の学級会《がっきゅうかい》でさ、来月《らいげつ》のバス遠足《えんそく》のバスの席順《せきじゅん》を決《き》めるんだ。それで、男女好《だんじょす》きな人《ひと》どうし順《じゅん》がいいと思《おも》うって、菜々《なな》ちゃんに提案《ていあん》してほしいんだな。ほら、私司会《わたししかい》じゃんか」

「かまわないけど……」

「菜々《なな》ちゃんがそうしてくれたらさ、私《わたし》、思《おも》いきって、斉藤《さいとう》にいっしょにすわって下《くだ》さいってたのむんだ」

「まあ、さおりちゃんて積極的《せっきょくてき》なのねえ。すごーい。私《わたし》だったら、とってもむり」

と、いうよりも斉藤《さいとう》といっしょにすわるくらいなら、一人《ひとり》の方《ほう》がよっぽどまし。

「話《はなし》、おわったかしら？」

みほがドアのかげから、おずおずと顔《かお》をのぞかせた。私《わたし》はにっこりとみほに笑《わら》いかけた。

「全部《ぜんぶ》きいたわ。私《わたし》、さおりちゃんをいっしょうけんめい応援《おうえん》するから」

「菜々《なな》ちゃんて、なんてやさしいの」

みほは私《わたし》の手《て》をとると、ぎゅうっとにぎった。

「じゃ、ガキッぽいけど、明日《あした》の成功《せいこう》を祈《いの》ってさ、みんなで指《ゆび》きりでもしようか」

さおりの言葉《ことば》に、私《わたし》たち三人《にん》は小指《こゆび》をからませた。

「指《ゆび》きりげんまん、うそついたら針千本《はりせんぼん》のーます。指《ゆび》きった」

私《わたし》たちは、キャッキャッと声《こえ》をあわせて笑《わら》った。

II

指《ゆび》きりをして、明日《あした》の学級会《がっきゅうかい》のうちあわせをしたまでは良《よ》かったのだけど、その後《あと》は私《わたし》にとって、あまり楽《たの》しい時間《じかん》ではなかった。

みほが、ぶあついアルバムを六冊《さつ》もだしてきたのだ。幼稚園《ようちえん》から今《いま》まで、ほとんどの写《しゃ》真《しん》にみほとさおりがいっしょに写《うつ》っている。

「あー、なつかしい。これ、あの時《とき》のよね」

みほがいうと、さおりも目《め》をかがやかせる。

「そうそう。この時《とき》さ、みほったら大変《たいへん》だったじゃーん」

二人《ふたり》の暗号《あんごう》のような会話《かいわ》は、えんえんと続《つづ》いた。

私《わたし》は最初《さいしょ》こそ気《き》をつかって、質問《しつもん》をしたり感想《かんそう》をいったりしたけど、後《あと》は「うん」「ええ」「へえ」「そう」をローテーションさせた。

途中《とちゅう》で、一回《かい》トイレをかりた。ふんわりとした香水《こうすい》のにおいに包《つつ》まれて、便座《べんざ》にこしをおろしたら、どどっと全身《ぜんしん》から力《ちから》がぬけた。

「このまま私《わたし》がもどらなくても、二人《ふたり》とも気《き》がつかないだろうなあ」

と、ちょっぴりむなしい気持《きも》ちにおそわれた。

七時《じ》になって、私《わたし》はこれでやっと帰《かえ》れると心《こころ》の底《そこ》からうれしくなった。そろそろとこしをうかせて、おいとまをつげようとした時《とき》だ。

コンコン、とドアがノックされ、みほのお母《かあ》さんが顔《かお》をのぞかせた。

「さ、みなさんお夕食《ゆうしょく》の時間《じかん》よ。今日《きょう》はママね、菜々《なな》ちゃんのために、うでによりをかけてお料理《りょうり》したのよ」

今《いま》すぐ帰《かえ》りたい、などと言《い》えるはずもなかった。

お母《かあ》さんはニコニコパワーをふりまきながら、さ、こちらへと手《て》でうながす。

「すっごく、かんげきです」

私《わたし》は口《くち》の両《りょう》はしをきゅっとあげ、むりやりうれしそうな顔《かお》を作《つく》った。

ダイニングキッチンも、これまたテレビドラマのセットみたいに整《ととの》っていた。

テーブルの上《うえ》には、ピンクと黄色《きいろ》の小《ちい》さな花《はな》がかざってあった。

今夜《こんや》のメインのおかずは、ハンバーグ。真《ま》っ白《しろ》なテーブルクロスの上《うえ》には、ピカピカのナイフとフォークが行儀《ぎょうぎ》良《よ》く整列《せいれつ》していた。

「とても、おいしいです。こんなにおいしいハンバーグ食《た》べたの生《う》まれてはじめてです」

ナイフとフォークの使《つか》い方《かた》を上品《じょうひん》にみせるために、両手《りょうて》の小指《こゆび》をひっしにぴんとたてながらも、私《わたし》はおせじをいった。

おまけにテーブルの上《うえ》にのったバスケットに入《はい》っているフランスパンが、ご飯《はん》のかわりだった。私《わたし》は白《しろ》くてあたたかいご飯《はん》が食《た》べたくて涙《なみだ》がでそうになった。

「ね、みほちゃんちってすてきでしょ」

さおりは、私《わたし》のひきつりそうな小指《こゆび》をちらっとみて、パクパクたいらげていく。

あー、さおりは自然《しぜん》にふるまえていいなあ。

私《わたし》は、ひっそりとためいきをついた。

食事《しょくじ》の間《あいだ》、みほはたえずお母《かあ》さんに話《はな》しかけていた。

「ママ、このハンバーグおいしくやけてる。すごーい」

「ママ、にんじんのグラッセがねえ、口《くち》の中《なか》でとろけるくらいやわらかいよう」

料理《りょうり》の感想《かんそう》をいうあいまに、「ママすごい」を連発《れんぱつ》している。みていて、いたいたしいほどだ。

それなのに、お母《かあ》さんはみほに対《たい》してなんだかとてもそっけない。

「さおりちゃん、ハンバーグもうひとついかが」

「菜々《なな》ちゃん、デザートもっとめしあがれ」

お客《きゃく》さんの私《わたし》たちには、とてもやさしいのに。

夕飯《ゆうはん》の途中《とちゅう》で、みほのお父《とう》さんも帰《かえ》ってきた。

「ただいま。あれ、今夜《こんや》はかわいいおじょうさんたちでいっぱいだな」

席《せき》についたみほのお父《とう》さんは、とてつもなくかっこよかった。

「みほのお父《とう》さんとお母《かあ》さんて、昔《むかし》、雑誌《ざっし》のモデルもやったことがあるんだってさ」

さおりが私《わたし》に、耳《みみ》うちした。

目《め》がきれながで、ひきしまった口元《くちもと》をしているみほのお父《とう》さんは、髪《かみ》の毛《け》もふさふさしていた。

「し、失礼《しつれい》ですが、おいくつですか」

ぼおっとみとれていた私《わたし》は、こんなまぬけな質問《しつもん》までしてしまった。

「ははは、おかしな質問《しつもん》だね。おじさんは三十九さいだよ」

私《わたし》はくらっとした。父《とう》さんより、二つも年上《としうえ》ではないか。なんてこった。こんな不公《ふこう》平《へい》ってあり？

「さ、ほかにも何《なに》か質問《しつもん》はあるのかな。こんなレディになら、何《なに》をきかれてもかまわないな」

キザなセリフまでが、みほのお父《とう》さんにはかぎりなく似《に》あってしまう。もし、私《わたし》の父《とう》さんがこんなことをいったなら、みんなおなかの皮《かわ》がよじれるほど笑《わら》うだろう。

すてきなお父《とう》さんが私《わたし》たちに話《はな》しかけていたのは、はじめだけだった。気《き》がつくと、みほのお父《とう》さんは自分《じぶん》のことばかりしゃべっていた。それも、いろんな自慢話《じまんばなし》だ。難《むずか》しくてよくわからないけど、仕事《しごと》の契約《けいやく》が成功《せいこう》しただとか、ゴルフの会員権《かいいんけん》がどうのとか。

はっきりいってすこしもおもしろくないのに、みほはいちいち、感動《かんどう》しながらきいている。

「パパすごーい」を連発《れんぱつ》して。

私《わたし》とのぼるが会話《かいわ》の中心《ちゅうしん》で、みんなでワイワイご飯《はん》を食《た》べる我《わ》が家《や》の夕食《ゆうしょく》とは、あまりにもちがっていた。

「今日《きょう》は、菜々《なな》ちゃんのおかげでママもパパもすごーくたくさん話《はな》してくれて、とっても楽《たの》しかったあ。ほんとにありがとう」

帰《かえ》りぎわ、みほが私《わたし》にそっといった。どこが楽《たの》しかったのか、私《わたし》には疑問《ぎもん》だったけど。

「ほんとうにおいしかったです。ごちそうさまでした。おじゃましました」

さおりといっしょにみほの家《いえ》を出《で》た時《とき》、私《わたし》のエネルギーはほとんどゼロだった。すすめられるままにおかわりをしたせいで、おなかがはって苦《くる》しいったらない。

ひきつる小指《こゆび》をさすりながらふりかえると、みほの家《いえ》が街灯《がいとう》にてらされてきれいにみえた。

あのセンス抜群《ばつぐん》の家《いえ》の中《なか》で暮《く》らすみほには、なにか無理《むり》があるような気《き》がした。

「なんか、つかれた」

口《くち》の中《なか》で、つぶやいた。気《き》をぬくと足《あし》がもつれそうだ。

いったい、自分《じぶん》は何《なに》をやってるのだろう。

ふと、そんな不安《ふあん》が胸《むね》をよぎった。

「ねえ、さっきみほとも話《はな》してたんだけどさ。今度《こんど》は、菜々《なな》ちゃんちで遊《あそ》ぶことに決《き》まったから」

さおりの言葉《ことば》に、私《わたし》はすぐには反応《はんのう》できなかった。

「あのさ、私《わたし》たち、明日《あした》も習《なら》いごとがないんだよね。だから、明日《あした》にするから」

「あ、でも、そのそれって……」

あせりまくって、私《わたし》は口《くち》がうまくまわらなかった。頭《あたま》の中《なか》に、ぐちゃぐちゃの部屋《へや》がうかんで、背中《せなか》にひやあせがじわりとでた。

「ね、いいでしょ？」

「明日《あした》ね。も、もちろんだいじょうぶよ」

私《わたし》は心《こころ》と反対《はんたい》に、大《おお》きくうなずいていた。

ああなんできっぱりことわれないんだ。

「じゃあ、学級会《がっきゅうかい》のこと、たのんだよ」

「もちろん、まかせといて」

別《わか》れぎわに、にっこり笑《わら》って手《て》をふった。
ゲフ、ゲフ、ゲフ。その夜《よる》私《わたし》は、連続《れんぞく》三回《かい》のげっぷの記録《きろく》を更新《こうしん》した。

6 友情《ゆうじょう》のためなのに

Ⅰ

いつになく、私《わたし》は早《はや》く起《お》きた。

おなかがはって苦《くる》しくて、目《め》が覚《さ》めてしまったのだ。

「おっはよー。ふわあ」

洗面所《せんめんじょ》には、私《わたし》やのぼるよりずっと早《はや》く出《で》かける父《とう》さんが、くしを片手《かたて》に立《た》っていた。

私《わたし》のあくび入《い》りあいさつに、父《とう》さんは鏡《かがみ》をしんけんにみつめながらこたえた。

「おはよう。それにしても、今日《きょう》はずいぶん早《はや》いんだなあ。さては、雨《あめ》がふるかな?」

「ひっどーい」

私《わたし》は洗面所《せんめんじょ》の鏡《かがみ》の中《なか》の父《とう》さんにむかって、いーっと歯《は》をむきだした。

おせじにも多《おお》いとはいえない髪《かみ》の毛《け》が、ボワーンと父《とう》さんの頭《あたま》のまわりにはりついている。これに、育毛《いくもう》ローションをふりかけて、よせたり、まとめたり、かくしたりして、最後《さいご》に整髪料《せいはつりょう》でガチッとかためる。これで、バーコードヘアーの完成《かんせい》。まさに、ザ・ワザ。

「おい、おい、そんなにみつめられたら、毛《け》がぬけちゃうよ」

「け？　け、毛《け》え〜。うわあっ」

毛《け》という言葉《ことば》で、私《わたし》はみほのお父《とう》さんのふさふさの頭《あたま》を思《おも》いだした。昨夜《ゆうべ》の記憶《きおく》が、いっぺんにもどってきた。

今日《きょう》、家《いえ》にみほとさおりがきちゃうんだ。

どうしよう？　こんな父《とう》さんみせられやしない。

「父《とう》さん、なんとかなんない？　その髪《かみ》がた」

ふだんだったら絶対《ぜったい》いわないようなきつい言葉《ことば》が、思《おも》わず口《くち》をついてでた。

「えっ、なに？」

父《とう》さんは、こっちをむいて目《め》をぱちぱちさせている。

「だから、その髪《かみ》がた、かっこ悪《わる》いんだってば。ふやすとか、ふつうにできないの？」

「突然《とつぜん》いわれても、なあ。かつらつけろってことか？　でも、そんなにこの頭変《あたまへん》かな……」

父《とう》さんの顔《かお》から、ふっと笑《わら》いが消《き》えた。

私《わたし》は胸《むね》の奥《おく》の方《ほう》が、ズキンといたんだ。

でも、そのいたみは、むりやりねじふせた。

「とにかく、どうにもなんないなら、今日《きょう》帰《かえ》ってこないで！」

私《わたし》はさけぶと、階段《かいだん》をかけあがった。

部屋《へや》を、かたづけなくてはならないのだ。

みほの家《いえ》から帰《かえ》ってきて、死《し》にものぐるいで部屋《へや》のそうじをしたんだけど、半分《はんぶん》もおわらないうちに眠《ねむ》ってしまった。

「あー、まずい、どうしよう」

学校《がっこう》へいく準備《じゅんび》をする時間《じかん》をのぞくと、私《わたし》には十五分《ふん》しか時間《じかん》が残《のこ》っていない。

部屋《へや》の中《なか》をうろうろしてるだけで、あっという間《ま》に五分《ふん》たってしまった。

「お姉《ねえ》ちゃん、なに朝《あさ》っぱらからやってるのさ。目《め》がさめちゃったじゃない」

戸口《とぐち》に、左《ひだり》のわきの下《した》をおさえたのぼるが立《た》っていた。そうだ、のぼるの部屋《へや》だ。

「ちょっと、あんたの部屋《へや》かりるからね」

私《わたし》は床《ゆか》にちらばった色々《いろいろ》なものを、足《あし》でザザッとよせ集《あつ》めた。それを両手《りょうて》にかかえて、のぼるの部屋《へや》に走《はし》る。

「え、え、なに?」

のぼるは、ねぼけまなこをこすっている。

三往復《おうふく》しただけで、私《わたし》の部屋《へや》はすっきりとかたづいた。かわりにのぼるの部屋《へや》には、私《わたし》の荷物《にもつ》が小山《こやま》のように積《つ》みあげられた。

「なにするんだ……あっ」

文句《もんく》をいいかけたのぼるは、ピピッという体温計《たいおんけい》の音《おと》に気《き》をとられて口《くち》をつぐんだ。

「三十六度《ど》一分《ぶ》」

「あら、今日《きょう》も平熱《へいねつ》だね。りっぱ、りっぱ」

私《わたし》が頭《あたま》をぐりぐりなでてあげると、のぼるはすっかりきげんをよくした。

「すこしの間《あいだ》だけ、荷物《にもつ》おかせてね。いい?」

「しかたないなあ」

まったく、単純《たんじゅん》なんだから。

「それにしても、なんか殺風景《さっぷうけい》だな」

部屋《へや》の中《なか》は、物《もの》がなくなってがらんとしている。オトメチックには、ほどとおい。

私《わたし》はのぼるの部屋《へや》に引《ひ》き返《かえ》すと、小山《こやま》から国語辞典《こくごじてん》の下《した》でぺちゃんこになったくまのぬいぐるみをひっぱりだした。

「あんたが、たよりよ」

ぐったりしたくまの首《くび》に、クッキーの袋《ふくろ》をしばっていたよれよれの赤《あか》いリボンを結《むす》んだ。

「さ、ここにすわんなさい」

くまを机《つくえ》の上《うえ》にこちら向《む》きにすわらせると、私《わたし》は部屋《へや》をみわたした。みほの部屋《へや》にはとうていおよばないけど、みようによっちゃ、あっさりしてて大人《おとな》っぽいかも。と、自分《じぶん》を納得《なっとく》させた。

「母《かあ》さん、一生《いっしょう》のお願《ねが》い。今日《きょう》の放課後《ほうかご》、みほとさおりがくるから、クッキーやいて下《くだ》さい」

私《わたし》はテーブルに両手《りょうて》をついて、目玉《めだま》やきにまつげがつくくらい頭《あたま》を下《さ》げた。

「母《かあ》さんね、今日《きょう》もコーラスがあるのよ。おかし買《か》っといてあげるから、それでいいんじゃないの」

「手作《てづく》りのおかしじゃなきゃだめなんだってば」

私《わたし》はすがるように、母《かあ》さんをみあげた。

「自分《じぶん》のことは、自分《じぶん》でやるって約束《やくそく》したでしょ……」

「だから、こんなにたのんでるんでしょっ！」

私《わたし》はバンッと、机《つくえ》をたたいた。

「私《わたし》の学校生活《がっこうせいかつ》がかかってんのよ。何《なに》がなんでも、母《かあ》さんに家《いえ》にいてもらいますからね。それに、私《わたし》の部屋《へや》に花《はな》かざっといてよ」

ここまでくるとすでに、やけっぱちだった。

「花《はな》って？」

「バラとか、カーネーションとか」

「ええっ、そんな高《たか》い花《はな》、むりよ」

母《かあ》さんはしかめっつらをして、のぼるの食器《しょっき》を流《なが》しに運《はこ》びはじめた。私《わたし》と母《かあ》さんの間《あいだ》にこれまで以上《いじょう》に、いやあな空気《くうき》が流《なが》れた。でも、私《わたし》は後《あと》にはひかなかった。ううん、ひけなかった。

「母《かあ》さん、たのんだからね。いうこときいてくんないと、私《わたし》もう何《なに》するかわかんないから」

目玉《めだま》やきののった皿《さら》をらんぼうにおしやると、私《わたし》はかばんをつかんで立《た》ちあがった。

「菜々《なな》、あんた自分《じぶん》で何《なに》いってるのかわかってるの？　仲良《なかよ》しが遊《あそ》びにくるだけなのに、そんなかっこつけてどうするのよ」

私《わたし》は母《かあ》さんを無視《むし》して、げんかんをとびだした。

こんなに家族《かぞく》にめいわくをかけて、いったい自分《じぶん》は何《なに》をやってるんだろう？　ふとうかんだそんな考《かんが》えも、頭《あたま》をふっておいはらった。

「お姉《ねえ》ちゃーん。お姉《ねえ》ちゃんと母《かあ》さんのけんかきいてたら、体温《たいおん》が一分《ぶ》あがったよ」

のぼるの声《こえ》が、おいかけてきた。

II

「バス遠足《えんそく》の席順《せきじゅん》の決《き》め方《かた》で、なにか提案《ていあん》のある人《ひと》いますか」

教卓《きょうたく》によりかかったさおりは、あごをつきだしてみんなをみわたした。

父《とう》さんのいったことがあたって、今朝《けさ》から雨《あめ》がふりだした。そのせいで、教室《きょうしつ》はどこもかしこもしめっぽかった。ぬれたぞうきんのにおいが、じゅうまんしている。

「ありまーす」

私《わたし》は、さっと手《て》をあげた。クラス中《じゅう》の視線《しせん》が私《わたし》に集《あつ》まった。

「はい、菜々《なな》ちゃん。どうぞ」

さおりに指名《しめい》されて、私《わたし》はおずおずと立《た》ちあがった。

「バスの席順《せきじゅん》は、男子《だんし》と女子《じょし》の好《す》きなものどうしが自由《じゆう》にすわるのがいいと思《おも》います」

休《やす》み時間《じかん》にトイレの中《なか》でおさらいした言葉《ことば》を、私《わたし》はひといきにいった。

「ふだん、男子《だんし》と女子《じょし》は、ばらばらに行動《こうどう》しています。ですから、遠足《えんそく》をきっかけに仲良《なかよ》くなればいいと思《おも》うのです」

クラス中《じゅう》が、ざわめいた。私《わたし》たち三人《にん》いがいは、男女別々《だんじょべつべつ》にすわるのがあたりまえだと思《おも》っていたのだろう。

「菜々《なな》、すばらしい意見《いけん》だぞ。先生《せんせい》は、賛成《さんせい》だ。な、みんな」

浅田先生《あさだせんせい》は一人《ひとり》で感動《かんどう》して、ぱちぱち手《て》をたたいた。おかげで反対意見《はんたいいけん》もなく、私《わたし》の提案《ていあん》はすんなり通《とお》った。

「では、後《うし》ろの黒板《こくばん》に座席《ざせき》の表《ひょう》をかいておきますので、この時間内《じかんない》に相手《あいて》の決《き》まった人《ひと》は、名前《なまえ》を記入《きにゅう》しといて下《くだ》さい。どうしても決《き》まらない人《ひと》、だれでもいい人《ひと》は申《もう》し出《で》て下《くだ》さい。その人《ひと》たちだけで、くじ引《び》きにします」

さおりの言葉《ことば》に、教室中《きょうしつじゅう》がおしゃべりのうずになった。

「ね、鈴木《すずき》さんは、だれとすわりたい？」

私《わたし》は机《つくえ》ごと、ずずっと鈴木《すずき》さんに近《ちか》よった。

私《わたし》ったらたくさん申《もう》し込《こ》まれて、整理券《せいりけん》くばらないといけなかったりしてえ。しらずしらず、ほほがゆるんでくる。

「私《わたし》は、だれでもいいの。くじでいい」

鈴木《すずき》さんはそれだけいうと、机《つくえ》から文庫本《ぶんこぼん》をとりだしてぱらりとページをひらいた。

あっ、さおりが教卓《きょうたく》からはなれた。がんばれ、さおり。私《わたし》は心《こころ》の中《なか》でさおりに声援《せいえん》をおくった。

その時《とき》、私《わたし》の前《まえ》にだれかが立《た》ちふさがった。ちぇっ、いいとこだったのに。じゃましないでよ。

「菜々《なな》ちゃん、おれといっしょにすわって下《くだ》さい」

私《わたし》はききおぼえのある声《こえ》に、ぎょっとして顔《かお》をあげた。うわあっ。私《わたし》は、いすからころがりおちそうになった。そこには斉藤《さいとう》が、口《くち》をひき結《むす》んで立《た》っていたのだ。

「ええっ、だれ、私《わたし》？」

声《こえ》がうらがえってしまった。

目《め》の前《まえ》のつんつん頭《あたま》の持《も》ち主《ぬし》は、うんうんと大《おお》きくうなずいた。にぎりしめたこぶしが、力《ちから》のいれすぎでぶるぶるふるえている。

「ええーっ、私《わたし》だめよ。だめだめー」

私《わたし》は手《て》をばたばたふって、後《あと》ずさりしながらさおりをみた。そこには、キリリとつりあがったさおりの目《め》があった。

「ちがう、ちがうのに」

助《たす》けを求《もと》めようと、みほを探《さが》した。なのにみほは、リトルリーグのピッチャー真田君《さなだくん》と楽《たの》しそうにおしゃべり中《ちゅう》で、こっちをみてもくれない。

その間《あいだ》にも、斉藤《さいとう》はじりじりにじりよってくる。

「菜々《なな》ちゃん、おれたちさ、秘密《ひみつ》の間《あいだ》がらだもんな」

さおりはくしゃっと顔《かお》をゆがめると、ぷいっと顔《かお》をそむけた。ああ、かんべんしてよ。

すでに私《わたし》たちは、そこらじゅうの注目《ちゅうもく》のまとだった。

「ようよう、斉藤《さいとう》がんばれー」

斉藤《さいとう》の背中《せなか》をばんばんたたいたのは、野球少年《やきゅうしょうねん》の小林君《こばやしくん》だった。

「菜々《なな》ちゃん、こいつのことよろしくたのむよ」

私《わたし》をおがんでみせたのは、秀才《しゅうさい》で大人《おとな》っぽい森君《もりくん》だった。私《わたし》の全身《ぜんしん》から、力《ちから》がぬけた。

「じゃあ、決定《けってい》な」

斉藤《さいとう》はじっとりした手《て》で、私《わたし》のうでをつかむと、ばか力《ぢから》でズルズル後《うし》ろの黒板《こくばん》までひきずっていった。

「斉藤《さいとう》、菜々《なな》と。これでよーし。へへへ」

きったなくて大《おお》きな字《じ》が、黒板《こくばん》に力《ちから》いっぱいかきこまれた。あごに手《て》をあてた斉藤《さいとう》は、一歩下《ぽさ》がって目《め》を細《ほそ》めると、黒板《こくばん》をじっとみつめた。

「なんか、字《じ》がすげえお似合《にあ》いって感《かん》じ」

菜《な》のくさかんむりが、たけかんむりになっていたけど、私《わたし》に注意《ちゅうい》する元気《げんき》はなかった。

III

雨《あめ》のあがった後《あと》の帰《かえ》り道《みち》は、ぬかるんでいて歩《ある》きにくかった。

私《わたし》の家《いえ》にむかって歩《ある》きながら、私《わたし》たち三人《にん》のふんいきはめちゃくちゃ暗《くら》かった。だれも口《くち》をきかない。

先頭《せんとう》をすごい速《はや》さで歩《ある》いているさおりは、ほほをぱんぱんにふくらませている。

「さおりちゃん、あのね、私《わたし》にも何《なに》がなんだかわからないうちに、決《き》まっちゃったの。ごめんね」

さおりの後《あと》をひっしにおいながら、私《わたし》はあやまった。本当《ほんとう》は、私《わたし》のせいじゃないのに。私《わたし》があやまる必要《ひつよう》なんて、これっぽっちもないはずだ。はっきりいえたら、どんなにか気持《きも》ちがいいだろう。

おとなっぽい花柄《はながら》のかさをさしたみほも、うつむいたままだ。

「さおりちゃん、ゆるして。私《わたし》、やっぱり明日《あした》斉藤君《さいとうくん》にいって、さおりちゃんの相手《あいて》とかわってもらおうと思《おも》うの」

本当《ほんとう》はさおりの相手《あいて》の方《ほう》が、斉藤《さいとう》なんかより百倍《ばい》よかったのだ。思《おも》いつきでいったことだったけど、ナイスなアイデアだった。

「ね、さおりちゃん、そうしない?」

くりかえしていったら、さおりがキッと顔《かお》をあげた。

「ほっといて！　私《わたし》、もうやだ。帰《かえ》る」

いうやいなや、さおりはすごいいきおいで走《はし》りだした。

「菜々《なな》ちゃーん、ごめーん。今日《きょう》の約束《やくそく》なしねえ」

いいすてると、みほまでがさおりをおいかけて走《はし》っていってしまった。

「いったいなんなの」

私《わたし》はあっけにとられて、二人《ふたり》を見送《みおく》った。

私《わたし》は友情《ゆうじょう》のために、ただがんばっただけじゃないか。がんばったうえに、おこられたんじゃいいかげんいやになる。

とにかく、家《いえ》に帰《かえ》ってゆっくり休《やす》もう。

きっと、さおりも冷静《れいせい》に考《かんが》えればわかってくれるはずだ。だって、私《わたし》は悪《わる》くないのだもの。

「ただいまー。ああ、つかれた」

ところが家《いえ》に帰《かえ》ると、さらにつかれる事態《じたい》が待《ま》ちかまえていた。

家中《いえじゅう》が、ぴかぴかにそうじされていたのだ。

クッキーの焼《や》ける甘《あま》い香《かお》りまで、ただよっている。

「おっかえりなさーい。あら、菜々《なな》お友《とも》だちはどうしたの？　後《あと》からくるの？」

はりきりまくった母《かあ》さんを前《まえ》に、私《わたし》は声《こえ》もでなかった。

その夜《よる》、私《わたし》は一晩中母《ひとばんじゅうかあ》さんにガミガミいわれ通《どお》しだった。こんな時《とき》、助《たす》けてくれるはずの父《とう》さんも、帰《かえ》ってこない。

せっかく母《かあ》さんが私《わたし》のために色々《いろいろ》やってくれて、協力《きょうりょく》してくれたっていうのに。それをふいにしてしまった。

私《わたし》はのぼるの部屋《へや》から自分《じぶん》の部屋《へや》へ、朝《あさ》の三倍《ばい》くらい時間《じかん》をかけて荷物《にもつ》をもどした。部屋《へや》は、前《まえ》よりずっときたなくなった。

おまけに、むせかえるような花瓶《かびん》いっぱいの菊《きく》のにおいで、いつまでも寝《ね》つくことができなかった。

いったい、今日一日《きょういちにち》の苦労《くろう》はなんだったんだ。私《わたし》は机《つくえ》の上《うえ》にでんとすわってるくまを、いまいましくにらみつけた。

7 雨《あめ》の図書館《としょかん》

I

翌日《よくじつ》はせっかくの土曜日《どようび》だというのに、はげしく雨《あめ》がふっていた。

みんなが立《た》ちどまって、かさをたたんだりぬれた服《ふく》をふいたりするせいで、げたばこはごった返《がえ》していた。

「なに、もたもたしてんのよ」

私《わたし》はスカートにはねた泥水《どろみず》をティッシュでぬぐいながら、小《ちい》さな声《こえ》でのぼるをせかした。

「ちょっと待《ま》って、もうすぐだから」

びしょびしょにぬれた前髪《まえがみ》を額《ひたい》にはりつかせたまま、のぼるはつっ立《た》っている。雨《あめ》の日《ひ》のげたばこでの体温《たいおん》をはかっているのだ。

「もう、いいかげんにしなよね」

私《わたし》は用意《ようい》してきたタオルで、のぼるの頭《あたま》をごしごしふいてやった。まったく世話《せわ》のやける弟《おとうと》だ。

「おっはよーす」

準《じゅん》が通《とお》りすがりに、のぼるのランドセルをばしっとたたいた。

「ああっ」

よろけたのぼるは、あわてて左《ひだり》のわきのしたをおさえた。一瞬遅《いっしゅんおそ》く、体温計《たいおんけい》がのぼるのポロシャツのおなかから、ころがりおちた。

「あっ、だめ……」

体温計《たいおんけい》はころころっところがると、通《とお》りすぎる人《ひと》の足《あし》にぐしゃりとふまれそうになった。

「ふんじゃだめだよ。だめだってば」

のぼるは、はいつくばって体温計《たいおんけい》をひろいあげた。のぼるの手《て》ににぎられた体温計《たいおんけい》は、どろだらけになって、みるも無残《むざん》な状態《じょうたい》だ。

「のぼる、こんなとこでぼけっとつっ立《た》ってるからだぜ」

準《じゅん》はあやまりもせず、肩《かた》をすくめて立《た》ち去《さ》った。

「ちょっと、なによあれ。あっちがかってにぶつかってきたんじゃないのさ」

私《わたし》が声《こえ》をひくめておこるのにもかまわず、のぼるは体温計《たいおんけい》をそでてこすっている。

「いいんだよ、ぼくが本当《ほんとう》にぼーっとしてたんだから。ほら、きれいになったよ。ああ、よかった」

のぼるは、ほっとした顔《かお》をあげた。

「でもね、あの態度《たいど》はないんじゃないの。あれはね……」

なおも文句《もんく》をいおうとした私《わたし》の目《め》のはしに、みほの後《うし》ろ姿《すがた》がうつった。

「みほちゃーん、待《ま》ってー」

のぼるの相手《あいて》をしてる場合《ばあい》ではない。私《わたし》はばさりとのぼるの肩《かた》にタオルをひっかけると、みほの後《あと》をおった。

「おはよう。みほちゃん」

「ああ、菜々《なな》ちゃん。ちょうどよかったあ。私《わたし》ね、話《はな》したいことがあるんだあ」

みほはあいさつも返《かえ》さず、私《わたし》のそでをくいっと小《ちい》さくひっぱった。

「昨日《きのう》ね、あれから、さおりちゃんと話《はな》したの」

みほの声《こえ》が、ひんやりとしたトイレのかべに反響《はんきょう》した。

「さおりちゃん、だいじょうぶだった？」

みほは、ゆっくりと首《くび》を横《よこ》にふった。

「だめなのお。菜々《なな》ちゃんとね、斉藤君《さいとうくん》が本当《ほんとう》は両思《りょうおも》いだっていって、ずーっとおこってるんだもの」

「私《わたし》、ぜんぜん好《す》きじゃない……」

みほは、両手《りょうて》をあげてまあまあとやんわり私《わたし》が話《はな》すのをさえぎった。

「さおりちゃんもね、思《おも》いこんじゃう性格《せいかく》でしょう。だからあ、もう何《なに》いってもだめだと思《おも》うんだ」

「じゃあ私《わたし》、どうすればいいの？」

みほは、きっぱりいった。

「とにかくね、さおりちゃんの気《き》がすむまであやまればいいんじゃない」

それなら、私《わたし》の気持《きも》ちはどうなるんだ？　みほのいうことに、私《わたし》は少《すこ》しも納得《なっとく》できなかった。

でも、みほがどうしてこんなことをいうのかだけは、なんとなく理解《りかい》できた。

家《いえ》ではお父《とう》さんとお母《かあ》さんに、学校《がっこう》ではさおりに、みほはこうやってあわせてきたんだ。

たとえ、みんながまちがったことをいったって、みほはけっしておこったりしない。それが、みほのやり方《かた》。

細身《ほそみ》のずぼんに大《おお》きめのプリントシャツをざっくりきた、あいかわらずセンスのいいみほをみていたら、なんだかかなしくなった。

II

教室《きょうしつ》に入《はい》ると、私《わたし》はまっすぐにさおりの席《せき》にむかった。

さおりはノートになにか、一心不乱《いっしんふらん》にかきこんでいるところだった。私《わたし》をみるなり、さおりはノートをばたんと乱暴《らんぼう》にとじた。

「さおりちゃん、昨日《きのう》はごめんね。全部私《ぜんぶわたし》が悪《わる》かったの」

気《き》がかわらないうちにと思《おも》って、私《わたし》はいっきにいった。

「じゃあ、やっぱり菜々《なな》ちゃんも斉藤《さいとう》を好《す》きだってことかくしてたんだ」

みほのひとさし指《ゆび》は、おちつかなげに机《つくえ》の上《うえ》をこつこつたたいている。

「私《わたし》、斉藤君《さいとうくん》のことは、べつになんとも思《おも》ってないから」

これだけは、はっきりしておかなきゃ。

「それ、ほんと?」

うたがわしそうに、さおりは目《め》を細《ほそ》めた。

「それなら菜々《なな》ちゃん、これからは絶対斉藤《ぜったいさいとう》に話《はな》しかけないでよね」

お金《かね》をもらったって話《はな》しかけたりなんかしない、という言葉《ことば》をのみこんで、私《わたし》はこくんとうなずいた。

「なら、もういいよ」

さおりはためいきまじりにいうと、中指《なかゆび》でさがっためがねをおしあげた。

「本当《ほんとう》に、ごめんね」

私《わたし》は、機械的《きかいてき》にくりかえした。

頭《あたま》の中《なか》が、こんがらがっていた。

楽《らく》な学校生活《がっこうせいかつ》をおくるはずだったのに、どうして私《わたし》こんなにあやまりまくってるんだ?

「私《わたし》だって、協力《きょうりょく》するためにがんばったじゃないの」

「昨日《きのう》、私《わたし》の家《いえ》に遊《あそ》びにくるはずだったよね」

いいたいことは、たくさんあった。なのに、さおりやみほに対《たい》しては、ひとかけらもいうことができなかった。

私《わたし》は胸《むね》の奥《おく》の方《ほう》が、ザワザワと波《なみ》だつのを感《かん》じた。

「じゃあ、私《わたし》たち塾《じゅく》のテストがあるからさ、先帰《さきかえ》るね。ごめんねー」

言葉《ことば》のわりにはあっけらかんとしたさおりとみほは放課後《ほうかご》、私《わたし》をおいてさっさと教室《きょうしつ》を出《で》ていってしまった。

私《わたし》はのろのろと、ひきだしからしめっぽくなった教科書《きょうかしょ》とノートをとりだした。

「バイバーイ。また来週《らいしゅう》ね」

みんな二、三人《にん》ずつ、かたまってどんどん帰《かえ》っていってしまう。

「菜々《なな》ちゃん、バス遠足楽《えんそくたの》しみだな。じゃあ月曜日《げつようび》に、またな」

「そ、そうかしら、私《わたし》は……」

人《ひと》の話《はなし》なんかてんで耳《みみ》に入《はい》ってない斉藤《さいとう》は、深緑色《ふかみどりいろ》のレインコートのえりを両手《りょうて》でピッとたてると、口笛《くちぶえ》をふきながらいってしまった。

それを見送《みおく》っている自分《じぶん》が、すごくみじめだった。あっという間《ま》に、私《わたし》はぽつんと教室《きょうしつ》に一人《ひとり》とり残《のこ》された。

なんで、こんなことになっちゃったんだろ。

その時《とき》、教室《きょうしつ》の後《うし》ろのひき戸《ど》があいた。

「あ、鈴木《すずき》さんじゃない」

鈴木《すずき》さんはきょろきょろとあたりをみまわしてから、はじめて小《ちい》さくほほえんだ。

「どうしたの？　忘《わす》れ物《もの》でもしたの？」

私《わたし》はうれしくなって、はずんだ声《こえ》できいた。

「ううん。私《わたし》、日直《にっちょく》だったから、職員室《しょくいんしつ》に日誌《にっし》をとどけにいってたの」

鈴木《すずき》さんはかがんで、ロッカーからかばんをとりだした。

「ね、いっしょに帰《かえ》らない？」

考《かんが》える間《ま》もなく、私《わたし》の口《くち》は動《うご》いていた。

鈴木《すずき》さんの背中《せなか》が、びくんとゆれた。

「あの二人《ふたり》は？」

「塾《じゅく》だって。先《さき》に帰《かえ》っちゃったんだ」

ふりかえった鈴木《すずき》さんの目《め》と、私《わたし》の目《め》があった。私《わたし》たちは同時《どうじ》に、にこっと笑顔《えがお》になった。

III

校舎《こうしゃ》からでると、雨《あめ》まじりの風《かぜ》が正面《しょうめん》からふきつけてきた。私《わたし》は、あわててかさをひらこうとした。たたきつける風《かぜ》のせいで、かさはなかなかいうことをきいてくれない。

「これに、入《はい》って」

頭《あたま》の上《うえ》に大《おお》きくて真《ま》っ赤《か》なかさがさしかけられて、私《わたし》がかさをひらく間《あいだ》、風《かぜ》をさえぎってくれた。

私《わたし》の胸《むね》の奥《おく》は、ほかほかとあたたかくなってきた。かさにあたる雨《あめ》の音《おと》までが、リズミカルにきこえる。

「鈴木《すずき》さん、兄弟何人《きょうだいなんにん》いるの？」

「お姉《ねえ》ちゃんが二人《ふたり》」

「へえー、いいなあ。私《わたし》もお姉《ねえ》ちゃんがほしかったんだ。でも、いるのは弟《おとうと》が一人《ひとり》だけ」

雨《あめ》の音《おと》に負《ま》けないように、私《わたし》たちは声《こえ》をはりあげながらしゃべった。

「私《わたし》、こっちの道《みち》だから」

曲《ま》がり角《かど》で鈴木《すずき》さんにいわれて、私《わたし》はがっかりした。せっかく、楽《たの》しい気分《きぶん》になってたのに。

そんな私《わたし》の気持《きも》ちが、顔《かお》にでてしまったのかもしれない。

「私《わたし》、これから近《ちか》くの図書館《としょかん》によってくの。もし良《よ》かったら、いっしょにくる？」

鈴木《すずき》さんが、おずおずと小声《こごえ》でさそってくれた。

「いくいく」

私《わたし》は、そのさそいにとびついた。

「へえー、こんなとこに図書館《としょかん》があったんだ。知《し》らなかったな」

私《わたし》は、クリーム色《いろ》の大《おお》きな建物《たてもの》をみあげた。

「図書館《としょかん》以外《いがい》にも屋内《おくない》プールとか、市民《しみん》ホールとか色々《いろいろ》あるみたい」

鈴木《すずき》さんはかさ立《た》てに私《わたし》の分《ぶん》もかさをさしてくれると、なれた様子《ようす》で先《さき》にたってどんどん歩《ある》いていく。

建物《たてもの》の一階《かい》にある図書館《としょかん》は、学校《がっこう》の図書室《としょしつ》とはくらべものにならないくらい広《ひろ》かった。

「リクエストした本《ほん》、きてるわよ」

カウンターの中《なか》からポニーテールのお姉《ねえ》さんが身《み》をのりだして、鈴木《すずき》さんに声《こえ》をかけた。

「あれ、今日《きょう》はお友達《ともだち》といっしょなのね」

「この前《まえ》の本《ほん》、ちょっといまいちでした」

大《おお》きな手《て》さげかばんから五冊《さつ》も本《ほん》をとりだすと、鈴木《すずき》さんはカウンターの上《うえ》にどさっとおいた。

「私《わたし》もそう思《おも》った。主人公《しゅじんこう》があんまりだよね。優柔不断《ゆうじゅうふだん》でかっこ悪《わる》いったらないの」

お姉《ねえ》さんは手《て》にもった機械《きかい》で、本《ほん》の裏《うら》のバーコードをさっとなぞっていく。

大人《おとな》の女《おんな》の人《ひと》と対等《たいとう》に会話《かいわ》をしている鈴木《すずき》さんが、私《わたし》にはすごい人《ひと》にみえた。

教室《きょうしつ》にいるときにはもてあましているようにみえた体《からだ》が、ここではてきぱきと身軽《みがる》に動《うご》いている。私《わたし》の胸《むね》の中《なか》で、鈴木《すずき》さんに対《たい》する興味《きょうみ》がむくむく大《おお》きくなっていく。

「ね、ね、あの人《ひと》と仲《なか》いいね」

返却棚《へんきゃくだな》に本《ほん》を運《はこ》ぶのを手伝《てつだ》いながら、私《わたし》はささやいた。

「うーん、いつも本《ほん》かりてるから。自然《しぜん》に話《はな》すようになっただけ」

「わあ、なんかかっこいい」

「あっ」

本棚《ほんだな》の間《あいだ》を歩《ある》いていた鈴木《すずき》さんが、不意《ふい》に立《た》ち止《ど》まった。

「どうかした?」

「ううん、たいしたことないんだ。いつもここに来《き》てる子《こ》がいたから、ちょっと気《き》になっただけ」

鈴木《すずき》さんは、まゆをひそめている。

「友《とも》だち?」

「そういうわけじゃないんだけど。ね、あそこで話《はな》そう」

鈴木《すずき》さんが指《ゆび》さしたのは、小《ちい》さな子《こ》たちが自由《じゆう》に読書《どくしょ》をすることができるようになっている、カーペットのしかれたコーナーだった。

「鈴木《すずき》さん、図書館《としょかん》が好《す》きなんだね。そうじの時《とき》みたいに、すっごく楽《たの》しそう」

私《わたし》はくつをぬぐと、ブルーのカーペットの上《うえ》にかばんをほうりだした。

「でも、菜々《なな》ちゃんの方《ほう》が楽《たの》しそ。のびのびして元気《げんき》がいいね」

私《わたし》はすっかりリラックスして、足《あし》をなげだしてすわった。

「うーん、ほんとだ。気持《きも》ちいーい」

ついでに、思《おも》いきりのびをした。

「私《わたし》はこっちの菜々《なな》ちゃんの方《ほう》が、だんぜんいいと思《おも》う」

鈴木《すずき》さんは、私《わたし》と目《め》をあわせないでぽつんといった。

「そう？」

「教室《きょうしつ》での菜々《なな》ちゃんも、かわいらしくっていいには、いいけどね」

「ちょっと、私《わたし》だって色々《いろいろ》努力《どりょく》してるんだからね。いいけど、なにさ？　いってよ」

私《わたし》は鈴木《すずき》さんの目《め》を、のぞきこんだ。

「うーん。お人形《にんぎょう》さんみたいでおもしろくないような気《き》がする、ちょっぴり。ごめん、いいすぎだね」

「いいすぎ、いいすぎ。鈴木《すずき》さんだって、教室《きょうしつ》にいる時《とき》とぜーんぜんちがうくせに」

いいたいことをいえるって、なんて気持《きも》ちがいいんだろう。私《わたし》を包《つつ》んでいた重苦《おもくる》しい空気《くうき》がスーッと軽《かる》くなっていく。

さあ、もっとたくさんおしゃべりしよう。

私《わたし》が身《み》をのりだした時《とき》だ。

「ぐちゃぐちゃいうな！」

静《しず》かな図書館《としょかん》の中《なか》にどなり声《ごえ》といっしょに、ガッターンといすがひっくりかえる音《おと》がひびきわたった。

音《おと》のした方向《ほうこう》に目《め》をやって、「あっ」私《わたし》は小《ちい》さくさけんでいた。

広《ひろ》い図書館《としょかん》の向《む》こうのはしの読書《どくしょ》コーナーで、あわてていすをおこそうとしているのがのぼるだったからだ。

なんで、のぼるがこんなところにいるんだ？　混乱《こんらん》した私《わたし》がのびあがってみると、のぼるの横《よこ》には準《じゅん》もいるのがわかった。

のぼるに手《て》をかしもせず、準《じゅん》は机《つくえ》の上《うえ》のノートを肩《かた》かけかばんにつっこんでいる。

そして、いすをおこしたのぼるにわざとぶつかるようにして、ダダッと走《はし》って図書館《としょかん》を出《で》ていった。

のぼるは、よろりと前《まえ》にのめってあたふたしている。

「のーぼーるー」

立《た》ちあがると私《わたし》は、のぼるにむかって両手《りょうて》を大《おお》きくふった。ちらほらいた大人《おとな》が、こっちをにらんだけどかまわなかった。

ふりかえったのぼるが、息《いき》をのんだのがわかった。

「ちょっと、あんたね……」

私《わたし》がよびかけてるというのに、のぼるはパッときびすをかえすと、図書館《としょかん》をとびだした。

「なんなのよ。あれは」

私《わたし》はしかめっつらをして、ふりかえった。

「今出《いまで》ていった子《こ》、もしかして菜々《なな》ちゃんの弟《おとうと》さんなの？」

鈴木《すずき》さんの目《め》が、私《わたし》をのぞきこんでいた。

「うん、そうだけど」

「あの子《こ》なの。さっき私《わたし》が、前《まえ》にもみたことがあるっていったのは」

鈴木《すずき》さんは、うで組《ぐ》みをするとぽつりぽつりと話《はな》しはじめた。

「先週《せんしゅう》、私《わたし》が読書《どくしょ》コーナーで本読《ほんよ》んでたら、あの二人《ふたり》が来《き》たんだ。あの先《さき》に出《で》てった背《せ》の高《たか》い子《こ》が弟《おとうと》さんにむかって、すごくいばって学校《がっこう》の宿題《しゅくだい》とか塾《じゅく》のテキストとか全部《ぜんぶ》やらせてた」

私《わたし》の頭《あたま》の中《なか》は、パンクすんぜんだった。

「菜々《なな》ちゃんの弟《おとうと》さん、文句《もんく》もいわずにもくもくとやってた。なんか、ただの友《とも》だちって感《かん》じでは絶対《ぜったい》ないような気《き》がする」

最後《さいご》の方《ほう》はいいにくそうに、鈴木《すずき》さんは早口《はやくち》になっていた。

「そろそろ、私《わたし》帰《かえ》らなくちゃ」

私《わたし》は突然《とつぜん》、がつんとなぐりつけられた気分《きぶん》だった。

「弟《おとうと》さんに、ちゃんときいてみた方《ほう》がいいよ」

うん、うん、私《わたし》は何《なに》も考《かんが》えることができなくて、ただだまって何度《なんど》もうなずいた。

8 灰色《はいいろ》のぼうし

「三十八、三十九、四十っと。あーあ、やめたやめた」

私《わたし》は、ヘアーブラシをほうりだした。

いつも気合《きあ》い百二十パーセントで取《と》り組《く》む千回《かい》ブラッシングだけど、図書館《としょかん》から帰《かえ》ってきてからは、少《すこ》しもやる気《き》がおこらない。

「のぼるが、いじめられているかもしれない」

自分《じぶん》でつぶやいた言葉《ことば》に、ドキリとした。

気分《きぶん》をかえるために、足元《あしもと》にころがっていた手鏡《てかがみ》をひろいあげた。

「顔《かお》のチェックいきまーす。まつげは……うん、かわいくカールしてる。鼻毛《はなげ》は……よーし、のぞいてなーい。……げっ、なによ、にきびが大《おお》きくなってるよ」

額《ひたい》のすみにあった、小《ちい》さなにきびがいつのまにか成長《せいちょう》していた。

「うー、やんなっちゃうなあ」

私《わたし》はにきび用《よう》の薬《くすり》を捜索《そうさく》するために、しきっぱなしのふとんをめくった。

「たしか、この前《まえ》このへんにあったような気《き》がしたんだけど」

薬《くすり》かと思《おも》ってしきぶとんの下《した》からひきずりだしたのは、スティックのりだった。それをほうりなげたとき、階段《かいだん》をあがってくる足音《あしあと》がやっときこえた。

「ちょっと、のぼる」

私《わたし》はいきおいよくドアをあけて、のぼるの前《まえ》に立《た》ちふさがった。

「今日《きょう》の図書館《としょかん》の、あれ、なんなのよ」

「べつに。ちょっと、準君《じゅんくん》とふざけてただけだよ」

のぼるは、けげんそうに顔《かお》をあげた。

「うそでしょ。ふざけてるにしては、ちょっとおかしかったじゃないの」

のぼるはこわきにかかえた分厚《ぶあつ》い本《ほん》を、私《わたし》の鼻先《はなさき》に持《も》ちあげてみせた。

「『体《からだ》の科学《かがく》』なにこれ」

のぼるは、ふんと鼻《はな》をならした。

「決《き》まってるじゃないか。体温《たいおん》のことがくわしくのってる本《ほん》だよ。準君《じゅんくん》といっしょに、これを図書館《としょかん》で探《さが》してただけだってば」

「でもあの子《こ》、あんたのことつきとばして出《で》てったじゃないの」

「お姉《ねえ》ちゃんの目《め》の錯覚《さっかく》でしょ」

のぼるは、はーっとおおげさにため息《いき》をついた。

「準君《じゅんくん》ちって、お母《かあ》さんがすごく遅《おそ》くまで仕事《しごと》してるから、かわりに夕《ゆう》ご飯《はん》の買《か》い物《もの》にいかなくちゃいけなかったんだ。だから、急《いそ》いでたんだよ」

「それは大変《たいへん》かも、しれないけど……」

あんまりにも、きっぱりとしたのぼるの態度《たいど》に、私《わたし》は一瞬《いっしゅん》ひるんでしまった。

「ちょっと、お姉《ねえ》ちゃん」

反対《はんたい》に私《わたし》のスカートを、のぼるがぐいっとひっぱった。

「あそこで、くまがバンジージャンプに失敗《しっぱい》してるよ」

のぼるの指《ゆび》さした先《さき》では、ぬいぐるみのくまが、机《つくえ》の横《よこ》にさかさまにぶらさがっていた。ほどけた赤《あか》いリボンが、かろうじて片足《かたあし》にまきついている。

私《わたし》がくまに目《め》をうばわれている間《あいだ》に、のぼるはさっさと自分《じぶん》の部屋《へや》にひきあげてしまった。

「あんた、いじめられてるんじゃないの?」

たとえ直接《ちょくせつ》きいたって、絶対《ぜったい》にのぼるは自分《じぶん》の口《くち》から、本当《ほんとう》のことをいわないだろう。そういうところ、のぼるはすごくがんこなのだ。

夕飯中《ゆうはんちゅう》、私《わたし》はちらちらとのぼるの様子《ようす》をうかがっていた。のぼるはテーブルの上《うえ》に広《ひろ》げた『体《からだ》の科学《かがく》』を読《よ》みながら、キャベツの千切《せんぎ》りを口《くち》にはこんでいる。本《ほん》に集中《しゅうちゅう》するあまり、ペラリとはしでページをめくるくせもいつものまま。かわったところは、まったくない。

一方私《いっぽうわたし》は、おかずが大好物《だいこうぶつ》のとんかつだというのに、食欲《しょくよく》がこれっぽっちもわいてこない。

「母《かあ》さん、お父《とう》さん昨日《きのう》も今日《きょう》も遅《おそ》いね」

母《かあ》さんが洗《あら》う皿《さら》を受《う》け取《と》って、ふきんでふきながら私《わたし》はたずねた。お母《かあ》さんにいらないクッキーを焼《や》いてもらってから、私《わたし》の家《いえ》での立場《たちば》はますます弱《よわ》くなっていた。

「あら、昨日《きのう》から出張《しゅっちょう》よ。知《し》らなかったの?」

母《かあ》さんは、ものすごい早業《はやわざ》でコップや皿《さら》を洗《あら》っていく。私《わたし》の前《まえ》に、みるみるうちにぬれた食器《しょっき》がつみあげられた。

のぼるのこと、母《かあ》さんに相談《そうだん》しようかな。と考《かんが》えて、私《わたし》は思《おも》いとどまった。

のぼるが本当《ほんとう》にいじめられてるかどうかはまだわからないのだ。はっきりしないうちに話《はな》して、いらない心配《しんぱい》をかけたくなかった。

父《とう》さんのいない家《いえ》の中《なか》は、なんだかすごく静《しず》かだった。

II

「少年《しょうねん》は、母親《ははおや》の口《くち》にそっと水《みず》をふくませて……かーっ、なによ。こんなことするわけないじゃないさ」

私《わたし》は、国語《こくご》の教科書《きょうかしょ》をなげだした。

せっかくの日曜日《にちようび》だというのに、ベシャベシャ雨《あめ》が降《ふ》り続《つづ》いている。

昨日《きのう》の夜《よる》から、のぼると何度《なんど》も顔《かお》をあわせているのに、何《なに》もきくことができないでいた。

私《わたし》は腹《はら》ばいの体勢《たいせい》のまま、ころがっているくまのぬいぐるみに手《て》をのばした。やっとこさ足《あし》をつかむと、ズルズルーッとひっぱりよせた。

「なんで私《わたし》が、のぼるの心配《しんぱい》までしてやんなきゃいけないんだ」

くまにむかってさけんでみたけど、胸《むね》の中《なか》のモヤモヤはいっこうにおさまらない。

やめたやめた。のぼるのことで悩《なや》んでたって、なんの得《とく》にもならないんだ。

国語《こくご》の読《よ》みの練習《れんしゅう》に、身《み》が入《はい》らないんじゃこまるのよ。明日《あした》、読《よ》みの順番《じゅんばん》がまわってきそうなんだから。

集中《しゅうちゅう》しなくっちゃ。私《わたし》はぐしゃぐしゃと頭《あたま》をかきむしった。オトメチック路線《ろせん》を、くずすわけにはいかないんだ。

「はーああっ」

私《わたし》は、大《おお》きなため息《いき》をはきだした。

「菜々《なな》ー。ちょっと、きてー」

母《かあ》さんによばれて、私《わたし》は階段《かいだん》をかけおりた。

「悪《わる》いんだけど、ひとっぱしりバス停《てい》までいってちょうだい。父《とう》さんから、さっき電話《でんわ》があったのよ。かさもってきてほしいんだって」

「えー、それは、あの、私《わたし》が？」

父《とう》さんとあの朝以来《あさいらい》、あっていないのだ。きまずくって二人《ふたり》きりであうことは、なるべくならさけたかった。

「女《おんな》の子《こ》らしくする人《ひと》が、父親《ちちおや》をむかえにもいけないのかしらねえ」

母《かあ》さんは父《とう》さんのこうもりがさの柄《え》を、私《わたし》の鼻先《はなさき》でユラユラゆらした。

「はいはい。いきます。いかせて下《くだ》さい」

私《わたし》はこうもりがさを、母《かあ》さんの手《て》からひったくった。

クラクションをならして、たくさんの車《くるま》が目《め》の前《まえ》を通《とお》りすぎていく。

横断歩道《おうだんほどう》をわたれば、そこがバス停《てい》だ。私《わたし》は、トラックのむこうに父《とう》さんをみつけた。

小《ちい》さな屋根《やね》しかないバス停《てい》のベンチに荷物《にもつ》をおいて、父《とう》さんは立《た》ったままたばこをふかしていた。

「………」

元気《げんき》よく声《こえ》をかけて、きはずかしさをごまかそうと思《おも》っていた私《わたし》は、その場《ば》に立《た》ちすくんでしまった。

父《とう》さんの頭《あたま》に、ちょこんとみなれないぼうしがのっていたからだ。

そのぼうしは灰色《はいいろ》で、頭《あたま》をとりまくようにぐるりと小《ちい》さなつばがついていた。

「お、菜々《なな》。けっこう、早《はや》かったな」

私《わたし》に気《き》がつくと父《とう》さんは、目《め》じりにくしゃりとしわをよせてほほえんだ。

「へへ、どうだ、これ。似《に》あうか?」

父《とう》さんはてれくさそうにうつむいて、たばこを足《あし》でぎゅっとふみつぶした。

「う、うーん」

似《に》あうとか似《に》あわないとかいうよりも、ぼうしは父《とう》さんの頭《あたま》に全然《ぜんぜん》なじんでなくて、すごくいごこち悪《わる》そうに見《み》えた。

「これなら、頭《あたま》がかくれるし、菜々《なな》も恥《は》ずかしくないだろう」

ズキン、私《わたし》は胸《むね》がいたんだ。父《とう》さん、私《わたし》のいったこと、こんなにも気《き》にしてたんだ。

「あのね、父《とう》さん……」

ぼうしなんてかぶらなくていいよ。あの時《とき》は、あせってひどいこといっちゃっただけなんだから。

そういいかけて、私《わたし》はぴたっと口《くち》をつぐんだ。通《とお》りのむこうを、同《おな》じクラスの女《おんな》の子《こ》が二人《ふたり》つれだって歩《ある》いてくるのがみえたのだ。

考《かん》えるよりも早《はや》く、私《わたし》はかさのかげに体《からだ》をかくしていた。

「菜々《なな》、どうしたんだい？」

父《とう》さんの声《こえ》に、私《わたし》は身《み》をかたくして二、三歩後《ぽあと》ずさりした。

とっさにとった自分《じぶん》の行動《こうどう》に、自分《じぶん》でおどろいていた。父《とう》さんといっしょのところをみられたくないと思《おも》った自分《じぶん》が、世界最大級《せかいさいだいきゅう》の親不孝者《おやふこうもの》になった気《き》がした。

「お父《とう》さんが学生《がくせい》だったとき、グループ交際《こうさい》っていうのをしてたんだ」

不意《ふい》に父《とう》さんが、前《まえ》をむいたまま話《はな》しだした。

「グループこうさい？」

「うん。今《いま》の人《ひと》たちはそんなことはあんまりしないかもしれないけど、昔《むかし》はみんな男女《だんじょ》何人《なんにん》かずつで遊《あそ》びにいったもんだ」

私《わたし》は父《とう》さんが前髪《まえがみ》を風《かぜ》になびかせて、女《おんな》の子《こ》たちと海《うみ》や山《やま》で遊《あそ》んでいるところを想像《そうぞう》しようとして、うまくいかなかった。

「その中《なか》に、すっごくかっこのいい男《おとこ》がいて、二人《ふたり》の女《おんな》の子《こ》がそいつのことを好《す》きになったんだよ」

道路《どうろ》の歩道《ほどう》がなくなったところで、父《とう》さんはさりげなく私《わたし》を道《みち》のはじによせて歩《ある》いてくれた。

「一人《ひとり》の女《おんな》の子《こ》は、はきはきしたさっぱりした子《こ》だったんだ。でも、その男《おとこ》に気《き》にいってもらいたくって、がんばって女《おんな》らしくしはじめた」

「もう一人《ひとり》の子《こ》は？」

私《わたし》はかさをかたむけて、父《とう》さんの顔《かお》をみあげた。

「忘《わす》れた。たぶん、最初《さいしょ》からおっとりした人《ひと》だった気《き》がする」

父《とう》さんは、何《なに》をいいたいんだろう。私《わたし》は次《つぎ》の言葉《ことば》を待《ま》った。

「その子《こ》は、がんばって、がんばって、がんばったんだ。結局《けっきょく》、その男《おとこ》の子《こ》もその女《おんな》の子《こ》を好《す》きになった」

父《とう》さんはまぶしいみたいに、目《め》を細《ほそ》めている。

「つまり、父《とう》さん私《わたし》にがんばれっていってるの？」

「そういうわけじゃないけど、なんだか思《おも》いだしたんだ。実《じっ》は、父《とう》さんはその子《こ》が好《す》きだったんだ」

父《とう》さんの口《くち》から、問題発言《もんだいはつげん》がとびだした。

「なんか、やたらガッツのあるやつだなあって思《おも》ってさ」

てれて、すこし赤《あか》くなった父《とう》さんの顔《かお》が、ほんのちょっぴりこどもっぽく思《おも》えた。

「あ、でもこんな話《はなし》したってこと、母《かあ》さんにはないしょだからな。ほら、くちどめ料《りょう》に
おみやげの菜々《なな》が大好《だいす》きなういろう。もちろん、甘《あま》さひかえめのやつ」

父《とう》さんが私《わたし》に、紙袋《かみぶくろ》をさしだした。

「実《じつ》はなあ、このおみやげ、のぼるのリクエストなんだ」

私《わたし》はおどろいて、顔《かお》をあげた。父《とう》さんの目《め》が、うれしそうに動《うご》いた。

「出張《しゅっちょう》にでかける朝《あさ》、のぼるが早起《はやお》きしてきたんだよ。それで、お姉《ねえ》ちゃんが学校《がっこう》で
色々苦労《いろいろくろう》してるみたいだから、ういろうでも買《か》ってきてあげてよっていうんだ」

のぼるのやつ、なんで私《わたし》のことなんて心配《しんぱい》してるのよ。そんな場合《ばあい》じゃないんじゃな
いの？

「もう、のぼるったら何《なに》いってんのよ。私《わたし》、苦労《くろう》なんかぜんぜんしてないよ。学校生活《がっこうせいかつ》、
ばっちりなんだから」

私《わたし》は、早口《はやくち》でまくしたてた。

受《う》け取《と》ったその紙袋《かみぶくろ》のずっしりとした重《おも》さに、私《わたし》はじんときた。

家《いえ》までの十分間《ぶんかん》、私《わたし》は父《とう》さんの灰色《はいいろ》のぼうしから、ずっと目《め》がはなせないでいた。

9　のぼるの体温《たいおん》

I

土曜日《どようび》、日曜日《にちようび》とふり続《つづ》いた雨《あめ》がやんで、月曜日《げつようび》の朝《あさ》はぴかぴかに晴《は》れていた。

千回《かい》ブラッシングをさぼった私《わたし》の髪《かみ》の毛《け》は、肩《かた》の上《うえ》で毛先《けさき》があっちこっちにむいている。

よく眠《ねむ》れなかったせいで、目《め》のしたにはくまができていた。

「お姉《ねえ》ちゃん、歩《ある》くのおそいよ。ぼく、先《さき》に行《い》くからね」

「うん、いいよ」

私《わたし》は学校《がっこう》への道《みち》を、一歩《いっぽ》一歩《いっぽ》ふみしめるようにゆっくり歩《ある》いていた。

昨夜《ゆうべ》私《わたし》はういろうをかじりながら、のぼるの学校《がっこう》での様子《ようす》を探《さぐ》るために、ひとつの作《さく》戦《せん》をたてたのだ。

のぼるは、たった一人《ひとり》の弟《おとうと》だ。やっぱり、ほうっておくわけにはいかない。決《けっ》して、ういろうにつられたわけじゃないからね。

まず、給食《きゅうしょく》の時間《じかん》にのぼるのクラスをのぞくことにねらいをさだめた。休《やす》み時間《じかん》にのぞいてたら、あやしまれるかもしれない。授業中《じゅぎょうちゅう》にのぞいたって、みんな勉強《べんきょう》をしているだけだ。

次《つぎ》は、給食《きゅうしょく》の時間《じかん》に私《わたし》が教室《きょうしつ》をぬけだす方法《ほうほう》。さんざん考《かんが》えたけど、やはり気分《きぶん》が悪《わる》いふりをして保健室《ほけんしつ》にいくのが、一番《いちばん》だという結論《けつろん》に達《たっ》した。もちろん、保健室《ほけんしつ》にはいかないでのぼるの教室《きょうしつ》へ直行《ちょっこう》する。

給食《きゅうしょく》の時《とき》に、みんなにあやしまれないように、朝《あさ》からみほやさおりたちに気分《きぶん》の悪《わる》さをアピールしておこう。

てきをあざむくにはまず、味方《みかた》から。

私《わたし》のオトメチックイメージ（オトメチックといったら病弱《びょうじゃく》よね）を倍増《ばいぞう》させることのできる、一粒《つぶ》で二度《ど》おいしい完璧《かんぺき》な作戦《さくせん》だと思《おも》った。

「おはよぅ」

私《わたし》は、小《ちい》さな弱々《よわよわ》しい声《こえ》であいさつしながら、教室《きょうしつ》に入《はい》った。

窓《まど》ぎわでは、みほとさおりが額《ひたい》をよせて何《なに》か話《はな》している。

「さおりちゃん、みほちゃん、おはよぅ」

私《わたし》は、二人《ふたり》の間《あいだ》にわって入《はい》った。

「あのね、私《わたし》ちょっと今日《きょう》は気分《きぶん》が悪《わる》いみたいなの」

私《わたし》は口《くち》にハンカチをあてると、ゴホゴホとおおげさにせきこんだ。

「ふうん」

うで組《ぐ》みをしたさおりが、鼻《はな》をならした。

さおりは口《くち》をへの字《じ》に結《むす》んだまま、私《わたし》の額《ひたい》のにきびをあながあくほどみつめている。

私《わたし》はみぞおちのあたりが、きゅうっといたくなった。ちょっと、わざとらしすぎたかな。

「気分《きぶん》が悪《わる》いのなら、保健室《ほけんしつ》にいった方《ほう》がいいんじゃないのお?」

みほは心配《しんぱい》そうにいってくれたけど、まだ保健室《ほけんしつ》にいくには早《はや》すぎる。

「でもね、そんなに悪《わる》いわけじゃないの。ちょっとこう、胸《むね》のあたりがむかむかする程度《ていど》」

私《わたし》は両手《りょうて》をかさねて胸《むね》にあてると、上目《うわめ》づかいにさおりの様子《ようす》をうかがった。

キーンコーン、カーン。

チャイムの音《おと》が鳴《な》りひびいた。さおりは、肩《かた》をすくめると、くるりと私《わたし》に背中《せなか》を向《む》けた。

私《わたし》も、しかたなく席《せき》についた。

「じゃあ、次《つぎ》の問題《もんだい》できたものは、手《て》をあげろ。そおら、そおら、がんばれよ」

一時間目《じかんめ》は、大《だい》きらいな算数《さんすう》だった。浅田先生《あさだせんせい》のはりきり声《ごえ》が、うるさくてたまらない。

私《わたし》は首《くび》をのばして、窓《まど》ぎわの席《せき》をみた。

シャーペンをノートに走《はし》らせるみほとさおりの横顔《よこがお》は、いつもとまったくかわりない。

「だいたい、クラスの半分《はんぶん》ができたようだな」

浅田先生《あさだせんせい》は教卓《きょうたく》からはなれると、机《つくえ》の間《あいだ》を歩《ある》きはじめた。

前《まえ》の席《せき》の鈴木《すずき》さんは、ノートにかがみこんでもくもくと問題《もんだい》をといている。

横《よこ》を浅田先生《あさだせんせい》が通《とお》りすぎたのを確認《かくにん》して、私《わたし》はふーっとためいきをついた。

体《からだ》の力《ちから》をぬいたら、眠気《ねむけ》がおそってきた。ひっしに目《め》をあけようとするのだけど、寝《ね》不足《ぶそく》のせいでまぶたがどんどん重《おも》くなる。

これは、こまった。おしよせる眠気《ねむけ》にまけて、私《わたし》は両《りょう》ひじをつくと手《て》のひらにほほをうずめた。こうしていれば、問題《もんだい》を読《よ》んでいるようにみえるはずだった。

「先生《せんせい》、菜々《なな》ちゃんが気分悪《きぶんわる》そうです」

突然《とつぜん》、教室中《きょうしつじゅう》にひびきわたった声《こえ》に、私《わたし》はいすからとびあがった。

「菜々《なな》ちゃん、さっき気分《きぶん》が悪《わる》いっていってました。保健室《ほけんしつ》に、つれていってあげて下《くだ》さい！」

さけんでいるのは、斉藤《さいとう》だった。

「私《わたし》、だいじょうぶです」

私《わたし》も、ひっしにさけんだ。まさか斉藤《さいとう》にさっきの会話《かいわ》をきかれていたなんて。本当《ほんとう》に、超《ちょう》かんちがい野郎《やろう》なんだから〜。

「菜々《なな》、むりしちゃだめだぞ」

浅田先生《あさだせんせい》は走《はし》りよってくると、私《わたし》の額《ひたい》に脂《あぶら》っぽい手《て》をぴたっとのせた。

「お、すこし熱《ねつ》があるみたいだぞ」

その一言《ひとこと》で、すべてが決《き》まった。クラス中《じゅう》の注目《ちゅうもく》を集《あつ》めて、私《わたし》は席《せき》を立《た》つはめになった。

II

私《わたし》は、保健室《ほけんしつ》のベッドでたっぷり二時間《じかん》も睡眠《すいみん》をとってしまった。

おせっかい斉藤《さいとう》のせいで、

「電話《でんわ》して、お母《かあ》さんをよんであげましょうか?」

という天使《てんし》のようにやさしい保健《ほけん》の先生《せんせい》に、

「母《はは》は、出《で》かけていて留守《るす》なんです」

と、悪魔《あくま》のようなうそまでついてしまった。

目《め》をさました私《わたし》は、

「あの、もうそろそろ母《はは》が家《いえ》にもどってるころなので、早退《そうたい》します」

と、うそにうそをかさねて保健室《ほけんしつ》を後《あと》にした。

斉藤《さいとう》のせいで、作戦《さくせん》はおおはばにくるったけど、どうにかここまでこぎつけた。

三年《ねん》四組《くみ》の前《まえ》の廊下《ろうか》には、人《ひと》かげはなくなっていた。

もう給食《きゅうしょく》の準備《じゅんび》が、はじまっているのだ。

食器《しょっき》のふれあう音《おと》が、ここまでもれてくる。

私《わたし》は腰《こし》をかがめて廊下《ろうか》の窓《まど》ににじりよると、わずかなすきまに顔《かお》をおしつけた。

「班《はん》ごとに、ならんでくださーい」

女《おんな》の子《こ》のかん高《だか》い声《こえ》に目《め》をやると、ラッキーなことに配膳台《はいぜんだい》の前《まえ》に立《た》っている給食当番《きゅうしょくとうばん》ののぼるがみつかった。私《わたし》は目《め》をこらして、のぼるの動《うご》きをおった。

ぶかぶかのかっぽう着姿《ぎすがた》ののぼるは、おたまを使《つか》ってみそしるをよそっている。みてるこっちがはらはらするほど、その手《て》つきはおぼつかない。

みそしる入《い》りの深皿《ふかざら》を、目《め》の前《まえ》にいる子《こ》のトレィにやっとのことでのせると、のぼるは体《からだ》を横《よこ》にずらした。

今度《こんど》は長《なが》いさいばしをもつと、あさい皿《さら》に魚《さかな》のフライをのせる。フライが皿《さら》の外《そと》にとびだしそうになって、あたふたしている。

本当《ほんとう》だったら、みそしる、フライ、と二人《ふたり》でわけてやる仕事《しごと》を一人《ひとり》でやっているのだ。

「のぼる、のろのろするなよ」

近《ちか》くの席《せき》の子《こ》とおしゃべりしていた背《せ》の高《たか》いかっぽう着姿《ぎすがた》の男《おとこ》の子《こ》が、顔《かお》をあげてどなった。

その声《こえ》は、まちがいなく準《じゅん》のものだった。

配膳台《はいぜんだい》の前《まえ》には、列《れつ》がずらーっとできてしまっている。

のぼるが二人分作業《ふたりぶんさぎょう》をしているのだから、しかたないじゃない。そういうあんたは、なにやってんのよ。

「給食当番中《きゅうしょくとうばんちゅう》に、体温《たいおん》はかろうなんて思《おも》うなよな。ピピッ」

準《じゅん》は実《じつ》に上手《じょうず》に、のぼるの電子体温計《でんしたいおんけい》の音《おと》までまねる。くすくす笑《わら》いが、教室《きょうしつ》のあちらこちらからもれた。

私《わたし》の中《なか》で、ばらばらだったパズルのピースがピタリとあった。鈴木《すずき》さんのいっていたことは、本当《ほんとう》だったんだ。私《わたし》が二人《ふたり》で歩《ある》いているのをみた日《ひ》も、準《じゅん》はのぼるに宿題《しゅくだい》をおしつけていたんだ。

のぼるは、じっとうつむいたままだ。おたまをもつ手《て》にはわかめがこびりついて、みそしるがうでまでだらだらたれている。

「のぼる、なんとかいってやんなさいよ」

私《わたし》は、心《こころ》の中《なか》でさけんだ。

ハイヒールの音《おと》をひびかせて、廊下《ろうか》をむこうから三年《ねん》四組《くみ》の担任《たんにん》らしい若《わか》い女《おんな》の先生《せんせい》がやってきた。

私《わたし》はいかにも用事《ようじ》があるようなふりをして早足《はやあし》でその先生《せんせい》とすれちがっておいて、もとの場所《ばしょ》にとって返《かえ》した。

「あらら、まだ食《た》べてないの？」

先生《せんせい》は幼稚園生《ようちえんせい》に話《はな》しかけるような、鼻《はな》にかかった声《こえ》をだした。

「がんばってるんですけど、ちょっと仕事《しごと》やってくんない人《ひと》がいて」

一瞬《いっしゅん》のはやわざでのぼるからおたまをうばいとった準《じゅん》は、わざとらしくちらりとのぼるの方《ほう》をみた。

「ああら、のぼる君《くん》、みんなといっしょにちゃんと当番《とうばん》しなくちゃだめじゃない」

先生《せんせい》は、のぼるにきつい視線《しせん》をおとした。

「ぼく、ちがいます。ぼくは……」

のぼるを、準《じゅん》がどんっとおしのけた。

「先生《せんせい》、のぼる君《くん》は転入生《てんにゅうせい》だから、まだ当番《とうばん》になれてないんです。ぼく、のぼる君《くん》の分《ぶん》もがんばりますから」

ううっ、私《わたし》はうめいた。

「まあ、準君《じゅんくん》えらいわ」

先生《せんせい》は、準《じゅん》の頭《あたま》にやさしく手《て》をおいた。

「準《じゅん》め〜」

私《わたし》は指《ゆび》がおれるほど強《つよ》く両手《りょうて》をにぎりあわせて、ぎりぎり歯《は》ぎしりした。頭《あたま》にどくどく血《ち》がのぼっていくのがわかった。

とびだしていって、準《じゅん》の胸《むな》ぐらをつかんでゆさぶってやる。

そう頭《あたま》では考《かんが》えてるのに、足《あし》がその場《ば》にビタッとはりついて、一歩《いっぽ》も動《うご》くことができない。早《はや》くいって、のぼるを助《たす》けてあげなくっちゃ。あせる気持《きも》ちとは反対《はんたい》に、体《からだ》はすくんだままだ。

一か月前《げつまえ》の私《わたし》だったら、まよわずとびだしていただろうに。

「いただきまーす」

したくがすんだ三年《ねん》四組《くみ》は、給食《きゅうしょく》を食《た》べはじめた。かっぽう着《ぎ》をぬいだのぼるは、いつもよりずっとずっと小《ちい》さくみえた。

そろそろと窓《まど》からはなれた私《わたし》は、のぼるが牛乳《ぎゅうにゅう》をこぼした時《とき》のことをはっきりと思《おも》いだした。あの時《とき》から、のぼるは危険信号《きけんしんごう》をビンビンとばしていたのだ。なんで、あの時《とき》にちゃんとのぼると話《はなし》をしなかったのだろう。私《わたし》は、くちびるをかんだ。

「菜々《なな》、だいじょうぶか？」

教室《きょうしつ》にもどると、浅田先生《あさだせんせい》が心配《しんぱい》した顔《かお》で近《ちか》づいてきた。

「おなかがいたいのがなおらないので、今日《きょう》は帰《かえ》らせてもらいます」

一時間前《じかんまえ》だったら、イメージを保《たも》つために死《し》んでも口《くち》にしない言葉《ことば》だった。おなかがいたいなんて、みんなが変《へん》な風《ふう》に考《かんが》えるかもしれない。

「菜々《なな》ちゃーん、平気《へいき》なの？」

みほがやさしく、私《わたし》の手《て》をにぎった。

「もう、だいじょうぶなわけ？」

さおりの声《こえ》は、どこかしらぶっきらぼうだった。斉藤《さいとう》が私《わたし》を保健室《ほけんしつ》にいかせたことが、気《き》に入《い》らないのかもしれない。でも今《いま》の私《わたし》は、さおりのごきげんにまで気《き》をまわしているよゆうはなかった。

「心配《しんぱい》させちゃって、ごめんね。早退《そうたい》すればだいじょうぶだと思《おも》うから」

私《わたし》は言葉《ことば》をのどのおくからむりやりしぼりだした。

鈴木《すずき》さんがスプーンを口《くち》に運《はこ》びながら、ちらちらこっちをみている。鈴木《すずき》さんを安心《あんしん》させるために、私《わたし》はむりにほほえんでみせた。

10 いちごババロア

I

だれもいない居間《いま》で、私《わたし》はソファにひっくりかえって天井《てんじょう》をみあげた。

おたまをもったのぼるの姿《すがた》が、目《め》のうらにやきついている。あの時《とき》、動《うご》けなかった自《じ》分《ぶん》のことも。

私《わたし》は目《め》をつぶると、けんめいに自分《じぶん》の気持《きも》ちをおちつかせようとしていた。

準《じゅん》のいじ悪《わる》い声《こえ》が、耳《みみ》に残《のこ》っていた。

「まず、のぼるとちゃんと話《はな》してみなくちゃ」

やっと、気持《きも》ちがおちついてきた。

「お姉《ねえ》ちゃん?」

目《め》をあけると、のぼるが心配《しんぱい》そうな顔《かお》をして立《た》っていた。

「ねえ、お姉《ねえ》ちゃんどうかしたの？　気持《きも》ち悪《わる》いの？」

「気持《きも》ち悪《わる》くなんかないよ。それよりのぼる、お姉《ねえ》ちゃんあんたに話《はなし》があるんだ」

のぼるは私《わたし》の言葉《ことば》になどまったく耳《みみ》をかさず、ポケットからクリーム色《いろ》のケースをとりだした。

「熱《ねつ》、はかってみるといいよ」

「だいじょうぶだってば」

「だめだよ。かぜを甘《あま》くみてると、あとで熱《ねつ》がいっきにでちゃうんだから」

のぼるは一歩《いっぽ》もひかずに私《わたし》の手《て》に、ケースに入《はい》った体温計《たいおんけい》をぐいっとおしつけた。

「いらないよっ、こんなもの！」

バシッ、と私《わたし》はのぼるの手《て》からケースをたたきおとした。床《ゆか》にたたきつけられて、体《たい》温計《おんけい》がとびだした。

さっきまでの、ちゃんと話《はな》そう、と思《おも》っていたことなど頭《あたま》の中《なか》からふきとんでいた。自分《じぶん》が大変《たいへん》な時《とき》に、のんびりした声《こえ》なんか出《だ》してんじゃないっ。目《め》の前《まえ》でぽけっとした顔《かお》をしているのぼるに、私《わたし》はもうれつに腹《はら》がたってきた。

「なにするんだよ。らんぼうだなあ」

かがんだのぼるよりも早《はや》く、私《わたし》は体温計《たいおんけい》をひろいあげた。

「のぼる、準《じゅん》にいじめられてんでしょ。クラスでもばかにされてさ。はっきりいいなさいよ」

のぼるは腰《こし》をかがめたまま、ゆっくり顔《かお》だけをあげた。

「いじめられてなんかいいな……」

「私《わたし》、今日《きょう》みたのよ。三年《ねん》四組《くみ》までいって、しっかりこの目《め》で確認《かくにん》したんだから」

のぼるは、目《め》を大《おお》きくみひらいた。

「こんな、こんな、体温《たいおん》はかってるからいけないのよ。だから、ばかにされるんじゃない。こんなもの、すてちゃいなさいよ」

私《わたし》は大《おお》きくうでをふって、体温計《たいおんけい》をごみ箱《ばこ》になげこんだ。ガッと、大《おお》きな音《おと》をたてて体温計《たいおんけい》はごみ箱《ばこ》の底《そこ》に消《き》えた。

自分《じぶん》でも何《なに》をいってるのかわからないまま、次々《つぎつぎ》と言葉《ことば》だけがとびだしていた。

体《からだ》を起《お》こしたのぼるは、何《なに》もいわずに私《わたし》をみつめている。

「なんか文句《もんく》ある?」

「……おなじ……」

のぼるは、口《くち》の中《なか》でもぐもぐなにかつぶやいている。

「なによ、はっきりいいなさいよ」

のぼるは、キッと顔《かお》をあげた。

「おんなじだっていったの！」

「なにがおんなじなのよ」

「準君《じゅんくん》と、お姉《ねえ》ちゃんがおんなじだっていったんだ。人《ひと》とちがうことすると、すぐにおかしいおかしいっていってさ」

のぼるがこんなに強《つよ》い調子《ちょうし》で話《はな》すのは、はじめてだった。

「体温計《たいおんけい》で体温《たいおん》はかるってことのどこがいけないの？　ねえ、どこがいけないのさ」

のぼるは口《くち》のはしをぶるぶるふるわせている。

「ぼ、ぼく……。うっ」

ひとつしゃくりあげると、のぼるの目《め》からパタパタッと涙《なみだ》がこぼれおちた。

のぼるはひっくひっくしゃくりあげながらさっきまでの強気《つよき》はどこへやら、ごみ箱《ばこ》をかきまわして体温計《たいおんけい》を探《さが》しはじめた。

そのまるまった小《ちい》さな背中《せなか》をみてたら、私《わたし》の胸《むね》の中《なか》に後悔《こうかい》の気持《きも》ちがどっとおしよせた。

そうなんだ。のぼるは全然悪《ぜんぜんわる》くないんだ。

そんなことはじめから、わかっていた。

本当《ほんとう》は、給食《きゅうしょく》の時間《じかん》にのぼるを助《たす》けてあげられなかった自分《じぶん》に、いちばん腹《はら》がたっていたんだから。

「でも、あんただいじょうぶなの?」

私《わたし》のといかけに、のぼるはうるんだ目《め》のまま顔《かお》をあげた。

「だいじょうぶ、だと思《おも》う」

「どこが、だいじょうぶなのよ。だって……」

私《わたし》の言葉《ことば》は、のぼるのきっぱりした口調《くちょう》にさえぎられた。

「ぼく、準君《じゅんくん》のいじ悪《わる》になんか、絶対負《ぜったいま》けない。ぼくの前《まえ》ではおこったりいやみいったりしてるのに、先生《せんせい》とかクラスのみんなの前《まえ》ではいい顔《かお》してみせるような準君《じゅんくん》て、まちがってるよ」

私《わたし》ははじめてあった人《ひと》をみるように、感心《かんしん》してのぼるをながめた。

同時《どうじ》に、まるで自分《じぶん》のことをいわれたような気《き》がして、ドキリとした。

「こっちのことはいいから、お姉《ねえ》ちゃんは自分《じぶん》のこと考《かんが》えなよね。やっぱりぼく、今《いま》のお姉《ねえ》ちゃんは好《す》きじゃない。だって、むりしてるみたいだもん」

私《わたし》の心《こころ》の中《なか》をみすかしたように、のぼるがいった。

「あった、あった」

のぼるは体温計《たいおんけい》をみつけると、手《て》のひらでキュキュッとこすった。そして、おもむろに左《ひだり》のわきの下《した》にはさんだ。

「けんかした後《あと》の体温《たいおん》はかろうっと」

にこっと笑《わら》った顔《かお》は、わが弟《おとうと》ながらものすごくかわいかった。

II

ピンポーン。げんかんチャイムがなった。

台所《だいどころ》で母《かあ》さんが玉《たま》ネギをきざんでいる音《おと》が、ぴたりとやんだ。

「あら、変《へん》ね。かぎあいてるんだけど」

つぶやきながら、私《わたし》の前《まえ》を母《かあ》さんが横切《よこぎ》った。

私《わたし》は気《き》にせず、ソファにひっくり返《かえ》ったまま、リモコンでテレビをつけるとチャンネルをかちゃかちゃきりかえた。

パッパッと画面《がめん》がかわるのを、私《わたし》はぼんやりとながめた。のぼるにいわれたことが、頭《あたま》からはなれない。今《いま》の私《わたし》は、むりをしているんだろうか。ううん、そんなことない。そんなはずない。

もどってくる母《かあ》さんの足音《あしおと》がきこえた。

「ちょっと、菜々《なな》。あんたのクラスの子《こ》がきてるわよ」

「え、ほんと?」

私《わたし》はあわてて、起《お》きあがった。

みほとさおりかもしれない。とっさに、そう思《おも》った。

あわててサンダルをつっかけて、私《わたし》は笑顔《えがお》で大《おお》きくドアをあけた。

「いらっしゃい……うわっ」

そこには、にっかり顔中《かおじゅう》で笑《わら》った斉藤《さいとう》が立《た》っていたのだ。

「こんばんは、菜々《なな》ちゃん」

熱烈歓迎《ねつれつかんげい》をしちゃっただけに、私《わたし》はひっこみがつかなくなった。

「あら、斉藤君《さいとうくん》。どうしたの？」

私《わたし》は後《うし》ろ手《で》にそろそろとドアをしめて、斉藤《さいとう》のとなりにしかたなく立《た》った。

「あのさ、今日早退《きょうそうたい》したから、どうしたかと思《おも》って。それに、ほらプリントとか渡《わた》さないといけないしな」

斉藤《さいとう》は、背負《せお》っていたリュックサックを足元《あしもと》におろすと、中《なか》をがさごそかきまわしはじめた。

「心配《しんぱい》かけちゃって、ごめんなさい。家《いえ》に帰《かえ》ってきたらなんだか、なおっちゃったみたいなの」

母《かあ》さんにきこえないように、私《わたし》は声《こえ》をひそめた。早退《そうたい》したことは、もちろんないしょだ。

「なおったんなら、良《よ》かったな。はい、これ」

よれよれになった、理科《りか》のプリントだった。

こんなの、明日学校《あしたがっこう》でもらえばすむものなのに。

「おれ、すっげえ心配《しんぱい》しちゃったよ。あ、こんばんはっ」

斉藤《さいとう》が突然《とつぜん》、ペコリと頭《あたま》を下《さ》げた。いつ帰《かえ》ってきたのか、私《わたし》たちの横《よこ》に父《とう》さんがヌウッと立《た》っていたのだ。

「ああ、こ、こんばんは」

おどろいた父《とう》さんは、ぼうしをとってあいさつを返《かえ》した。

「あっ、父《とう》さん」

私《わたし》は、小《ちい》さくさけんだ。ぼうしをとったひょうしにパラリと髪《かみ》の毛《け》が額《ひたい》にたれて、すっきりした頭《あたま》がまるみえになってしまった。

「菜々《なな》、話《はな》すのなら、あがってもらったらいいじゃないか」

「いいんです。ぼく、もう帰《かえ》りますから」

私《わたし》の心《こころ》のさけびも知《し》らずに、二人《ふたり》はにこやかに会話《かいわ》をしている。

「父《とう》さん、もういいから」

私《わたし》は、父《とう》さんの背中《せなか》を両手《りょうて》でおした。何《なに》をかんちがいしたのか、父《とう》さんはおやおやとまゆ毛《げ》をいたずらっぽくあげて、ふりかえりふりかえりやっと家《いえ》に入《はい》った。

「ごゆっくりー」

なんてつけくわえて。父《とう》さんのばかばか。

なんでこんな時《とき》に帰《かえ》ってくるのよ。

「菜々《なな》ちゃんのお父《とう》さんって、やさしくていいなあ」

「えっ？」

私《わたし》は、斉藤《さいとう》の顔《かお》をまじまじとみつめてしまった。

「うちのおやじなんてさ、めちゃくちゃこわいんだぜ。なにかっつうと青筋《あおすじ》たてて がみがみどなるし。そこいくと、菜々《なな》ちゃんのお父《とう》さんてやさしくて紳士《しんし》だよな」

「しんし」

私《わたし》は、おうむがえしにつぶやいた。思《おも》わぬほめ言葉《ことば》だった。父《とう》さんのみた目《め》を、斉藤《さいとう》が気《き》にもとめていないことが、すごく新鮮《しんせん》だった。

「でも、今日《きょう》は菜々《なな》ちゃんのふだんとちがうかっこうがみれて、ラッキーだったぜ」

斉藤《さいとう》の言葉《ことば》に、私《わたし》は自分《じぶん》の体《からだ》をみおろした。

「うっ」

ブラウスはしわだらけ、髪《かみ》の毛《け》は後《うし》ろにひとつまとめただけのボサボサヘアー。おまけに帰《かえ》ってきてからスカートをぬいだせいで、しっかりパジャマのズボンをはいていた。

「あ、あのこれは、その……」

私《わたし》はしどろもどろに、いいわけしようとして、結局《けっきょく》あきらめた。

「でも、変《へん》てこなかっこで、全然《ぜんぜん》かわいくないでしょ？」

「おれ、どんなかっこでもオーケーだぜ。ステテコはいて、ハラマキしてたって、だいじょうぶ。菜々《なな》ちゃんだったら、それだけでいいんだ」

一瞬《いっしゅん》、斉藤《さいとう》がかっこよく見《み》えて、私《わたし》は思《おも》わず目《め》をこすった。

「斉藤君《さいとうくん》、プリントもってきてくれて、ほんとにありがとね」

私《わたし》は素直《すなお》な気持《きも》ちで、お礼《れい》がいえた。私《わたし》ははじめて六十パーセントくらいの笑顔《えがお》を、斉藤《さいとう》にむけることができた。

「忘《わす》れてた、これもあったんだ」

耳《みみ》の先《さき》まで真《ま》っ赤《か》になった斉藤《さいとう》は、ふくらんだ上着《うわぎ》のポケットから、いちごババロアのカップをとりだした。

「今日《きょう》の給食《きゅうしょく》ででたんだ。菜々《なな》ちゃんの分《ぶん》、ジャンケンでとりっこしようとしたふてえやつらから、とりあげてやったんだ。すっげえうまいぜ」

ババロアは、斉藤《さいとう》のポケットに長時間《ちょうじかん》入《はい》っていたせいで、すっかりあたたまっていた。

「ありがと」

私《わたし》は、そのぬくもりを両手《りょうて》でつつみこんだ。

「じゃあ、また明日《あした》」

斉藤《さいとう》は、私《わたし》の家《いえ》のブロック塀《べい》に立《た》てかけてあった自転車《じてんしゃ》にとびのった。

前髪《まえがみ》をちょいとかきあげると、力《ちから》いっぱいペダルをふんで、みるみるうちに遠《とお》ざかっていった。

「ね、あの子《こ》、菜々《なな》の彼氏《かれし》？」

居間《いま》にもどると、母《かあ》さんが待《ま》ちかまえていた。

「じょうだんでしょ」

私《わたし》は、きっぱり否定《ひてい》した。不思議《ふしぎ》なことに今《いま》までほどは、いやな気持《きも》ちがしなかった。

そればかりか、胸《むね》の中《なか》がほかほかとあたたまっていた。

11 ねこかぶりデイズ

次《つぎ》の日《ひ》の朝早《あさはや》く学校《がっこう》に着《つ》くと、私《わたし》はげたばこによりかかって、鈴木《すずき》さんがくるのを待《ま》っていた。

「おはよ」

やっとあらわれた鈴木《すずき》さんに、私《わたし》はかけよった。鈴木《すずき》さんの大《おお》きな体《からだ》をみただけで、私《わたし》は少《すこ》し元気《げんき》になった。

「あのね、鈴木《すずき》さんきいて。弟《おとうと》のことなんだけど」

うわばきにはきかえながら、鈴木《すずき》さんはゆっくりと顔《かお》をあげた。

「それでね、私《わたし》昨日《きのう》……」

鈴木《すずき》さんの横《よこ》を歩《ある》きながら、私《わたし》は今《いま》までのことをやつぎばやに説明《せつめい》した。鈴木《すずき》さんの返事《へんじ》もまたず、私《わたし》の口《くち》からは言葉《ことば》があふれだした。

教室《きょうしつ》の引《ひ》き戸《ど》の前《まえ》で、鈴木《すずき》さんが突然《とつぜん》立《た》ちどまった。

「で、私《わたし》どうしたらいいと思《おも》う？」

全部《ぜんぶ》話《はな》しおわって、私《わたし》はすがるように鈴木《すずき》さんをみあげた。

「菜々《なな》ちゃん、ごめん。弟《おとうと》さんのこと、本当《ほんとう》に大変《たいへん》だと思《おも》うけど、私《わたし》相談《そうだん》にのってあげられない」

まゆをよせた鈴木《すずき》さんは、私《わたし》ではなくてどこか遠《とお》くをみているみたいだった。

「ほら、私《わたし》そういうの苦手《にがて》だから。とにかくごめんね」

鈴木《すずき》さんは小《ちい》さな声《こえ》でそれだけいうと、私《わたし》をおいて先《さき》に教室《きょうしつ》に入《はい》ってしまった。

鈴木《すずき》さんに相談《そうだん》すれば、なんとかなるかもしれない。なんとかならなくても、はげましてもらえるかもしれない。そう思《おも》っていた私《わたし》は、まったく予想《よそう》していなかった鈴木《すずき》さんの反応《はんのう》がショックだった。

体中《からだじゅう》の元気《げんき》がジュッと蒸発《じょうはつ》したようで、私《わたし》はしばらく動《うご》けなかった。

「ねえ、菜々《なな》ちゃん。私《わたし》、前《まえ》にも鈴木《すずき》さんとはつき合《あ》わない方《ほう》がいいっていったはずだよね」

休《やす》み時間《じかん》に三人《にん》で体育着《たいいくぎ》にきがえていると、さおりが口《くち》をひらいた。

「そうよお。私《わたし》びっくりしちゃった。菜々《なな》ちゃんたら、仲良《なかよ》く話《はな》してるんだもの」

みほも、目《め》をまんまるにしている。

「あのね、鈴木《すずき》さんは本当《ほんとう》はとってもいい子《こ》なんだよ」

と、いいかえそうと思《おも》った。なのに、はんそでシャツから首《くび》を出《だ》した私《わたし》の口《くち》をついてでたのは、全然《ぜんぜん》ちがう言葉《ことば》だった。

「ちょっと、用事《ようじ》があって口《くち》きいただけよ」

自分《じぶん》のおどおどした声《こえ》に、私《わたし》はびっくりした。私《わたし》は、何《なに》をいってるんだろう?

「なんだ、そうだったのか。そうだね、まさか、仲良《なかよ》くするわけないか」

納得《なっとく》して、さおりは何度《なんど》もうなずいている。

これで、いいんだ。鈴木《すずき》さんだって、たいして私《わたし》のこと好《す》きじゃないんだから。

私《わたし》はふくらはぎに、ソックタッチをぬるためにかがみこんだ。涙《なみだ》が目《め》のふちにもりあがってきて、思《おも》わず目《め》をつぶった。

「さ、いこうか」

さおりが、ぐるぐる手《て》をふりまわした。

「先《さき》にいってて。私《わたし》、トイレによってくから」

二人《ふたり》から顔《かお》をそむけて、私《わたし》はやっとのことでいった。

II

外《そと》に出《で》ると、ひざしがまぶしくて私《わたし》は額《ひたい》に手《て》をかざした。みんなは、もう朝礼台《ちょうれいだい》の前《まえ》に集合《しゅうごう》していた。校庭《こうてい》のすみの花壇《かだん》で、下級生《かきゅうせい》たちが写生《しゃせい》をしているのがみえる。

「こっちよ、菜々《なな》ちゃん」

みほが、私《わたし》のことをよんだ。

「今日《きょう》はマラソンだぞ。ほれほれ、みんなちゃっちゃと動《うご》け。校庭《こうてい》五周《しゅう》。おわったものから、集合《しゅうごう》しろ」

準備体操《じゅんびたいそう》をすませると浅田先生《あさだせんせい》が、腰《こし》に手《て》をあててアキレス腱《けん》をのばしながらいった。

「私《わたし》、マラソン苦手《にがて》なんだ」

さおりが、ゆううつそうにつぶやいた。

「だいじょうぶだよお。私《わたし》たちさおりちゃんにあわせて走《はし》るから。ねえー、菜々《なな》ちゃん」

みほが、さおりの肩《かた》をだいた。

「そうだよ、さおりちゃん。がんばろうね」

私《わたし》は足《あし》どり重《おも》く、二人《ふたり》のあとについていった。

校庭《こうてい》を一周《しゅう》したところで、私《わたし》はみほとさおりといっしょに走《はし》ったことを、ものすごく後悔《こうかい》していた。ぺちゃくちゃおしゃべりをしながら、二人《ふたり》ともまるきり本気《ほんき》で走《はし》らないのだ。

私《わたし》がすこしでもスピードをあげると、

「菜々《なな》ちゃん、みんなで走《はし》ろうって決《き》めたじゃん」

と、すかさずさおりが口《くち》をとがらせる。

そうしているうちに、私《わたし》たちはどんどんみんなにおいこされていった。

どたどたと大《おお》きな足音《あしおと》をたてて、鈴木《すずき》さんが横《よこ》をおいぬいていった。

「やだ、なにあれ。もろしんけんってかんじ」

さおりが、はきすてるようにいった。私《わたし》は鈴木《すずき》さんのことを、まともにみることができなかった。

二周目《しゅうめ》に花壇《かだん》のわきを走《はし》っていると、写生《しゃせい》をしている下級生《かきゅうせい》の中《なか》にのぼるの姿《すがた》をみつけた。画用紙《がようし》にかがみこんで、いっしょうけんめい筆《ふで》を動《うご》かしている。

あきらめの気持《きも》ちで、みほとさおりの後《うし》ろをついて走《はし》っていたら、三周目《しゅうめ》にはほとんどクラスで最後《さいご》になっていた。

花壇《かだん》がみえるところまで再《ふたた》びやってくると私《わたし》はのぼるを探《さが》した。のぼるよりも先《さき》に、私《わたし》の目《め》にとびこんできたのは水入《みずい》れをもった準《じゅん》の姿《すがた》だった。準《じゅん》はなにげない様子《ようす》で、のぼるの背後《はいご》にちかづいていく。

へんだなあ、と思《おも》って私《わたし》はふりかえって準《じゅん》の姿《すがた》を目《め》でおった。

次《つぎ》の瞬間《しゅんかん》、準《じゅん》はおおげさによろけた。バシャッ。もっていた水入《みずい》れの中身《なかみ》が、のぼるの画用紙《がようし》にぶちまけられた。

「のぼるっ」

思《おも》わずさけんだら、さおりとみほが私《わたし》をみて首《くび》をかしげた。

「菜々《なな》ちゃーん、どうかした？」

みほにきかれて、私《わたし》はぶんぶん首《くび》を横《よこ》にふっていた。

「弟《おとうと》がいただけなの」

のぼるを助《たす》けなくちゃ。そう思《おも》いながら私《わたし》は空気《くうき》が足《た》りないみたいに、口《くち》をパクパクあけて走《はし》り続《つづ》けた。

頭《あたま》がぐわんぐわんいっている。自分《じぶん》の思《おも》うように体《からだ》が動《うご》いてくれない。

「はあ、はあ、はあ」

自分《じぶん》の息《いき》づかいだけがはっきり聞《き》こえた。

その時《とき》、私《わたし》ははっきりとさとった。

私《わたし》は自分《じぶん》で作《つく》った自分《じぶん》のイメージに、しばりつけられて身動《みうご》きができないんだ。かぶっているはずのねこが、体《からだ》にピッタリはりついてしまってぬぐことができない。

いい思《おも》いをするために、いいかっこうをしよう。それだけを考《かんが》えてずっと気持《きも》ちをおさえてきたから、自分《じぶん》からまるきり行動《こうどう》できなくなってしまっていた。

「のぼる、ゆるして」

引《ひ》き返《かえ》してのぼるを助《たす》けたら、今《いま》までの苦労《くろう》が全部水《ぜんぶみず》のアワだ。

今《いま》しらんぷりしておけば、ねこかぶりを続《つづ》けることができる。さおりとみほと仲良《なかよ》くして、楽《らく》な学校生活《がっこうせいかつ》がおくれるんだ。

「よう、一周《しゅう》おくれてるぜ。がんばれよ」

私《わたし》たちの横《よこ》に、元気《げんき》たっぷりに走《はし》ってきた斉藤《さいとう》がならんだ。

「やっだー、斉藤君《さいとうくん》たら、はやすぎぃー」

さおりが身《み》をよじって、いつもとはうってかわった頭《あたま》のてっぺんからでるようなたかい声《こえ》をだした。

「ほらほら、がんばれ、がんばれ」

調子《ちょう》にのって斉藤《さいとう》は、後《うし》ろむきで走《はし》りながらこっちに声《こえ》をかけてくる。

「……」

頭《あたま》の中《なか》がのぼるのことでいっぱいの私《わたし》は、無言《むごん》で前《まえ》だけみつめていた。

「菜々《なな》ちゃん、ペースはやすぎっ」

斉藤《さいとう》がスピードをあげて走《はし》りさると、さおりがあせでくもっためがねを体育着《たいいくぎ》のおなかでふきながらさけんだ。

「斉藤《さいとう》から応援《おうえん》されたからって、スピードアップしなくってもいいじゃんか」

「えっ、私《わたし》そんなことないよ」

おどろいて、私《わたし》はこたえた。

「うっそ。私《わたし》、みたよ」

さおりはじっとりした声《こえ》で、からんでくる。

「ごめん……わ、わ、わ」

思《おも》わずあやまりそうになったとたん、私《わたし》は足《あし》がもつれて、泳《およ》ぐように手《て》をのばした。

ザザーッ。まるでヘッドスライディングするように、おなかをこすって前方《ぜんぽう》にたおれた。

「い、いたい」

立《た》ちあがろうとすると、はじけるようなみほとさおりの笑《わら》い声《ごえ》がきこえた。

「だから、はやすぎっていったじゃんか」

くすくす笑《わら》いながらさおりがかがんで、私《わたし》のうでをとった。

「菜々《なな》ちゃん、平気《へいき》なのお？」

みほが、私《わたし》の肩《かた》に手《て》をかけた。

私《わたし》の心《こころ》の中《なか》で、何《なに》かがパチンとはじけた。

「だいじょうぶ。一人《ひとり》で立《た》てるっ」

私《わたし》はおなかの底《そこ》から声《こえ》をだして、二人《ふたり》の手《て》をふりはらった。

郵便はがき

料金受取人払郵便

牛込局承認

5530

差出有効期間
2019年12月31日
(期間後は切手をおはりください。)

162-8790

東京都新宿区市谷砂土原町 3-5

偕成社 愛読者係 行

ご住所	〒□□□-□□□□	都・道 府・県
	フリガナ	
お名前	フリガナ	お電話
		★目録の送付を [希望する・希望しない]

★新刊案内をご希望の方：メールマガジンでご対応しておりますので、メールアドレスをご記入ください。

@

書籍ご注文欄

ご注文の本は、宅急便により、代金引換にて1週間前後でお手元にお届けいたします。本の配達時に【合計定価（税込）＋ 送料手数料（合計定価 1500円以上は 300 円、1500 円未満は 600 円)】を現金でお支払いください。

書名		本体価	円	冊数	冊
書名		本体価	円	冊数	冊
書名		本体価	円	冊数	冊

偕成社 TEL 03-3260-3221 ／ FAX 03-3260-3222 ／ E-mail sales@kaiseisha.co.jp

＊ご記入いただいた個人情報は、お問い合わせへのお返事、ご注文品の発送、目録の送付、新刊・企画などのご案内以外の目的には使用いたしません。

★ ご愛読ありがとうございます ★

今後の出版の参考のため、皆さまのご意見・ご感想をお聞かせください。

●この本の書名『　　　　　　　　　　　　　　　　　　　　　　　　　　　　　　　　』

●ご年齢（読者がお子さまの場合はお子さまの年齢）　　　　　歳（ 男 ・ 女 ）

●この本の読者との続柄（例：父、母など）

●この本のことは、何でお知りになりましたか？

1. 書店　2. 広告　3. 書評・記事　4. 人の紹介　5. 図書室・図書館　6. カタログ

7. ウェブサイト　8. SNS　9. その他（　　　　　　　　　　　　　　　　　　　　）

ご感想・ご意見・作者へのメッセージなど。

ご記入のご感想を、匿名で書籍の PR やウェブサイトの感想欄などに使用させていただいてもよろしいですか？　（はい ・ いいえ）

本当《ほんとう》の自分《じぶん》をださないで、いいかっこすることがそんなに大切《たいせつ》なことなのだろうか？

ありのままの自分《じぶん》でいることが、そんなにいけないことなのだろうか？

いいや、そんなことはない！　ねこの皮《かわ》から顔《かお》をだした私《わたし》が、心《こころ》の中《なか》でさけんだ。

さおりとみほは、びっくりして目《め》をまんまるにしている。

私《わたし》は全身《ぜんしん》の血《ち》が、わきたっているのがわかった。

「のぼるーっ」

私《わたし》は花壇《かだん》にむかってかけだした。手《て》と足《あし》がばらばらになるくらい、めちゃくちゃに走《はし》った。

なにごとかいいあっているのぼると準《じゅん》の姿《すがた》が、目《め》にとびこんできた。

「なんで、おれがあやまんないといけねえんだよ」

準《じゅん》の大《おお》きな声《こえ》が、きこえた。

「だって、準君《じゅんくん》がぼくの絵《え》にわざと水《みず》かけたんじゃないか」

のぼるも負《ま》けずにいいかえしてるけど、全然迫力《ぜんぜんはくりょく》がない。

「だから、わざとじゃないっていってるだろ」

準《じゅん》が、のぼるの胸《むね》を両手《りょうて》でどんっとおした。

「ちょっと、ハア、ハア、やめなさいよ」

私《わたし》はのぼるを背《せ》にして、二人《ふたり》の間《あいだ》にわって入《はい》った。

「お姉《ねえ》ちゃん！」

のぼるが、かすれた声《こえ》をあげた。

「ハア、ハア、のぼる、あ、あんただいじょうぶ？」

私《わたし》は準《じゅん》の目《め》をにらみつけたまま、のぼるに声《こえ》をかけた。

突然《とつぜん》とびこんできた私《わたし》におどろいて、一瞬《いっしゅん》だまっていた準《じゅん》が口《くち》をひらいた。

「なんだよ、おまえ。人《ひと》のけんかに口《くち》だすな」

「うっさいわね、弟《おとうと》のことに口《くち》だししてどこがいけないのよ」

準《じゅん》は、目《め》をつりあげて私《わたし》をにらんだ。

「なんだよ、のぼるがいけないんだろ。体温《たいおん》なんかはかりやがって、アホじゃないか。おまえもアホの姉《ねえ》ちゃんだからアホだ」

私《わたし》にむかって準《じゅん》がげんこつをふりあげた瞬間《しゅんかん》、のぼるが私《わたし》たちの間《あいだ》にとびこんできた。

ボゴッ、といういやな音《おと》とともに、準《じゅん》のげんこつがまともにのぼるの鼻《はな》にあたった。

「うっ、いたい」

鼻《はな》をおさえたのぼるの手《て》の間《あいだ》から、つつーっと赤《あか》いすじが流《なが》れた。

「やだ、鼻血《はなぢ》じゃん」

鼻《はな》をつまんで上《うえ》をむかせようとすると、のぼるは私《わたし》の手《て》をふりはらった。

「お姉《ねえ》ちゃん、ぼく一人《ひとり》で平気《へいき》だから」

そして、ポタポタと鼻血《はなぢ》をたらしながら、準《じゅん》をまっすぐに見《み》すえた。

「準君《じゅんくん》。こんなことといったらおこるかもしれないけど、本当《ほんとう》は準君《じゅんくん》、さびしくてだれかにやつあたりしたいって気持《きも》ちなだけなんだよね。ちがう?」

のぼるの顔《かお》は鼻《はな》から下《した》が赤《あか》くまだらになって、やたらすごみがあった。

「な、なにいってんだよ」

そんなのぼるの様子《ようす》にさすがの準《じゅん》もおそれをなしたのか、言《い》い返《かえ》す声《こえ》に全然《ぜんぜん》力《ちから》がこもっていない。

のぼるが、ずいっと準《じゅん》に一歩《いっぽ》ちかづいた。

「準君《じゅんくん》、ぼくが転入《てんにゅう》してきたばっかりのころは、すごく親切《しんせつ》にしてくれたじゃない。それなのに、ちょっとしたらいやがらせばっかりするようになったよね。ぼくはずっと不思《ふし》議《ぎ》でしょうがなかったんだ」

のぼるは、手《て》のこうでぐいっと鼻《はな》のしたをぬぐって続《つづ》けた。

「でもこの前《まえ》、ぼくぐうぜん準君《じゅんくん》のこと駅《えき》でみたんだ。準君《じゅんくん》、改札《かいさつ》でずっとお父《とう》さんとお母《かあ》さんの帰《かえ》りを、待《ま》ってたよね。人《ひと》が通《とお》るたびに、君《きみ》は一生懸命《いっしょうけんめい》お父《とう》さんとお母《かあ》さんを探《さが》してた。その時《とき》、はじめて気《き》がついたんだ。ぼくが家族《かぞく》みんなでどこかで食事《しょくじ》しょうってでかけたり、家族《かぞく》で買《か》い物《もの》にいった時《とき》、一人《ひとり》でいる君《きみ》に何度《なんど》かあったなあって。それで、君《きみ》がなんでぼくにいじ悪《わる》するのか、なんとなくわかったんだ」

「体温《たいおん》ばっかはかってるやつに、何《なに》がわかるんだよ」

はきすてるように準《じゅん》がいった。

「体温《たいおん》ばっかりはかってるぼくだから、わかるんじゃないか。ぼく、友達《ともだち》を作《つく》るのがすごい苦手《にがて》なんだ。だから、すぐにだれとでも仲良《なかよ》くなれる子《こ》がとってもうらやましくって、にくらしくってしかたなかったことがある。でも……」

のぼるはさっと、ポケットから体温計《たいおんけい》をとりだした。

「体温計《たいおんけい》があったから、どうにか今《いま》までやってこれたんだ。ぼくは、体温《たいおん》をはかると、なんだか落《お》ちつくんだ。ぼくの中《なか》にもみんなと同《おな》じあったかい血《ち》が流《なが》れてるんだって安心《あんしん》するんだ」

のぼるのひとみはすごくすんでて、私《わたし》は目《め》がはなせなかった。

「ねえ、準君《じゅんくん》も体温《たいおん》をはかってみなよ。そしたら、少《すこ》しはぼくの気持《きも》ちもわかるかもしれないよ」

そういうなりのぼるは準《じゅん》の手《て》をとると、クリーム色《いろ》のケースをおしつけた。

「やめろよ、こんなもんっ」

準《じゅん》が体温計《たいおんけい》を持《も》った手《て》をふりあげた。

「こんなもん……」

体温計《たいおんけい》を投《な》げるかに思《おも》えた準《じゅん》のうでが、力《ちから》なくのろのろ下《さ》がった。

「ったくよう。おまえって、本当《ほんとう》にへんなやつだよな」

あきらめたようにつぶやくと、準《じゅん》はのぼるの手《て》にそっと体温計《たいおんけい》を返《かえ》した。なんとなくだけど、のぼると準《じゅん》の間《あいだ》の空気《くうき》がやわらかくなったような気《き》がした。

それでも口《くち》をもぐもぐさせて、なにか文句《もんく》をいっている準《じゅん》の耳《みみ》もとで私《わたし》はささやいた。

「ちょっと、あんた。うちの弟《おとうと》にこれ以上《いじょう》いじ悪《わる》しようとしたらね」

私《わたし》は、準《じゅん》のシャツの胸《むね》をかたてでつかんでひきよせた。

「体温《たいおん》がなくなるようにしちゃうからね」

私《わたし》はシャツをもっていた手《て》を、パッとはなした。準《じゅん》は、後《うし》ろによろよろとさがるとへなへなとその場《ば》にしゃがみこんだ。

「今度《こんど》はお姉《ねえ》ちゃんの番《ばん》だね」

のぼるにいわれて、私《わたし》はふりかえった。

いつのまにかクラスのみんなが、集《あつ》まってきて私《わたし》たちを遠巻《とおま》きにしていた。遠《とお》くからのぼるのクラスの担任《たんにん》の先生《せんせい》が目《め》を三角《さんかく》にしてこちらにむかってくるのがみえる。

私《わたし》はくいっとあごをあげると、肩《かた》で風《かぜ》をきってみほとさおりにちかづいた。二人《ふたり》とも口《くち》をぽかんとあけている。

「さおりちゃん、みほちゃん、親切《しんせつ》にしてくれてありがと」

私《わたし》は、にっかりと笑《わら》った。

「ごめんね、私《わたし》、今《いま》までずっとねこかぶってたんだ」

「ねこ?」

さおりがすっとんきょうな声《こえ》をだした。

「うん。でも、これからは普通《ふつう》にやらせてもらうよ。だから、今後《こんご》もよろしくね」

私《わたし》は、ペコッと頭《あたま》を下《さ》げた。

「ただ、さおりちゃん、たまにはほかの人《ひと》のことも考《かんが》えてあげてよ。自分《じぶん》だけでいろいろきめつけられると、こまっちゃうんだ、こっちも」

私《わたし》はさおりの目《め》を、めがねごしにのぞきこんでいった。さおりはヒッとのどをならした。

「そいで、みほちゃん。たまには自分《じぶん》の考《かんが》えもだしてさ、あんまりむりしないで思《おも》ったことといったりやったりしなよ。ねっ」

私《わたし》はみほの肩《かた》に手《て》をのせて、元気《げんき》づけるようにいった。

みほはぼうぜんとしたまま、うんうんとうなずいた。

私《わたし》は二人《ふたり》にくるりと背《せ》をむけた。

胸《むね》がスーッとして、最高《さいこう》の気分《きぶん》だった。

III

「まあ、何《なに》やったの？　こんなにドロドロになって、血《ち》まで出《だ》して」

保健《ほけん》の先生《せんせい》は、一人《ひとり》でやってきた私《わたし》のかっこうをみると目《め》をまるくした。のぼるは、担任《たんにん》の先生《せんせい》につれられていってしまったから。

「えへ、ちょっとあばれちゃって」

私《わたし》は頭《あたま》をかいて、まるいすに腰《こし》をおろした。

あーあ、今《いま》までの苦労《くろう》が全部《ぜんぶ》パーだ。本当《ほんとう》の私《わたし》がクラス中《じゅう》にばれてしまった。それだけじゃないや。これからは、みんなこわがって私《わたし》と口《くち》もきいてくれないかもしれない。

「はい、ちょっとしみるわよー」

鼻《はな》にツンとくる消毒液《しょうどくえき》が、私《わたし》のひざをぬらした。

おそれていた結果《けっか》になったというのに、私《わたし》はこれっぽっちも悲《かな》しくなかった。そればかりか、逆《ぎゃく》に気持《きも》ちが軽《かる》くなって気分《きぶん》がいい。

「菜々《なな》ちゃんだったら、それだけでいいんだ」

昨日《きのう》の斉藤《さいとう》の言葉《ことば》が、今《いま》になって胸《むね》にひびいた。さすがの斉藤《さいとう》も、今度《こんど》ばかりは私《わたし》のことをいいなんて思《おも》えなくなっただろうな。

思《おも》わず、くすりと笑《わら》ってしまった。

ふいに、ほほにひんやりとしたものをおしつけられて、私《わたし》はヒャッととびあがった。

「鈴木《すずき》さん！」

大《おお》きな体《からだ》をかがめて、鈴木《すずき》さんは私《わたし》の手《て》にアイスノンをそっとのせた。

「菜々《なな》ちゃん、相談《そうだん》にのってあげなくてごめんね。私《わたし》、友《とも》だち作《つく》るのがこわかったんだ」

鈴木《すずき》さんの目《め》には、うっすら涙《なみだ》がたまっていた。

「菜々《なな》ちゃんともっと仲良《なかよ》くしたかったけどそう思《おも》えば思《おも》うほど、きらわれるのがこわくなるし、どうしていいかわからなくなって、それで、それで……」

鈴木《すずき》さんは、大《おお》きく息《いき》をすいこんだ。

「友《とも》だちなんていらないって、思《おも》うことにしたの。だって、その方《ほう》が楽《らく》だもの。でも、さっきの菜々《なな》ちゃんみて、私《わたし》も……」

「もう、いいよ。いわなくて」

私《わたし》は、鈴木《すずき》さんの手《て》をぎゅっとつかんだ。

「私《わたし》だって、おんなじだもん。みんなに好《す》かれたくて、ねこかぶりしてたの」

鈴木《すずき》さんの手《て》が、私《わたし》の手《て》を強《つよ》くにぎり返《かえ》してきた。

「で、結果《けっか》は、みてのとおり」

私《わたし》はひょいと肩《かた》をすくめて、おなかのいたみに顔《かお》をゆがめた。

「でも、けっさくだったよ菜々《なな》ちゃん。下級生《かきゅうせい》をしかったり、あの二人《ふたり》にあんなにはっきりいうんだもん。アハハハハ」

こらえられないという感《かん》じで、鈴木《すずき》さんが目《め》に涙《なみだ》をためたまま笑《わら》いだした。ふん、笑《わら》いたければ笑《わら》え。私《わたし》だって自分《じぶん》で自分《じぶん》のことを笑《わら》いたい気分《きぶん》だ。

「あーあほんと、なにやってたんだろ私《わたし》」

鈴木《すずき》さんの笑《わら》い声《ごえ》がぴたりとやんだ。

「菜々《なな》ちゃん、もしかしてみんな、ほんとはねこかぶってるんじゃないかなあ」

鈴木《すずき》さんが、ぽつりといった。

「だって、みんな、人《ひと》によくみられたいもの」

「うん、そうかも」

私《わたし》は、深《ふか》くうなずいた。自分《じぶん》がやってきたことだけに、鈴木《すずき》さんのいうことが私《わたし》の胸《むね》に深《ふか》くしみとおった。

その時《とき》、

「菜々《なな》ちゃーん、だいじょうぶかっ」

大声《おおごえ》をあげて、斉藤《さいとう》がとびこんできた。

「菜々《なな》ちゃん、おれかんげきだよ。あんなに菜々《なな》ちゃんがかっこよかったなんて」

興奮《こうふん》した斉藤《さいとう》は、鈴木《すずき》さんをおしのけて私《わたし》の手《て》をつかむと、ぶんぶん上下《じょうげ》にふった。

「みんなも感動《かんどう》してたぜ～。菜々《なな》ちゃん、もう人気者《にんきもの》だよ。うん、おれも鼻《はな》が高《たか》いや」

私《わたし》は思《おも》わず鈴木《すずき》さんと顔《かお》をみあわせた。

「菜々《なな》ちゃん、おれ、あの準《じゅん》ってやつにダメおししといたぞ。菜々《なな》ちゃんの弟《おとうと》と仲良《なかよ》くしないと、ラッキー少年《しょうねん》サッカークラブの五年生全員《ねんせいぜんいん》がおれいまいりにいくからなってさ。あいつ小便《しょうべん》ちびりそうな顔《かお》してたぜ」

くー、まったくよけいなお世話野郎《せわやろう》なんだから。

私《わたし》は二週間《しゅうかん》ぶりのジーンズ姿《すがた》を、鏡《かがみ》にうつした。

「うん、かっこいい」

鏡《かがみ》の中《なか》の私《わたし》が、にっかり笑《わら》ってうなずいた。

たった二週間《しゅうかん》だというのに、ジーンズをはいている自分《じぶん》がはじめてみるみたいに新鮮《しんせん》だった。

「う――ん。気持ちい――い」

大《おお》きくのびをしたら、全身《ぜんしん》に力《ちから》がみなぎってきた。

これからは、もっと自分《じぶん》の思《おも》ったことを、自分《じぶん》の思《おも》った通《とお》りに自由《じゆう》にやってみよう。

それが一番楽《いちばんらく》だってことが、ようやくわかったのだもの。

「父《とう》さん、あのぼうし、私《わたし》にちょうだい」

夕飯《ゆうはん》の後《あと》で、ビールを飲《の》んでいる父《とう》さんに私《わたし》はいった。

「えっ、なんでだい？」

父《とう》さんは、おどろいて目《め》を白黒《しろくろ》させた。

「父《とう》さんは、ぼうしなんかかぶらなくても、だいじょうぶだから」

父《とう》さんの頭《あたま》も洋服《ようふく》も、もうおかしいなんてすこしも思《おも》わなかった。

「そうかい、菜々《なな》がいいっていうなら、かぶらないことにするか」

父《とう》さんはビールをコップにつぎながら、声《こえ》をひそめた。

「実《じつ》はぼうしかぶると、頭《あたま》がむれてかゆくなるんだ。これ以上毛《いじょうけ》がぬけたら、まずいよな」

私《わたし》はぷっとふきだしてしまった。

「菜々《なな》、この前《まえ》はなしたこと、おぼえてるかい？」

ドアのところでふりかえると、父《とう》さんの目《め》がチカッとかがやいてみえた。

「あの女《おんな》の子《こ》らしくなったって子《こ》、好《す》きな子《こ》と両思《りょうおも》いになったっていったよな」

「うん」

「でも、すぐにぼろをだして、結局《けっきょく》その男《おとこ》の子《こ》とはうまくいかなくなったんだ。それで、やっぱりもとの自分《じぶん》がいいってことに気《き》がついた」

私《わたし》はうれしそうな父《とう》さんの顔《かお》を、じっとみた。

「それで、おわり？」

「それで、その子《こ》は父《とう》さんと結婚《けっこん》したんだ」

「ええっ」

私《わたし》は、のけぞった。女《おんな》の子《こ》らしくなろうとしてがんばっちゃったのが、父《とう》さんの結婚《けっこん》相手《あいて》だってことは、つまり……。

「なんだ、母《かあ》さんだったの！」

私《わたし》は、なんていっていいかわからなくなった。ねこかぶりの経験者《けいけんしゃ》だったから、母《かあ》さんは私《わたし》にあんなに反対《はんたい》したのか。私《わたし》ははじめて、納得《なっとく》することができた。

ピピッ、テレビを見《み》ているのぼるの体温計《たいおんけい》の音《おと》がした。

「ああっ、三十七度《ど》一分《ぶ》だ。ね、熱《ねつ》がある」

体温計《たいおんけい》を使《つか》いはじめてから、一年以上《ねんいじょう》。のぼるの体温計《たいおんけい》がはじめて、本当《ほんとう》の意味《いみ》で役《やく》に立《た》った。

人間《にんげん》のカタチのスイッチ

大島真寿美《おおしままずみ》

1

ニシダくんのことは、前《まえ》から気《き》になっていた。

からだが大《おお》きくて、ふだんはものしずかなのに、きゅうにおこってたりするし、でも、なんできゅうにおこってんのか、よくわからなかったりするし、そうそう、とつぜんおおい泣《な》いたこともあった。そのときも、なんで泣《な》いたのかは、だれにもわからなかった。

体育《たいいく》は、得意《とくい》なものと、不得意《ふとくい》なものとで、差《さ》がはげしかった。勉強《べんきょう》はきらいみたいだけど、先生《せんせい》にあてられるとちゃんと正《ただ》しい答《こた》えが言《い》えた。なのに、めったに手《て》はあげなかった。

絵《え》はじょうずだった。なにが描《か》いてあるのかよくわからない絵《え》だけど、アリサは、じょうずだと思《おも》った。歌《うた》はへただったけど、リコーダーはめちゃくちゃうまかった。先生《せんせい》よりうまかった。

なにしろ、ニシダくんは、よくわかんない人《ひと》だった。

アリサがうまれてから出会《であ》ったなかで、いちばんわかんない人《ひと》だった。

友《とも》だちになりたいとかそういう感《かん》じじゃなくて、なんかよくわかんないから気《き》になってしかたがないという感《かん》じだ。

クラスがおなじになってからというもの、アリサは、ずっとニシダくんについて頭《あたま》をなやませていた。

アリサは、わからないものが気《き》になってしかたのないたちで、それなのに、ニシダくんは、一学期《がっき》がすぎ、二学期《がっき》がすぎても、よくわからない人《ひと》のままなのだった。

十二月《がつ》のはじめ、アリサの家《いえ》のマンションの斜向《はすむ》かいにあったビルの取《と》り壊《こわ》しがはじまった。

もともと大《おお》きなビルだったから、取《と》り壊《こわ》されかたも派手《はで》だった。

最初《さいしょ》の日《ひ》から、アリサはずっと窓《まど》にへばりついて、外《そと》をながめつづけていた。

その朝《あさ》、工事現場《こうじげんば》では、かわったかっこうをしたおじさんが先頭《せんとう》になってみんなでおじぎをしていた。

「なにやってんの。」

と、パパにきいたら、

「おはらいだろ。」と、こたえた。「ぶじ工事《こうじ》がすみますように、って神主《かんぬし》さんが神《かみ》さまにたのんでいるわけ。」

「はやく学校《がっこう》へ行《い》かないとおくれるわよ。」

ママがキッチンから顔《かお》をだしてさけんだ。

「いいよ、車《くるま》でおくってってやるよ。まだはじまったばかりだしな、おはらい。」

「おはらいなんて、アリサに関係《かんけい》ないでしょうが。さっさと学校《がっこう》へ行《い》きなさい！」

ママのヒステリーがはじまるとやっかいだから、アリサはそそくさと窓《まど》をはなれた。

最後《さいご》までおはらいが見《み》たかったけどしかたない。

玄関《げんかん》をとびだすと、アリサはひとりでエレベーターにのった。

アリサの家《いえ》は十一階《かい》にある。

エレベーターで下《した》におりるとき、アリサはいつも水族館《すいぞくかん》を思《おも》いだした。なんで思《おも》いだすのかわかんないけど、ピン！　とエレベーターが一階《かい》についた音《おと》がすると、水《みず》のなかに到着《とうちゃく》したんじゃないかな、と思《おも》ったりする。

ぶくぶくぶく。

鼻《はな》をつまんで、水中呼吸《すいちゅうこきゅう》の練習《れんしゅう》をしてみる。息《いき》をぜんぶはきだしたら、水《みず》から顔《かお》をだして、ぷはーっ。息《いき》をおもいきりすう。

でも、とびらが開《ひら》くと、そこはマンションの一階《かい》で、目《め》の前《まえ》には観葉植物《かんようしょくぶつ》の大《おお》きな鉢《はち》と、ずらりとならんだステンレスのポストがある。

2

「あんた、よくあきないね。」

土曜日《どようび》も日曜日《にちようび》も工事《こうじ》を見《み》ていたら、パパがからかった。

「そんなのやめて、テニスいこうぜ、テニス。」

「いかない。」

パパは運動《うんどう》がすきだけど、アリサはすきじゃない。家《いえ》で本《ほん》を読《よ》んだり、絵《え》を描《か》いたりするほうがずっとすきだ。

「おれの子《こ》どもなのに、なんでそんなにおとなしいかなあ。」

「あたしに似《に》たからにきまってるじゃない。」

と、ママが言《い》う。「よかったわ、あたしに似《に》て。」

「なあ、アリサ、おまえのママは、おとなしかったっけ？」

見《み》たこともないような巨大《きょだい》な機械《きかい》が、カニのハサミのようにアームを動《うご》かして、コンクリートをたたきわったり、ごうごう音《おと》をたてて、ブロックをかきあつめたり、山《やま》のようながれきをつんだトラックが整列《せいれつ》して走《はし》りさったり、工事《こうじ》は、いくら見《み》ていても、あきなかった。

学校《がっこう》から帰《かえ》ると、アリサはすぐに窓《まど》に走《はし》った。

あんな大《おお》きな本物《ほんもの》のビルが、おもちゃの積《つ》み木《き》みたいに、ぐちゃっとつぶれていくところはとにかくおもしろかった。

「ちょっとアリサ、宿題《しゅくだい》はやったの？」

すこししずかにしていてほしいと思《おも》っているのに、ママはしょっちゅうじゃまをした。

「ない。」

「ないって？　ひとつくらいあるでしょう、宿題《しゅくだい》。」

「ないってば。もう学校《がっこう》でやっちゃったもん。」

「じゃ、ドリルやりなさいよ、ドリル。」

「あとでやる。」

「そんなもの、いつまで見《み》てたっておんなじじゃない。いいかげんにしなさいよ！」

アリサのすぐうしろまできて文句《もんく》を言《い》っているのに、ママは窓《まど》をのぞかなかった。

「ママ見《み》てごらんよ。すごいよ、ほら。あのコンクリート、屋上《おくじょう》だったところだよ。みどり色《いろ》の柵《さく》。あれ、屋上《おくじょう》にあったやつでしょう?」

「まったくこの騒音《そうおん》、なんとかならないものかしらね。ほこりだってすごいし。洗濯物《せんたくもの》が干《ほ》せやしない。あんな防塵《ぼうじん》シート、なんの役《やく》にもたたないじゃないの。」

ママは、アリサだけではなく、工事《こうじ》にも文句《もんく》を言《い》った。ママは、洗濯物《せんたくもの》を乾燥機《かんそうき》でかわかすのがきらいなのだ。


とはいえ、工事《こうじ》はわくわくした。

毎日《まいにち》どんどんかわっていくから目《め》が離《はな》せなかった。

学校《がっこう》になんて行《い》っている場合《ばあい》じゃない、と思《おも》ったけれど、さすがに学校《がっこう》に行《い》かないわけにはいかないから、授業《じゅぎょう》がおわるとさっさと帰《かえ》ってきた。

そうじ当番《とうばん》の日《ひ》はすごくよく働《はたら》いた。

さぼっている友《とも》だちの分《ぶん》もさっさとそうじした。

夜《よる》になると、工事《こうじ》はおやすみするので、はやく帰《かえ》らないと見《み》られないのだ。

とうとうビルは取《と》り壊《こわ》され、がれきはすべて運《はこ》びだされた。ビルのあった場所《ばしょ》は、でこぼこの空《あ》き地《ち》になった。

そこを、猫《ねこ》がゆったりと歩《ある》いていた。

しっぽの長《なが》い黒猫《くろねこ》だ。

きっと自分《じぶん》のなわばりにするつもりで、あちこち探検《たんけん》しているのだろう。

けれども、でこぼこの空《あ》き地《ち》は、あくる日《ひ》から、機械《きかい》で、ぐんぐん掘《ほ》られだした。

猫《ねこ》もびっくりのはやわざだ。

ごうごうとほこりをまきあげ、トラックが走《はし》りまわった。

「つぎの建物《たてもの》のための基礎工事《きそこうじ》がはじまったわけ。」

と、パパが解説《かいせつ》した。「しかし、工事《こうじ》のスピードってのは、はやいものだねえ。」

大《おお》きな穴《あな》だった。見《み》たこともないような大《おお》きな、大《おお》きな穴《あな》だった。パワーショベルがこれでもかこれでもかと土《つち》をかきだし、ブルドーザーがごーっと土《つち》を動《うご》かした。トラックにいっぱいつまれた土《つち》が、つぎつぎどこかへ運《はこ》ばれていく。

長《なが》い棒《ぼう》のような機械《きかい》が地面《じめん》にいくつもつきささっていたり、黄色《きいろ》いヘルメットをかぶった人《ひと》たちが走《はし》りまわっていたり、ブルドーザーが位置《いち》をきめるために右《みぎ》へ動《うご》いたり左《ひだり》に動《うご》いたりしていた。音《おと》もすごかった。ウインウイン、ドドドドド。ブルブルブルブル。

カーンカーンカーンカーン。

あとすこしで、アリサは冬休《ふゆやす》みだった。

ウインウイン、ドドドドド。ブルブルブルブル。カーンカーンカーンカーン。冬休《ふゆやす》みになったら、これを毎日《まいにち》ながめられる。クリスマスやお正月《しょうがつ》もたのしみだけれど、工事《こうじ》をずっと見《み》ていられるのはもっとたのしみだった。

ところが、アリサのたのしみをうらぎるように、冬休《ふゆやす》みにはいったとたん、工事《こうじ》がぴたっととまってしまったのだった。

「なんでー？　ねえママ、なんで穴掘《あなほ》り、おわっちゃったの？」

「知《し》らないわよ。」

と、ママがこたえた。「しずかになってほっとしたわ。洗濯物《せんたくもの》だって干《ほ》せるし。」

「あの穴《あな》はどうなっちゃうの。」

「さあ。つぎの工程《こうてい》はべつの会社《かいしゃ》がやるんじゃない？」

「それはいつはじまるの？」

「年末《ねんまつ》はこのままお休《やす》みかもね。というより、ぜひとも休《やす》んでほしいものだわ。」

アリサはがっかりした。せっかく待《ま》ちに待《ま》った冬休《ふゆやす》みになったのに工事《こうじ》がおわってしまうなんて、あんまりだ。

大《おお》きな穴《あな》がぽっかりと口《くち》をあけて、アリサを見《み》ていた。アリサはなんどもまばたきをして、穴《あな》を見《み》つめていた。

なかなかあきらめきれないアリサは、穴《あな》の形《かたち》や色《いろ》をじっくりとながめた。

穴《あな》はいつのまにか、またにぎやかになっていた。

猫《ねこ》が歩《ある》きまわり、カラスやすずめがやってきていた。鳥《とり》たちは、くちばしで土《つち》をつついて、なにかをたべているように見《み》えた。猫《ねこ》は黒猫《くろねこ》だけでなく、三毛《みけ》やブチや白猫《しろねこ》もくるようになっていた。鳥《とり》たちは穴《あな》の底《そこ》までおりていった。猫《ねこ》たちは穴《あな》のまわりをぐるぐる歩《ある》いたり、日《ひ》なたでまるくなってねむったりしていた。

アリサは、ずっと穴《あな》を見《み》ていた。

ニシダくんを発見《はっけん》したのは、工事《こうじ》の車《くるま》が出入《でい》りしていた西側《にしがわ》の道《みち》でだった。

3

工事《こうじ》の車《くるま》のために、一時通行規制《いちじつうこうきせい》がされていたせまい道《みち》は、春《はる》には桜《さくら》の並木道《なみきみち》になる。

ニシダくんは、桜《さくら》の枯《か》れ木《き》の下《した》で、ぼうっとつったっていた。

アリサには、なにがなんだかわからなかった。

毎度《まいど》よくわからないニシダくんだけど、今回《こんかい》はまた特別《とくべつ》わからない。

アリサのように穴《あな》を見《み》ているのだろうかと思《おも》ったが、高《たか》いところからでなければ穴《あな》は見《み》えないはずだった。ニシダくんのところからでは、おそらくフェンスが見《み》えるだけだ。

クリスマスのつぎの日《ひ》に発見《はっけん》したニシダくんは、つぎの日《ひ》もおなじ場所《ばしょ》に立《た》っていた。

そのまたつぎの日《ひ》、ニシダくんがいるのをたしかめると、アリサは、厚着《あつぎ》をしてマンションからとびだした。

「お！」と、ニシダくんはあいさつした。「ゴジョウガワラ。」

「名字《みょうじ》じゃなくて、名前《なまえ》でよんでっていってるでしょ。」

アリサがぶつぶつ言《い》った。「ニシダくん、なにやってんのよ。きのうも、おとといもここにいたでしょ。」

「おまえこそ、あそこの窓《まど》にいっつもいるけど、なんで。」

ニシダくんは、ポケットにつっこんでいた右手《みぎて》をだして、アリサの家《いえ》の窓《まど》をゆびさした。

「あそこはあたしの家《いえ》なのよ。よく気《き》がついたわね。」

「ここからだと、よく見《み》える。ゴジョウガワラ、なにしてんの？」

そう言《い》って、ニシダくんは、また、右手《みぎて》をポケットにつっこんだ。

「きまってるでしょ。穴《あな》を見《み》てるのよ。」

「ああ。穴《あな》ね。」

ニシダくんが、ゆっくり大《おお》きくうなずいた。「いいよね、穴《あな》は。」

「高《たか》いところからだとよく見《み》えるの。うちは高《たか》いから、よく見《み》える。ニシダくん、うちにきて、のぞいてみる？」

「いや、ぼくは、穴《あな》はべつにいいから。」

「そうなの。……じゃ、ニシダくんは、なにやってるわけ？」

「みはってんの。」

「なにを。」

「あそこにさ、人間《にんげん》のカタチが見《み》えるだろ？　道路《どうろ》にさ。」

「人間《にんげん》のカタチ？」

工事車両《こうじしゃりょう》のために、道路《どうろ》にはいろいろな線《せん》がかきこまれていたから、ごちゃごちゃしていて、どこにその人間《にんげん》のカタチがあるのか、アリサにはわからなかった。

「わからないかな。まあいいや。ともかくあそこに人間《にんげん》のカタチがあるんだけど、あれはスイッチなんだ。」

「スイッチ？」

「あのカタチとあそこを歩《ある》く本物《ほんもの》の人間《にんげん》の影《かげ》が一致《いっち》すると、来年《らいねん》はこないんだ。」

アリサは、腰《こし》がぬけそうにおどろいた。ニシダくんは、ほんとにへんな人《ひと》だった。

「ニシダくん、そんなこと本気《ほんき》で思《おも》ってんの？　まじ？」

「そうだろ。たいていの人《ひと》はそう思《おも》うんだよ。だいたい自分《じぶん》でもそう思《おも》うもんな。んなわけねーだろって。だけどさ、それがもしほんとだったらどうするよ？　いいのかよ、ほっといて。そのせいで来年《らいねん》がこなかったら、みんなかなしいじゃんか。」

「それはまあ、そうだよね。来年《らいねん》は、やっぱ、きてくれないと。」

「だろ？　だからまあ、みはりくらいはさ、やってもいいかなと思《おも》って。」

「みはりって、ただ、みはってればいいの？」

「まさか。あぶなくなったら、じゃまをする。」

「けっこうたいへんじゃん。」

「午前中《ごぜんちゅう》は影《かげ》が一致《いっち》しないことがわかったから、午後《ごご》だけでいい。大晦日《おおみそか》まででいいし。」

ニシダくんは、かるくそう言《い》った。

それにしたって、せっかくの冬休《ふゆやす》みをこんなふうにぼうっとつったっているのって、もったいない気《き》がするんだけど。

「ニシダくんは、それをだれにきいたの？」

「だれって？」

「そのスイッチの話《はなし》をだれに教《おし》えてもらったのよ。」

「だれかが教《おし》えてくれるわけないだろ。なんか知《し》らないけど、とつぜんそう思《おも》うものなんだよ。あるじゃん、そういうのって。」

ニシダくんは、やれやれと首《くび》をすくめた。「まったくやんなっちゃうよ。だけど、来年《らいねん》の話《はなし》だろ？　すぐだしな。だれかがみはって、じゃまをするしかないじゃないか。」

アリサは、うなずいた。来年《らいねん》については、ニシダくんにたのむしかないな、と思《おも》って。

「よろしくたのむよ。あたし、お年玉《としだま》で買《か》うゲームソフトもきめてるしさ。」

ああ、という感《かん》じで、ニシダくんが片手《かたて》をあげた。ちょうどそのとき、スイッチの近《ちか》くを人《ひと》がとおりかかったから、ニシダくんの目《め》は、そっちにくぎづけだった。

「なにかこまったことがあったら、合図《あいず》してよ。あたし、ずっと、あの窓《まど》のところにいるから。」

ニシダくんに、そう言《い》い残《のこ》すと、アリサは走《はし》って、家《いえ》に帰《かえ》った。

4

年末《ねんまつ》の町《まち》にぽっかりあいた穴《あな》と、来年《らいねん》のためのみはりをしているニシダくんを交互《こうご》にながめながら、アリサは、冬休《ふゆやす》みをすごした。

ニシダくんは、たいへんまじめに、毎日午後《まいにちごご》になると、スイッチのみはりをするためにやってくる。

ニシダくんが合図《あいず》するのは、トイレのときで、アリサは、合図《あいず》があると下《した》におりていって、ニシダくんのかわりをした。

「たすかる。」

と、ニシダくんは言《い》った。「いままで、角《かど》の公園《こうえん》まで走《はし》ってって、また走《はし》ってもどってきてたんだけど、そのあいだに、スイッチと影《かげ》がかさなっちゃったらどうしようって、ちょー不安《ふあん》だった。ゴジョウガワラがきてくれて、すげーたすかる。」

とはいえ、アリサには、あいかわらず、どれが人間《にんげん》のカタチをしたスイッチなのかわからないから、とおりすぎる人《ひと》のじゃまをするのにもかなり勇気《ゆうき》が必要《ひつよう》だった。たまにしか、とおらないから、まだよかったんだけど。

それにしても、ニシダくんは、あのごちゃごちゃした線《せん》のなかにちゃんと人間《にんげん》のカタチが見《み》えるんだ、と思《おも》うと、アリサにはちょっとおどろきだ。

ニシダくんはアリサよりも大《おお》きいから、それで見《み》えるのだろうかと思《おも》ったが、しゃがんでみはっていることもあるからちがうのかもしれない。

「ニシダくんてさ、視力《しりょく》がいいの？」

「視力《しりょく》？　ふつう。」

「ふうん。」

「ゴジョウガワラは？」

「両方《りょうほう》とも1・5。」

「いいじゃん！」

「うん。」

視力《しりょく》はいいけど、アリサにはやっぱり人間《にんげん》のカタチは見《み》えないみたいだ。

「男《おとこ》なの？　女《おんな》なの？」

「だれが？」

「人間《にんげん》のカタチ。」

「ちょっとわからない。最初《さいしょ》は男《おとこ》のような気《き》がしてたんだけど、影《かげ》はのびるからね。夕《ゆう》方《がた》になると女《おんな》の人《ひと》でもぴたっと合《あ》いそうになる。」

「なるほどねー。」

「なにしろ影《かげ》だからね、くもりや雨《あめ》になったらやすめるんだけど、このところずっと晴《は》れてるし、まったくまいりましたな。」

ずっとみはっているニシダくんのために、あたたかい缶《かん》コーヒーを差《さ》し入《い》れてみたけれど、「コーヒー、きらいだから」と言《い》ってニシダくんはうけとってくれなかった。

渡《わた》しそこなった缶《かん》を見《み》ながらアリサはつぶやいた。

「ニシダくん、コーヒーきらいなんだ。」

手袋《てぶくろ》をした手《て》が缶《かん》の熱《ねつ》であたたかかった。

「だって、子《こ》どもはコーヒーきらいでしょう。」

ニシダくんが当然《とうぜん》のようにこたえた。

「あたしはすきだよ。」

アリサは缶《かん》を手《て》のひらでくるくるまわしながら言《い》った。

「えっ。ゴジョウガワラ、コーヒー、のめるの。」

ニシダくんが一瞬《いっしゅん》、スイッチから目《め》をはなして、アリサを見《み》た。そして、あわててまたすぐに、目《め》をスイッチにもどした。

「のめるよ。お砂糖《さとう》とミルクをいっぱいいれたやつだけど。」

「にがいでしょう。」

「ちょっとはね。でもおいしいよ。」

「ふうん、ゴジョウガワラはコーヒーがのめるのか。」

「のんでみる?」

もういちど、アリサは缶《かん》をさしだしてみた。

「いや、いい。」

きっぱりとニシダくんは断《ことわ》った。

「じゃあさあ、ニシダくんのすきなのみもの、もってくるよ。なにがいい?」

「とくにない。」

と、ニシダくんがこたえた。

「じゃ、コーヒー以外《いがい》なら、なんでもいいんだね？」

「いや、いらない。」

と、ニシダくんは言《い》った。「公園《こうえん》には、水《みず》のみ場《ば》だってあるし。」

アリサは、缶《かん》コーヒーをコートのポケットにつっこみながら、

「わかった。」

と言《い》った。ニシダくんがいらないと言《い》うんだから、きっとほんとにいらないのだろう。

アリサはまた、窓《まど》から、穴《あな》とニシダくんをながめつづけた。

ニシダくんが、あそこであやって、みんながぶじに来年《らいねん》をむかえられるためにがんばっていてくれると知《し》っているのは、アリサだけだった。

がんばってもらいたいものだ。アリサは、心《こころ》のなかで、まじでおうえんしていた。

5

新年《しんねん》は、いつもの年《とし》より、だんぜんうれしかった。ニシダくんのおかげだ。

「あけましておめでとう。」

と、あいさつをして、お年玉《としだま》をもらった。

午後《ごご》になって、窓《まど》の外《そと》を見《み》てみた。

ニシダくんは、もういなかった。彼《かれ》の任務《にんむ》はもうおわったのだ。

アリサは、ニシダくんがいなくなったので、穴《あな》をながめる気持《きも》ちも、すこしへったが、
一月四日《がつよっか》になったら、工事《こうじ》が再開《さいかい》したので、また熱心《ねっしん》にながめなくちゃならなくなった。

夕方《ゆうがた》、ニシダくんが、いつもの場所《ばしょ》にやってきた。

アリサが、おりていくと、ニシダくんが「がんばってますねえ」と言《い》った。

工事《こうじ》の話《はなし》かと思《おも》ったら、アリサの話《はなし》だった。

「ゴジョウガワラって前《まえ》からかわっていると思《おも》ってたけど、ほんとに、かわってんな。ま

だ、がんばってましたか。」

アリサは、ちょーかわっているニシダくんに、「かわっている」と言《い》われて、衝撃《しょうげき》だった。

「がんばってるってなによ。」

「だって、せっかくの冬休《ふゆやす》みなのに、ゴジョウガワラは、ずっと穴《あな》なわけでしょ?」

ニシダくんが言《い》った。

「穴《あな》をずっと見《み》ていると思《おも》ったんならね、ニシダくん、それはまちがいよ。あたしはね、きょうから再開《さいかい》した工事《こうじ》を見《み》ていたの。」

「工事《こうじ》かー。」

ニシダくんは、すっとんきょうな声《こえ》をあげてから、小《ちい》さくうなずいた。「それならわかる。工事《こうじ》ねー。」

そんな話《はなし》をしていたら、工事《こうじ》の人《ひと》から、「ここはきょうから歩行者通行止《ほこうしゃつうこうど》めだから、あっちいって!」と追《お》いはらわれてしまった。

ニシダくんは、素直《すなお》にしたがい、アリサのマンションの下《した》までいっしょに歩《ある》いた。

「それでさ、スイッチについては、もうよくなったわけ?」

と、アリサがきくと、ニシダくんの目《め》が、ぴかりとひかった。

「さっきたしかめたところ、スイッチは消滅《しょうめつ》。ぶじ、新年《しんねん》になったから、もう用《よう》はなくなったんだと思《おも》われる。」

「工事《こうじ》の人《ひと》がきて、踏《ふ》みつぶしちゃったんじゃないの？　きのうとか、見《み》にくればよかったのに。」

「元旦《がんたん》から、熱《ねつ》をだして寝《ね》こんでたんだ。」

ニシダくんは、申《もう》しわけなさそうに言《い》った。「ぜひ、きたかったんだけど。」

アリサは、それも無理《むり》はないと思《おも》っていた。

寒《さむ》いなか、ニシダくんは、毎日何時間《まいにちなんじかん》も、みはりをしていてくれたんだもの。かぜをひいても、ふしぎはない。

「もうなおったの？」

「まあまあ。だけど、宿題《しゅくだい》がまだだから、これからやらないと。ゴジョウガワラ、やった？」

「だいたいやったけど、絵《え》はまだ。」

「これからやれば、まだよゆうだよな。」

「これからやれば、まだよゆう。」

ニシダくんは、「んじゃ」と言《い》って、たったったっとかけだしていった。

アリサも、おおいそぎで家《いえ》に帰《かえ》って、宿題《しゅくだい》にとりかかった。

6

三学期《がっき》の教室《きょうしつ》のうしろの壁《かべ》には、クラス全員《ぜんいん》の冬休《ふゆやす》みの宿題《しゅくだい》の絵《え》が、はられてあった。

放課後《ほうかご》、アリサは、じっくり一枚《まい》一枚《まい》、絵《え》をながめた。

ニシダくんの絵《え》は、いつものようになにが描《か》いてあるのかわからないような絵《え》だったけれど、じょうずだと、アリサは思《おも》った。

それに、じつは、アリサには、それがなんの絵《え》なのか、わかっていた。

人間《にんげん》のカタチのスイッチ。

ニシダくんは、それを描《か》いたのだ。いつものようにぐちゃぐちゃに見《み》えるけど、そこには、人間《にんげん》のカタチのスイッチが描《か》いてあるはずだ。

ただし、絵《え》になったところで、アリサには、どれが人間《にんげん》のカタチなのか、ぜんぜんわからなかったんだけど。

アリサが見《み》ていたら、ニシダくんがやってきた。

「ニシダくん、うまいね。」

と言《い》ったら、ニシダくんは、「ゴジョウガワラも、なかなか」と言《い》った。

アリサの絵《え》は、もちろん、穴《あな》だ。

自分《じぶん》でも、わりと気《き》に入《い》っている。

ひとしずくの海《うみ》

安東《あんどう》みきえ

ミオが友《とも》だちの家《いえ》からもどると、ママがいきなり言《い》った。

「ミオは妹《いもうと》からお金《かね》をとるの？」

ママの後《うし》ろに妹《いもうと》のヒナコがのぞいている。手《て》にはミオがきのう買《か》ったマンガ本《ぼん》がある。

ママは声《こえ》をとがらせる。

「マンガを読《よ》むのにお金《かね》をとるなんて、あきれるわ」

ミオは冷蔵庫《れいぞうこ》から麦茶《むぎちゃ》を出《だ》してコップについだ。

そのマンガは、ミオとヒナコがお金《かね》を出《だ》しあって買《か》うはずのものだった。それが本屋《ほんや》さんに行《い》ってからやっぱりやめたとヒナコが言《い》いだしたのだ。ミオはレジで妹《いもうと》に念《ねん》を押《お》した。いい？　もしもあとで読《よ》みたくなったときは、ちゃんと半分《はんぶん》はらってよ。

ミオは麦茶《むぎちゃ》をごくりとのんで、ヒナコをにらんだ。

「お金《かね》、ちょうだいよ」

あー、とママはため息《いき》をついた。

「お金《かね》のことで姉妹《きょうだい》げんかなんて。あー、はずかしい」

姉妹《きょうだい》げんかではなかった。ヒナコはママの後《うし》ろにかくれて何《なに》も言《い》わないのだから。

「どうせ、はずかしいですよ。ママの子《こ》だもん」

「なんなの、それは」

姉妹《きょうだい》げんかは決《き》まって親子《おやこ》げんかになる。

ママが窓《まど》をしめた。人《ひと》に聞《き》かせられないわよ、みっともなくて。

電話《でんわ》が鳴《な》った。電話《でんわ》に出《で》たママはとたんにやさしげな声《こえ》になる。

ミオはうんざりする。ママなんていんちきだ。ヒナコなんて犬《いぬ》のうんこだ。

今入《いまはい》ってきたばかりのドアから、ミオはまた出《で》ていこうとする。

「すぐ暗《くら》くなるから、遠《とお》くまで行《い》かないのよ」

受話器《じゅわき》を手《て》でふさいだママが首《くび》をのばす。

遠《とお》くまで行《い》っちゃうもんね、もう帰《かえ》ってこないもんね。とミオはつぶやく。

ドアをしめる前《まえ》に、ヒナコをふりかえった。

「百八十九円《えん》だからね」

ミオッというママの声《こえ》が、ドアの音《おと》にかき消《け》される。

脱《ぬ》ぎすてたばかりの靴《くつ》をはくのは、なまあたたかくて気持《きも》ちが悪《わる》い。足先《あしさき》だけつっこんで、ママの靴《くつ》をわざとふんづけミオは外《そと》へとび出《だ》した。

家《いえ》のまわりを一輪車《いちりんしゃ》でまわる。家《いえ》の出窓《でまど》に花《はな》の鉢《はち》がいくつも並《なら》べてあるのが見《み》える。みな外《そと》に向《む》けてあるのがミオにはふしぎだった。カーテンの外側《そとがわ》にかざられているので、部《へ》屋《や》の中《なか》からはながめられない。

へんなの。外《そと》の人《ひと》だけにほめられたいみたい。いつかミオがそう言《い》ったときママは、そうよ、とあっさりこたえた。

ミオは一輪車《いちりんしゃ》にまたがったまま、その場《ば》でとまる練習《れんしゅう》をした。両手《りょうて》を広《ひろ》げ、バランスをとろうとする。でもすぐにかたむいて足《あし》が地面《じめん》についてしまう。

なんだかミオはどうやってもバランスがとれないような気《き》がしてしかたがない。

一輪車《いちりんしゃ》をほうりなげて走《はし》りだした。

家《いえ》の近《ちか》くのコンビニはいつでも明《あか》るい。

店《みせ》のかべにもたれた人影《ひとかげ》にミオはかけ寄《よ》った。

「サチねえちゃん」

サチエは中学《ちゅうがく》三年生《ねんせい》。ミオとは五つも年《とし》が離《はな》れていたが、小《ちい》さな頃《ころ》からミオのことをかわいがって遊《あそ》んでくれた。

サチエは帰《かえ》っていく友《とも》だちに手《て》をふっていた。手首《てくび》にはめたブレスレットがちゃらちゃらと安《やす》っぽい音《おと》を立《た》ててゆれていた。

横《よこ》に並《なら》んでいっしょに手《て》をふるミオを、サチエはのぞきこんだ。

「ミオ、どうした？　おっかない顔《かお》しちゃって」

「サチねえちゃん、自分《じぶん》のうちとこことどっちがいい？」

「どっちがいいごっこか、よし」

サチエはミオに指《ゆび》をつきつけた。

「北極《ほっきょく》でアイス食《た》べんのと、ジャングルでうどん食《た》べんのとどっちがいい？」

「いいから、うちとこことどっちがいいか、こたえて」

サチエは手《て》にしたジュースの缶《かん》をふりながら気《き》のない声《こえ》を出《だ》した。

「うちがいいよ」

「ウソだね」

「なにそれ。うちが好《す》きだよ、ほんとだってば」

「だったらサチねえちゃん、なんでいつも外《そと》でふらふらしてんのよ。なんで自分《じぶん》のうちにいないのよ」

サチエは長《なが》い前髪《まえがみ》をかき上《あ》げた。

「おお、こわ。補導員《ほどういん》のジジイみたいな言《い》い方《かた》」

「うちが好《す》きなんてそんなのウソだね。ぜんぜんウソだね」

「そう、ウッソー。うちよりここより、ほんとにあたしが好《す》きなとこはね」

ジュースの缶《かん》をほおにあてて、サチエは顔《かお》を上《あ》げた。

「海《うみ》。海《うみ》が好《す》き」

「ていうか、そんなのこたえにないって」

「うちってさぁ、海《うみ》のそばにあったんだよ。あたしがちっちゃかった頃《ころ》。湘南《しょうなん》、湘南《しょうなん》の海《うみ》。ね、かっこいいっしょ」

サチエのピアスがきらっと光《ひか》る。

「海《うみ》でこんぶとってるとか？　やだ、かっこわる」

「あたしのとうさんはね、かっこよかったんだ。つりの名人《めいじん》だったよ。こーんなでっかいヤツつってくれたのおぼえてるよ」

マニキュアをした人《ひと》さし指《ゆび》を立《た》て、胸《むね》の前《まえ》で大《おお》きく広《ひろ》げる。

ミオはその場《ば》にすわりこんだ。

「サカナのじまん話《ばなし》なんて聞《き》きたくない。あーあ、つかれた」

「十年早《ねんはや》いよ、こら」

サチエはミオの手《て》をにぎってひっぱり上《あ》げた。サチエの手《て》の平《ひら》はうすっぺらで、強《つよ》くにぎるとクシュリとくだけてしまいそう。

ミオは手《て》を放《はな》さないでいてほしかった。連《つ》れて行《い》ってくれなければ、家《いえ》に帰《かえ》れない気《き》がした。

「ねぇ、サチねえちゃん、つれてって」

「うん？」

「目《め》かくし道《みち》で」

「目《め》かくし道《みち》で？」

駐車場《ちゅうしゃじょう》に入《はい》るバイクのライトが正面《しょうめん》から照《て》りつけた。まぶしくてふたりは目《め》をとじた。

目《め》かくし道《みち》、それはサチエのつけたヒミツの道《みち》の名前《なまえ》だった。

何年《なんねん》か前《まえ》のその日《ひ》も、今日《きょう》と同《おな》じようにミオはママにしかられた。逃《に》げこむように行《い》ったサチエのところで、ミオはうちには帰《かえ》らないと言《い》いだした。手《て》をひこうとすると、まるで売《う》られて行《い》く仔《こ》ヤギみたいに足《あし》をふんばった。

――やだ。あんなおうち、かえりたくない。

そうだだをこねてミオはサチエをこまらせた。

サチエはからだつきは小《ちい》さかったけれど、することはおとなびていた。しばらく考《かんが》えてから、手《て》をうってミオに言《い》った。

――ねえ、ミオちゃん。あのおうちじゃないおうちにだったらかえれる?

――どこ?

――ミオちゃんのおうちなんだけど、もっといいおうち。みんながやさしい、いいおうちなの。

首《くび》をかしげるミオに、

――サチねえちゃんがつれてってあげる。でも、ひとつだけ、やくそくがあるの。

――やくそく?

――そう、やくそく。そのおうちにいくみちはね、ヒミツのみちなんだ。だから、ぜったい、ぜっーたい、めをあけちゃいけないの。それにおくちもきいたらいけないの。

小《ちい》さなサチエは真剣《しんけん》な目《め》でミオを見《み》つめた。

――もし、とちゅうでめをあけたり、なにかいったりしたら、それでおしまい。もういまのおうちにかえるしかないの。ミオちゃん、できる？

サチエはまだふっくりしていた手《て》をつき出《だ》した。

ミオはその手《て》をつかまえぎゅっと目《め》をとじた。

サチエに手《て》をひかれて歩《ある》く道《みち》、それはミオの知《し》っている帰《かえ》り道《みち》ではなかった。

右《みぎ》へまがるはずのところを左《ひだり》にまがり、まっすぐ行《い》くべきところをぐるぐるまわった。

きまじめに目《め》をとじているミオには、どこをどう歩《ある》いているのか見当《けんとう》もつかない道《みち》だった。

——ふかいもりのまんなかにきたよ。

サチエがそう言《い》って立《た》ちどまると、さやさやと葉《は》の鳴《な》る音《おと》がして、みずみずしい緑《みどり》のにおいが鼻先《はなさき》をくすぐった。森《もり》で迷《まよ》ったヘンゼルとグレーテルになった気《き》がした。

——こんどはさばく。さばくのなかをあるいているよ。

足元《あしもと》が砂《すな》にうもれた。シャクシャクとその砂《すな》をふみしめながら、魔法《まほう》のランプの精《せい》にたのむお願《ねが》いを三つまで考《かんが》えた。

サチエが連《つ》れて行《い》く道《みち》は、ふしぎな別世界《べっせかい》を通《とお》るぬけ道《みち》だった。

——ミオちゃん、ついたよ。めをあけて。おくちをきいてももういいよ。

おそるおそる目《め》をあけると、ミオの家《いえ》の前《まえ》だった。

——ミオちゃんのあたらしいおうち。まえのおうちといっしょにみえるけど、ほんとはちがうの。

見上《みあ》げるミオにサチエはそうささやいた。

——ヒミツのちがうみちをとおってきたからね、ちがうおうちなの。

するとミオには、表札《ひょうさつ》も、ドアも、はじめて見《み》るもののように思《おも》えてきたのだった。

——ママも、ちがうの？

——うん、いいママだよ。

サチエは口《くち》に人《ひと》さし指《ゆび》をあてると、ないしょだからね、そう言《い》った。

サチエの指《ゆび》は草《くさ》をすりつぶしたような緑色《みどりいろ》にそまり、さっき嗅《か》いだ森《もり》のにおいをプンと漂《ただよ》わせた。靴《くつ》についてきた砂《すな》は、工事現場《こうじげんば》の黒《くろ》い砂《すな》によく似《に》ていた。

目《め》をあけるとすべてが色《いろ》あせてしまう。でもずっと目《め》をつむってはいられないし、帰《かえ》る家《いえ》がひとつしかないことぐらい、ミオにもほんとうはわかっていた。

サチエは顔《かお》のすぐ横《よこ》で小《ちい》さくバイバイと手《て》をふると、くるりと背《せ》を向《む》けてかけ出《だ》した。

ミオは玄関《げんかん》のドアをしばらく見《み》つめ、それから勢《いきお》いをつけてひらいた。家《いえ》の中《なか》からぱあっと光《ひかり》がこぼれた。

バイクはコンビニの駐車場《ちゅうしゃじょう》でエンジンを切《き》った。あたりがきゅうにしんとした。

「おう、サチエじゃん」

バイクの少年《しょうねん》がヘルメットを脱《ぬ》いでサチエに呼《よ》びかけた。きつそうな目《め》が笑《わら》うと一瞬《いっしゅん》でやさしくくずれた。

あ、なんだ、とサチエも少年《しょうねん》に笑《わら》いかけた。

ミオは別《べつ》の人《ひと》に気《き》をとられたふりをして横《よこ》を向《む》いた。

「バイト、うまくいってる？」

少年《しょうねん》にサチエはたずねた。

「まあな、ちょっとキツイけどな」

まだ声変《こえが》わりのさなかなのか、少年《しょうねん》の声《こえ》は不安定《ふあんてい》にかすれていた。

「それよりおまえ、行《い》く日《ひ》、はっきり決《き》まったのか？」

「三月《がつ》のすえ」

「へぇ、おせえな」

「なんかメンドーなこと、多《おお》くてさ。おっさんがとろいことやっちゃったりして、ぎりぎりになっちゃったよ」

おっさん。あたらしい父親《ちちおや》を、サチエはそう呼《よ》ぶ。かあさんが勝手《かって》に選《えら》んだ人《ひと》だからあたしには関係《かんけい》ない。おっさん、それでじゅうぶん。

「ま、どこに行《い》っても、がんばれや。なんかあったら言《い》えよ。かならず言《い》えよな」

サチエはうなずいて片手《かたて》を上《あ》げ、少年《しょうねん》は店《みせ》の中《なか》に入《はい》っていった。

ミオはサチエにからだを向《む》けた。

「サチねえちゃん、遠《とお》くに行《い》っちゃうってほんと?」

「うん、ほんと」

サチエが中学《ちゅうがく》を卒業《そつぎょう》する来年《らいねん》の春《はる》には、ちがう町《まち》に行《い》くといううわさはミオも聞《き》いていた。寮《りょう》のある高校《こうこう》に通《かよ》うということだった。

「すごく、遠《とお》い町《まち》なの?」

「イマイスーパーより遠《とお》い。でも、インドより近《ちか》い」

「ときどきは帰《かえ》ってくるんでしょ」

「あたり前《まえ》じゃん。だってほかにないもん、あたしの帰《かえ》るとこ」

そう言《い》って、ジュースの缶《かん》を片手《かたて》で器用《きよう》にゴミ箱《ばこ》になげ入《い》れた。

「じゃ、ミオ、そろそろ帰《かえ》ろっか。目《め》かくし道《みち》で」

サチエは手《て》をさし出《だ》した。うす茶色《ちゃいろ》の目《め》がいたずらっぽく丸《まる》くなっていた。

「うん」

ミオはサチエの手《て》をしっかりにぎって目《め》をとじた。

目《め》かくし道《みち》は、やっぱりミオの知《し》らない道《みち》。住宅街《じゅうたくがい》が見知《みし》らぬ国《くに》にかわっていく。

でも、サチエの教《おし》えてくれるとおりに歩《ある》けば、あぶないことは何《なに》もなかった。

ほらミオ、足元《あしもと》に気《き》をつけて、岩《いわ》をのぼるよ。ねえ、落《お》っこちたらたいへん、断崖絶壁《だんがいぜっぺき》だから。あ、ネコがきたよ、さわらせてあげる。夜《よる》の色《いろ》みたいにまっ黒《くろ》な毛《け》なみだよ、きっとがけの上《うえ》の魔法使《まほうつか》いに飼《か》われているネコだよ。

サチエの手《て》はミオを連《つ》れて行《い》く。ゆっくりと注意深《ちゅういぶか》く、遠《とお》くへ。行《い》ったこともないほど遠《とお》くへ。

まぶしい光《ひかり》に向《む》かって目《め》をつむると、バラ色《いろ》に見《み》える。まぶたに通《かよ》う血《ち》の色《いろ》だといつかサチエが教《おし》えてくれた。でも今日《きょう》のミオの目《め》の中《なか》には夕闇《ゆうやみ》が広《ひろ》がっている。だからミオはまるで宇宙《うちゅう》にほうり出《だ》されたような気分《きぶん》になっていく。

ふたりだけで暗《くら》い夜空《よぞら》の果《は》てをさまよっている、世界《せかい》にサチエとミオとふたりだけしかいない。さびしくて、たよりなくて、でもどこかワクワクした。

ほおがひんやりとした。さっきまで聞《き》こえていた色々《いろいろ》な音《おと》が遠《とお》のいた。

トンネルだ、とミオは思《おも》った。

ミオの家《いえ》の近《ちか》くに高速道路《こうそくどうろ》の下《した》をくぐる道《みち》がある。両脇《りょうわき》をコンクリートでかためたトンネルになっていて、いきなり入《はい》ると一瞬何《いっしゅんなに》も見《み》えなくなる暗《くら》い道《みち》だった。ミオはいつもはこわくて走《はし》って通《とお》りぬけていた。でも、今日《きょう》のミオは走《はし》ることはなかった。サチエの手《て》をにぎり、目《め》をつむっていればだいじょうぶ。こわくない。

「ここは地下墓地《ちかぼち》なの」

サチエが低《ひく》くささやく。

「まよったら二度《にど》と地上《ちじょう》にもどれないの。運《うん》よく見《み》つけられた死体《したい》は、みんな靴《くつ》の底《そこ》がすりきれてるんだって」

ふたりの足音《あしおと》がトンネルの中《なか》に大《おお》きくひびく。ターンターンターン。ほんの少《すこ》し時間《じかん》がずれて耳《みみ》に届《とど》くから、まるでだれかがあとをつけているように聞《き》こえてくる。

ミオはそれでも目《め》をつむっていた。目《め》をあけたら何《なに》もかもがぶちこわしだ。

トンネルをぬけ、道《みち》を上《あ》がれば、町《まち》が見渡《みわた》せる坂《さか》の上《うえ》だ。

鳥《とり》たちのにぎやかな声《こえ》が聞《き》こえてきた。坂《さか》の上《うえ》に大《おお》きな木《き》があり、そこをねぐらにしているムク鳥《どり》たちがあちこちの空《そら》から舞《ま》いもどってくる時間《じかん》だった。枝《えだ》のあいだを羽《は》ばたくつばさの音《おと》まで耳《みみ》に届《とど》いた。

ミオは首《くび》をかしげた。さえずりと羽音《はおと》のほかに、何《なに》か地鳴《じな》りのような音《おと》がまじっているのに気《き》づいたのだ。遠《とお》いところからどおんどおんとたいこをたたいているような音《おと》。かすかではあったが聞《き》きおぼえのあるひびきに耳《みみ》をそばだてた。

風《かぜ》が顔《かお》に当《あ》たった。しめった重《おも》たい風《かぜ》だった。

何《なに》かが、つま先《さき》をくすぐった。それは草《くさ》とはちがう感触《かんしょく》で、ミオははじめて不安《ふあん》になり、思《おも》わず目《め》をあけた。

波《なみ》が寄《よ》せていた。

波《なみ》は白《しろ》いレースのように足元《あしもと》に広《ひろ》がっていた。寄《よ》せては引《ひ》き、かえしてはまた広《ひろ》がった。足《あし》の下《した》で砂《すな》が波《なみ》のあとを追《お》った。しかし波《なみ》も砂《すな》も足《あし》にふれるだけで、冷《つめ》たくもなければ足《あし》をぬらすこともない。

顔《かお》を上《あ》げると、たしかに坂《さか》の上《うえ》の道《みち》だった。そこからはゆるい下《くだ》り坂《ざか》で、町《まち》がひとめで見渡《みわた》せる。ところが、その町《まち》が今《いま》は海《うみ》にのまれていた。ミオの目《め》の前《まえ》に水平線《すいへいせん》が広《ひろ》がっていたのだ。

それは夏《なつ》の道《みち》の上《うえ》にあらわれる逃《に》げ水《みず》にも似《に》ていたけれど、くらべようもなく大《おお》きかった。

青《あお》い海《うみ》は足元《あしもと》からはじまり、遠《とお》くの空《そら》までつづき、その波《なみ》の下《した》には町《まち》が透《す》けて見《み》えていた。歩道《ほどう》に植《う》えられているフヨウの花《はな》が、水中花《すいちゅうか》のように水《みず》の中《なか》に咲《さ》き、給水塔《きゅうすいとう》が海水《かいすい》の中《なか》にユラユラとゆれながら立《た》っている。

ともりはじめた街灯《がいとう》や、ヘッドライトが、さざ波《なみ》に漂《ただよ》う夜光虫《やこうちゅう》のようににじんで光《ひか》る。

町《まち》と空《そら》をかかえこみ、海《うみ》は青《あお》く大《おお》きくうねっていた。

ミオが息《いき》をのんだとたん、ぐらり、と足元《あしもと》がかしいだ。夢《ゆめ》の中《なか》で足《あし》をふみはずしたときに似《に》ていた。

あわてて下《した》を見《み》ると、見《み》なれたいつもの道《みち》。白《しろ》くかわいたアスファルトの道路《どうろ》だった。

そして町《まち》をのみこんでいた海《うみ》は一瞬《いっしゅん》のうちにどこかに消《き》え去《さ》っていた。

パチパチとまばたきをしてみた。秋《あき》の夜《よる》はおどろくほど早《はや》くやってくる。目《め》をつむっているあいだに日《ひ》が落《お》ちたものだから、あんなふうに見《み》えたのだろうか。たしかに町《まち》をつつんでいる夕闇《ゆうやみ》は青《あお》く、深《ふか》い海《うみ》を思《おも》わせた。

ミオは軽《かる》く頭《あたま》をふった。

ちがう。

あれは海《うみ》だ。

サチねえちゃんの海《うみ》だ。

あそこがきっとほんとうに帰《かえ》りたい場所《ばしょ》なんだ。あの海《うみ》を胸《むね》にかかえたまんま、サチねえちゃんは歩《ある》いてきたんだ。

何《なに》もなかったようにミオの手《て》をひき、前《まえ》を行《い》くサチエの背中《せなか》をミオはながめた。厚《あつ》みのない肩《かた》が右《みぎ》に左《ひだり》にわずかにかしぐ。細《ほそ》い髪《かみ》が風《かぜ》にゆれる。ミオはまたゆっくりと目《め》をとじた。

坂道《さかみち》を下《くだ》っていった。じゃり道《みち》を渡《わた》った。

雨戸《あまど》をがらがらとしめる音《おと》。犬《いぬ》の鳴《な》き声《ごえ》。ピアノのレッスンの音《おと》。どれも夕方《ゆうがた》のなつかしい音《おと》だった。

金木犀《きんもくせい》の香《かお》りがゆれる。家《いえ》がもう目《め》の前《まえ》なのがミオにはわかった。

サチエは足《あし》をとめた。

ダイニングのいすをひく音《おと》が聞《き》きとれる。ミオの好物《こうぶつ》のカレーのにおいがわずかに漂《ただよ》ってくる。エプロンのママが心配《しんぱい》そうに何《なに》か言《い》い、新聞《しんぶん》をたたんで時計《とけい》を見《み》るパパのすがたが目《め》に浮《う》かぶ。パパもママもおそいミオの帰《かえ》りを待《ま》っているのにちがいなかった。そしてインターホンを押《お》せば、妹《いもうと》がドアをあけるためにまっ先《さき》に出《で》てくるのだ。

サチエがミオの手《て》を離《はな》した。

「目《め》をあけてももういいよ。ようく見《み》てごらん。こんどはとびきりいいうちだよ」

ミオはぱっと目《め》をあけた。

あけたひょうしに涙《なみだ》がほおをすべった。

ふりかえったとき、サチエはもう後《うし》ろを向《む》いてかけ出《だ》していた。

ねえ、サチねえちゃん、ミオは小《ちい》さく呼《よ》びかけた。

あたしが今度《こんど》は連《つ》れて行《い》ってあげる。

サチねえちゃんがうちに帰《かえ》れなくなったときには、あたしが連《つ》れて行《い》ってあげるよ、目《め》かくし道《みち》で。だから帰《かえ》ってきて。きっとまた帰《かえ》ってきて。ねえ、サチねえちゃん。

涙《なみだ》がつたってくちびるをぬらした。ペロリと舌《した》でなめるとしおからかった。

それはサチエが置《お》いていった、ひとしずくだけの海《うみ》だった。

夏《なつ》の朝《あさ》

梨木香歩《なしきかほ》

夏《なっ》ちゃんは今日《きょう》六つになる。

「お誕生日《たんじょうび》のプレゼントは何《なに》がいい？」

おかあさんがたずねた。

「きゅうこん」

夏《なっ》ちゃんの答《こたえ》はいつもシンプル。

「キュウコン？」

おかあさんは少《すこ》し考《かんが》え込《こ》む。そして球根《きゅうこん》だとわかるとため息《いき》をついた。

……この子《こ》が普通《ふつう》のおもちゃを欲《ほ》しがるとは思《おも》っていなかったけれど。たまにはリカちゃん人形《にんぎょう》とか、フリルのいっぱい付《つ》いたお洋服《ようふく》だとかいってくれたらいいのに……

それでも気《き》をとりなおして微笑《ほほえ》んだ。私《わたし》はおかあさんのこういうところが好《す》き。

「何《なん》の球根《きゅうこん》？」

「とくべつの球根《きゅうこん》」

夏《なっ》ちゃんはいつもこういうふうにしゃべる。短《みじか》く、記号《きごう》のように。おかあさんはそこからいろんな意味《いみ》を引《ひ》きずり出《だ》さなければならない。ほら、思《おも》い出《だ》して。夏《なっ》ちゃんのお気《き》に入《い》りの絵本《えほん》を。

「ああ、あの親指姫《おやゆびひめ》の？」

夏《なつ》ちゃんはうなずく。おかあさんはようやく夏《なつ》ちゃんの欲《ほ》しいものがわかってきた。夏《なつ》ちゃんは親指姫《おやゆびひめ》が生《う》まれる球根《きゅうこん》が欲《ほ》しいの。――それはとくべつの球根《きゅうこん》だったのです――

絵本《えほん》にはそう書《か》いてあった。

「そうね、あれはお話《はなし》だから、本当《ほんとう》にはそういう球根《きゅうこん》はないんだけれど、きれいなチューリップの球根《きゅうこん》なら、近所《きんじょ》の種苗屋《しゅびょうや》さんの店先《みせさき》にいっぱい出《で》ていたわ。お買物《かいもの》のついでに寄《よ》ってみましょうか」

夏《なつ》ちゃんの瞳《ひとみ》が輝《かがや》く。よかったね、夏《なつ》ちゃん。

夕飯《ゆうはん》の買物《かいもの》の後《あと》、夏《なつ》ちゃんとおかあさんは商店街《しょうてんがい》のはずれにある種苗屋《しゅびょうや》さんに入《はい》った。すれ違《ちが》いざまに、外国《がいこく》の香水《こうすい》の香《かお》りをさせた美《うつく》しい女《おんな》の人《ひと》が出《で》て行《い》った。一瞬《いっしゅん》だったけれどその人《ひと》はしっかりと私《わたし》を見《み》た。そして微笑《ほほえ》んだ。私《わたし》はびっくりしてそれから嬉《うれ》しくなる。銀灰色《ぎんかいしょく》と薔薇色《ばらいろ》のシフォンが風《かぜ》になびいて、おかあさんはうっとりとその後《あと》を見《み》送《おく》った。最近出来《さいきんでき》たあの高級《こうきゅう》マンションの住人《じゅうにん》に違《ちが》いない、とおかあさんは思《おも》った。種《しゅ》苗店《びょうてん》のおばさんは顔見知《かおみし》りの夏《なつ》ちゃん達《たち》を見《み》てにっこり笑《わら》った。

「夏休《なつやす》みもそろそろおしまいだねえ」

「そうですねえ。あの、この辺《あた》りにチューリップの球根《きゅうこん》があったように思《おも》ったんですけれど……」

確《たし》かに昨日《きのう》まで、チューリップの球根《きゅうこん》は店《みせ》の一番目立《いちばんめだ》つところに籠《かご》いっぱい盛《も》られていた。赤白黄色《あかしろきいろ》に縞模様《しまもよう》、とんがりふっくらフリンジ付《つ》きの、様々《さまざま》なチューリップが、それぞれにっこりと営業用《えいぎょうよう》スマイルで咲《さ》いている写真付《しゃしんつ》きで。あれだけあったら親指姫《おやゆびひめ》は無理《むり》にしても、きっと夏《なっ》ちゃんの気《き》に入《い》る花《はな》を咲《さ》かせてくれる球根《きゅうこん》があったでしょうに。

「あれまあ、チューリップを買《か》いに来《き》たの。それじゃあ、一足違《ひとあしちが》いだったね。今帰《いまかえ》ったお客《きゃく》が全部買《ぜんぶか》って行《い》ってしまったよ」

おばさんは気《き》の毒《どく》そうにいった。おかあさんは思《おも》った。

……それじゃあ、あの人《ひと》、庭付《にわつ》きの一階《いっかい》に住《す》んでるんだわ……

「とくべつの球根《きゅうこん》」

夏《なっ》ちゃんははっきりとそういって棚《たな》の上《うえ》を指《ゆび》さした。そうよ、夏《なっ》ちゃん。よくあれがわかったわね。夏《なっ》ちゃんの指《ゆび》さした先《さき》にはシックなワイン色《いろ》の地《じ》に金色《きんいろ》のラインが入《はい》っている、小《ちい》さなチョコレートの空《あ》き箱《ばこ》があった。最近出来《さいきんでき》たチョコレート専門店《せんもんてん》が、近所《きんじょ》の商店街《しょうてんがい》に挨拶代《あいさつが》わりに配《くば》った物《もの》だ。その中《なか》からちょこんと百合根《ゆりね》が顔《かお》をのぞかせている。

おばさんが店《みせ》の商品《しょうひん》の中《なか》から、形《かたち》のいびつで貧弱《ひんじゃく》な物《もの》を、今夜《こんや》の茶碗蒸《ちゃわんむ》し用《よう》にさっきよけておいたの。食用《しょくよう》として売《う》られているものとは厳密《げんみつ》には種類《しゅるい》が違《ちが》うけど、味《あじ》はそんなに変《か》わらない。

「あれ？」

おばさんは少《すこ》し困《こま》った。

「夏《なっ》ちゃん、あれは百合根《ゆりね》よ。チューリップの球根《きゅうこん》とは違《ちが》うのよ」

おかあさんは慌《あわ》てて夏《なっ》ちゃんをたしなめた。

「とくべつの、球根《きゅうこん》」

夏《なっ》ちゃんは一歩《いっぽ》も譲《ゆず》らず下顎《したあご》を引《ひ》いた。がんばって、夏《なっ》ちゃん。おかあさんは、どうしたものかと案《あん》じつつ、おばさんに打《う》ち明《あ》けた。

「この子《こ》ったら、誕生日《たんじょうび》のプレゼントには球根《きゅうこん》がいいなんていい出《だ》して……。ほんとに変《へん》な子《こ》で……」

それ以上《いじょう》いわないで。夏《なっ》ちゃんはちゃんと聞《き》いてるよ。気《き》のいいおばさんは、チョコレートの箱《はこ》を降《お》ろして手早《てばや》く空色《そらいろ》のリボンをかけた。

「はい、夏《なっ》ちゃん。お誕生日《たんじょうび》おめでとう。これはプレゼントだよ。育《そだ》ちにくいかもしれないから、よく世話《せわ》をしてあげてね」

夏《なっ》ちゃんの青白《あおじろ》い頬《ほお》にみるみる赤《あか》みがさした。受《う》け取《と》って抱《だ》きしめた。

「ありがとう、ありがとう、ありがとう」

おかあさんとおばさんは顔《かお》を見合《みあ》わせて笑《わら》った。おかあさんは何度《なんど》もお礼《れい》をいって店《みせ》を出《で》た。


夏《なっ》ちゃんのうちは古《ふる》い平屋《ひらや》の日本家屋《にほんかおく》。門《もん》から玄関《げんかん》までジャノヒゲで縁《ふち》どられた小径《こみち》が延《の》びている。この前庭《まえにわ》は北向《きたむ》きで少《すこ》し湿《しめ》った感《かん》じがする。おかあさんがお嫁《よめ》にくる前《まえ》から、おとうさんが子《こ》どもの頃《ころ》から、少《すこ》しも変《か》わっていない。西《にし》の隅《すみ》のヤツデと、その隣《となり》の滴《したた》るような濃《こ》い緑《みどり》のつわぶき。東隅《ひがしすみ》の南天《なんてん》。古《ふる》くなって少《すこ》しささくれている格子戸《こうしど》。

裏庭《うらにわ》は南向《みなみむ》きなので前庭《まえにわ》よりもよく陽《ひ》が当《あ》たる。サザンカの生《い》け垣《がき》でぐるりと囲《かこ》まれていたのだけれど、去年《きょねん》おじいちゃんが亡《な》くなったときから毛虫《けむし》がつきはじめ、あっという間《ま》に信《しん》じられないほど大量発生《たいりょうはっせい》し、とうとう根元《ねもと》からばっさり切《き》って毛虫《けむし》ごと焼却《しょうきゃく》してしまった。新《あたら》しい芽《め》が育《そだ》って、垣《かき》の用《よう》をなすまでには、まだ当分《とうぶん》かかるでしょうね。

「通《とお》りから丸見《まるみ》えだわ」

おかあさんはことある毎《ごと》におとうさんに苦情《くじょう》をいう。

「何《なに》かで囲《かこ》ってもらわなければ……。不用心《ぶようじん》だし」

「でもブロックは殺風景《さっぷうけい》だし、トタンはもっといやだろう。板塀《いたべい》は暗《くら》くなるし……。そのうちサザンカも育《そだ》つよ」

おとうさんはあの垣《かき》に子《こ》どもの頃《ころ》からの思《おも》い出《で》があるので、ほかの囲《かこ》いをすることに乗《の》り気《き》でない。……泥《どろ》のあんこをサザンカの葉《は》ではさんで椿餅《つばきもち》をつくったり、垣《かき》の間《あいだ》に秘《ひ》密《みつ》の抜《ぬ》け道《みち》をつくったりした。あの頃《ころ》は本当《ほんとう》に楽《たの》しかった。毛虫《けむし》のつくこともよくあった。割箸《わりばし》で空《あ》き缶《かん》に集《あつ》めて、女《おんな》の子《こ》達《たち》の前《まえ》でわざとひっくり返《かえ》したりもした。ただ、あんなに異常発生《いじょうはっせい》して、近隣《きんりん》から苦情《くじょう》が出《で》ることはなかったけれど。大体《だいたい》あんなにばっさり切《き》ってしまうことはなかったんだ。毛虫《けむし》ごと全部《ぜんぶ》焼《や》ききってしまうなんて、大量虐殺《たいりょうぎゃくさつ》だ。ひどい話《はなし》だ。ほかに方法《ほうほう》はなかったのか……おとうさんは思《おも》いだしては心《こころ》の中《なか》でべそをかいている。

あの時《とき》は私《わたし》も胸《むね》が痛《いた》んだ。でもおとうさん、垣根《かきね》の楽《たの》しい記憶《きおく》は、まだその跡《あと》に漂《ただよ》っているよ。近《ちか》くに行《い》くと、きっとわかる。なんとなく嬉《うれ》しくなる。

「でもほら、あのマンションができてから、どこかで見《み》られているような気《き》がするのよ」

おかあさんは訴《うった》える。

「考《かんが》えすぎだよ」

おとうさんは簡単《かんたん》に片付《かたづ》けて、新聞《しんぶん》を読《よ》み始《はじ》める。おかあさんはあきらめて台所《だいどころ》にたった。

夏《なっ》ちゃんのうちの近《ちか》くに煉瓦《れんが》（そっくりに見《み》える）造《づく》りの大《おお》きなマンションができたのは去年《きょねん》の夏《なつ》の事《こと》だった。それ自体《じたい》がビルのような高《たか》くてがっしりした塀《へい》に囲《かこ》まれ、中《なか》に住《す》む住人《じゅうにん》の生活《せいかつ》は窺《うかが》い知《し》ることもできない。大《おお》きさの割《わり》に入《はい》っている世帯《せたい》の数《かず》は少《すく》なくて、いつもひっそりとしている。噂《うわさ》ではドーベルマンの犬舎《けんしゃ》まであるということだ。

おかあさんは裏庭《うらにわ》からそのマンションを見《み》るたびにため息《いき》をつく。

……あんな塀《へい》が欲《ほ》しいとはいわないけれど、せめて野良犬《のらいぬ》が入《はい》らないようにはしたいものよねえ……

スコップで糞《ふん》を取《と》りながらおかあさんは思《おも》う。

裏庭《うらにわ》のまん中《なか》には桜《さくら》の木《き》がある。夏《なっ》ちゃんは、その根元《ねもと》のダリアの近《ちか》くにスコップで穴《あな》を掘《ほ》り、大事《だいじ》な球根《きゅうこん》をそっと置《お》いてまたふんわり土《つち》をかけた。回《まわ》りを小石《こいし》で囲《かこ》ってわかりやすくした。夏《なっ》ちゃんは毎日水《まいにちみず》をあげた。その熱心《ねっしん》さはおかあさんを少《すこ》し不安《ふあん》にさせる。

……もしかして本当《ほんとう》に親指姫《おやゆびひめ》を期待《きたい》してるの、夏《なつ》ちゃん。まさかね……

やがて木枯《こがら》しが吹《ふ》き、木々《きぎ》もすっかり葉《は》を落《お》とした。夏《なつ》ちゃんのうちの庭《にわ》も一様《いちよう》に生気《せいき》なく枯葉色《かれはいろ》をしている。花《はな》といえば唯一《ゆいいつ》クリスマス・ローズが立《た》ち枯《が》れたダリアの間《あいだ》でうつむいて咲《さ》いているぐらい。夏《なつ》ちゃんはまだ六つだから、この花《はな》のくすんだ色合《いろあ》いが好《す》きになれない。小石《こいし》で囲《かこ》った隣《となり》の百合《ゆり》の地所《じしょ》に水《みず》をあげながら、ぱっとしない花《はな》だと思《おも》っている。でも、夏《なつ》ちゃん、クリスマス・ローズは冬《ふゆ》の気高《けだか》さ。耐《た》え抜《ぬ》く冬《ふゆ》の力《ちから》。冬《ふゆ》の真芯《まっしん》から射《さ》してくる、淡《あわ》いけれども深《ふか》い、まごうかたなき真実《しんじつ》の光《ひかり》。あなたもいつかそう思《おも》う。

厳《きび》しい寒《さむ》さがふっと緩《ゆる》む、春催《はるもよい》の日々《ひび》を幾《いく》つか勘定《かんじょう》して、やがて柔《やわ》らかい枯草《かれくさ》の間《あいだ》から、百合《ゆり》の芽《め》が顔《かお》を出《だ》した。薄《うす》い鳶色《とびいろ》の中《なか》に現《あらわ》れた硬質《こうしつ》の緑《みどり》のまぶしさは、まるで夏《なつ》ちゃんとの約束《やくそく》の堅固《けんご》さのよう。

夏《なつ》ちゃんには初《はじ》めて見《み》るものだったけれど、すぐにそれが何《なん》だかわかった。ゴムマリのように跳《は》ねて、庭《にわ》の片側《かたがわ》で洗濯物《せんたくもの》を干《ほ》していたおかあさんを呼《よ》びに行《い》った。ぽかぽかと暖《あたた》かい早春《そうしゅん》の午前中《ごぜんちゅう》。空《そら》ではヘリコプターが飛《と》んでいる。

「まあ、夏《なっ》ちゃん。とうとう芽《め》が出《で》たのね。これは百合《ゆり》の芽《め》よ」

夏《なっ》ちゃんは輝《かがや》くばかりの笑顔《えがお》でおかあさんに抱《だ》きついた。おかあさんは、ああ幸《しあわ》せだ、と思《おも》った。

……ああ、こんな幸《しあわ》せがあるかしら。曇《くも》り一《ひと》つない全《まった》き幸《しあわ》せの瞬間《しゅんかん》……

おかあさんはちらりとマンションを見《み》た。四階《かい》の窓《まど》しか見《み》えないけれど、その窓《まど》もベランダの奥深《おくふか》く、人《ひと》の気配《けはい》すらない。

百合《ゆり》の芽《め》は順調《じゅんちょう》に伸《の》び続《つづ》け、それとともに春《はる》の気配《けはい》も濃厚《のうこう》になってきた。夏《なっ》ちゃんも無事《ぶじ》に小学校《しょうがっこう》の入学式《にゅうがくしき》を迎《むか》えた。まっかな革《かわ》のランドセル。大《おお》きくてひっくり返《かえ》りそう。期待《きたい》と緊張《きんちょう》と不安《ふあん》。夏《なっ》ちゃんの気持《きも》ちが張《は》りつめた太鼓《たいこ》の皮《かわ》のようになっているのがわかる。でも、おかあさんたら、「夏《なっ》ちゃんたら、ぼうーっとして」と情《なさ》けなさそうにいうの。

やがて先端《せんたん》の心持《こころも》ちきゅろんと反《そ》った、まん中《なか》のふくらんだ百合《ゆり》のつぼみが現《あらわ》れた。

桜《さくら》の花《はな》が散《ち》った頃《ころ》、それと呼応《こおう》したかのように、大《おお》きく育《そだ》ったつぼみもほころび始《はじ》めた。どきどきする。夏《なっ》ちゃんが学校《がっこう》に出《で》かけるとき、つぼみは少《すこ》し、開《ひら》いていた。中《なか》はまだ見《み》えない。学校《がっこう》にいるときも夏《なっ》ちゃんは気《き》になって仕方《しかた》がなかった。学校《がっこう》が終《お》わると走《はし》って帰《かえ》った。ランドセルを背負《せお》ったまま開《ひら》きかけた百合《ゆり》を目指《めざ》して裏庭《うらにわ》へ一目散《いちもくさん》。

細《ほそ》いラッパぐらいに咲《さ》いていた。辺《あた》り一面《いちめん》うっとりするような百合《ゆり》の芳香《ほうこう》がわくわくする予感《よかん》のように漂《ただよ》っている。夏《なっ》ちゃんの心臓《しんぞう》は飛《と》び出《だ》しそう。口《くち》を開《ひら》いてそうっとのぞき込《こ》んだ。

もちろん親指姫《おやゆびひめ》はいた。夏《なっ》ちゃんが迎《むか》えに来《く》るのを待《ま》っていた。なんて白《しろ》い体《からだ》。なんて繊細《せんさい》な手足《てあし》。夢《ゆめ》みるような大《おお》きな黒《くろ》い瞳《ひとみ》。薔薇色《ばらいろ》の唇《くちびる》。

こんなとき、なんていったらいいの。夏《なっ》ちゃんは言葉《ことば》が出《で》ない。まじまじと見《み》つめあう二人《ふたり》。

「おうちに入《はい》る？」

夏《なっ》ちゃんの声《こえ》はかすれて、やっとの思《おも》いで話《はな》しかけた。親指姫《おやゆびひめ》はうなずいた。夏《なっ》ちゃんは息《いき》を詰《つ》めててのひらを差《さ》し出《だ》した。親指姫《おやゆびひめ》はゆっくりと体《からだ》を動《うご》かし、座《すわ》ったままの姿《し》勢《せい》で夏《なっ》ちゃんのてのひらに移《うつ》った。百合《ゆり》の香《かお》りが更《さら》に強《つよ》くなった。ほとんど重《おも》さは感《かん》じない。透明《とうめい》な風《かぜ》のようなお姫様《ひめさま》。そうっとそうっと、夏《なっ》ちゃんは緊張《きんちょう》しながら、自分《じぶん》の部《へ》屋《や》に運《はこ》んだ。この日《ひ》のために用意《ようい》してあった、きれいなお菓子《かし》の空《あ》き箱《ばこ》に薄青《うすあお》のハンカチを敷《し》いた、お姫様用《ひめさまよう》のスペース。薄紫《うすむらさき》のサテンの小切《こぎ》れで脱脂綿《だっしめん》をくるんだベッドも置《お》いてある。その上《うえ》に、そうっと置《お》いてあげた。

「わたしの名前《なまえ》は夏《なっ》ちゃんていうの」

夏《なっ》ちゃんは心持《こころも》ち顔《かお》を近《ちか》づけてゆっくりとささやくように話《はな》しかけた。

「あなたの名前《なまえ》は……」

それはもう前《まえ》から考《かんが》えてあった。夏《なっ》ちゃんはずっと自分《じぶん》の名前《なまえ》が自分自身《じぶんじしん》より少《すこ》し強《つよ》すぎるような気《き》がしていた。おとうさんとおかあさんは夏《なつ》の強《つよ》い生命力《せいめいりょく》を願《ねが》ってつけた名前《なまえ》だったけれど。お姫様《ひめさま》が生《う》まれたら、きっと春《はる》ちゃんってつけよう。夏《なっ》ちゃんはそう決《き》めていた。でもこの名前《なまえ》、気《き》に入《い》ってくれるかしら。

「あなたのこと、春《はる》ちゃんって呼《よ》んでいい？」

春《はる》ちゃんはうなずいた。そしてにっこりと微笑《ほほえ》んだ。すると百合《ゆり》の香《かお》りが辺《あた》りに揺《ゆ》れた。本当《ほんとう》に春《はる》ちゃんは、春《はる》の精《せい》のよう。

そのとき、おかあさんが襖《ふすま》の所《ところ》から夏《なっ》ちゃんに声《こえ》をかけた。

「どうしたの、夏《なっ》ちゃん。ただいまもいわないで」

振《ふ》り向《む》いた夏《なっ》ちゃんの頬《ほお》が紅潮《こうちょう》しているのを見《み》て、珍《めずら》しいこと、とおかあさんは思《おも》った。

「おかあさん、やっぱり、あれ、とくべつの球根《きゅうこん》。生《う》まれたよ。ほら」

もちろん、おかあさんには見《み》えない。世《よ》の中《なか》にはたくさんの人《ひと》がいる。その数《かず》だけ世界《せかい》を見《み》る方法《ほうほう》が違《ちが》う。そういう所《ところ》だから、仕方《しかた》がない。おかあさんはそれより、夏《なっ》ちゃんがそんなに長《なが》い文章《ぶんしょう》をしゃべったことに驚《おどろ》いて嬉《うれ》しかった。

「生《う》まれたって、何《なに》が？」

「親指姫《おやゆびひめ》」

それを聞《き》いておかあさんはますます嬉《うれ》しくなった。

……ああ、やっと、ごっこ遊《あそ》びをするようになった……

「そう。それじゃあ、おかあさんが、お洋服《ようふく》をつくってあげましょうね。どんなデザインがいい？」

夏《なっ》ちゃんと春《はる》ちゃんは顔《かお》を見合《みあ》わせた。わくわくする。

「春《はる》ちゃんと一緒《いっしょ》に考《かんが》える」

「春《はる》ちゃん？」

「名前《なまえ》をつけたの」

「ああ、夏《なっ》ちゃんの妹《いもうと》だから、春《はる》ちゃんなのね」

おかあさんはごきげんで、離《はな》れの方《ほう》にご用《よう》をしに行《い》った。

夏《なっ》ちゃんの家《いえ》はL字型《エルじがた》で、その短《みじか》いしっぽのような所《ところ》が離《はな》れになっている。そこでおじいちゃんは長《なが》いこと寝《ね》ついていた。三方《さんぼう》に窓《まど》があり、裏庭《うらにわ》に面《めん》した側《がわ》には縁《えん》があって障子《しょうじ》がはまっている。陽《ひ》の光《ひかり》が柔《やわ》らかく入《はい》り、おじいちゃんがいた頃《ころ》は、夏《なっ》ちゃんはいつもここに入《い》り浸《びた》って親指姫《おやゆびひめ》の本《ほん》を読《よ》んだりブロック遊《あそ》びをしたりしていた。おじいちゃんはもう夏《なっ》ちゃんに声《こえ》をかける元気《げんき》はなくなっていたけれど、夏《なっ》ちゃんが来《く》ると目《め》を細《ほそ》めて声《こえ》を出《だ》さずに笑《わら》ってみせた。おじいちゃんも、夏《なっ》ちゃんも、うとうとしたり、ぼんやりしたりして長《なが》い午後《ごご》をよくいっしょに過《す》ごした。

おじいちゃんが亡《な》くなったのは秋《あき》だった。縁側《えんがわ》の隅《すみ》にある金木犀《きんもくせい》が、風《かぜ》もないのに何《なに》かの合図《あいず》を聞《き》いたように一斉《いっせい》にその小《ちい》さな花々《はなばな》を落《お》とした。花々《はなばな》は、根元《ねもと》を中心《ちゅうしん》に円《まる》く弧《こ》を描《えが》くようにはらはらと落《お》ちた。夏《なっ》ちゃんは偶然《ぐうぜん》その始《はじ》まりから見《み》ていた。金木犀《きんもくせい》が、その最後《さいご》の花《はな》を落《お》として、しんと静寂《せいじゃく》も落《お》ちた後《あと》、夏《なっ》ちゃんは珍《めずら》しくこのことを誰《だれ》かに語《かた》りたいと強《つよ》く思《おも》った。振《ふ》り向《む》くと、おじいちゃんは目《め》を閉《と》じて寝《ね》ていた。

夕闇《ゆうやみ》が障子《しょうじ》の陰《かげ》から迫《せま》り、おかあさんが呼《よ》びに来《く》るまで夏《なっ》ちゃんはじっと待《ま》っていた。おじいちゃんが目《め》を覚《さ》ますのを。でもおじいちゃんは目《め》を覚《さ》まさなかった。

それからのことは、すべて夏《なっ》ちゃんのいないところで行《おこな》われたので、夏《なっ》ちゃんは今《いま》でも、どこかでおじいちゃんが目覚《めざ》めるのを待《ま》っているような気《き》がしている。

四月《がつ》の終《お》わりから始《はじ》まる長《なが》い連休《れんきゅう》に、おかあさんよりいくつか年上《としうえ》の若《わか》い叔母《おば》さんが(夏《なつ》ちゃんには大叔母《おおおば》さんにあたる)、六年生《ねんせい》になる息子《むすこ》を連《つ》れて遊《あそ》びに来《く》る予定《よてい》。おかあさんは、おじいちゃんが亡《な》くなってから、物置《ものおき》のようにしてあった離《はな》れを、そのために片付《かたづ》けている。

春《はる》ちゃんが来《き》てから、夏《なつ》ちゃんはとても幸《しあわ》せ。おかあさんがつくってくれた、あまり飾《かざ》りのない白《しろ》いドレスは、春《はる》ちゃんにとても似合《にあ》っている。夏《なつ》ちゃんは学校《がっこう》では窓《まど》の外《そと》ばかり見《み》て、あまり活発《かっぱつ》ではないけれど、学校《がっこう》が終《お》わると寄《よ》り道《みち》せずに走《はし》って帰《かえ》って来《く》る。夏《なつ》ちゃん、よかったね。夏《なつ》ちゃんは春《はる》ちゃんといるだけで幸《しあわ》せ。春《はる》ちゃんはおしゃべりもできるようになったのよ。ある晩《ばん》、夏《なつ》ちゃんの枕元《まくらもと》で震《ふる》える鈴虫《すずむし》のような声《こえ》がかすかに響《ひび》いた。夏《なつ》ちゃんが夢《ゆめ》うつつで目《め》を開《あ》けると、春《はる》ちゃんが夏《なつ》ちゃんの顔《かお》をのぞきこんでいた。

「わあ」

さすがの夏《なつ》ちゃんもびっくりして飛《と》び起《お》きた。

「なんだ、春《はる》ちゃん、どうしたの」

「夏《なっ》チャント、イッショニ眠《ねむ》リタイノ」

蛍《ほたる》の明滅《めいめつ》に音《おと》が付《つ》くとしたらあんな感《かん》じかしら。夏《なつ》ちゃんはとてもとても嬉《うれ》しかった。でもいっしょに眠《ねむ》ったら、この繊細《せんさい》な春《はる》ちゃんを押《お》しつぶしてしまいそうで、夏《なつ》ちゃんは春《はる》ちゃんのベッドを枕《まくら》の横《よこ》に持《も》ってきた。

「春《はる》ちゃん、しゃべれるようになったんだね」

夏《なつ》ちゃんは横《よこ》になって春《はる》ちゃんに声《こえ》をかけた。

「ソウ。夏《なつ》チャント、オ話《はな》シシタカッタカラ」

眠《ねむ》りに落《お》ちるまで誰《だれ》かとお話《はな》しするってなんていい気持《きも》ち。夏《なっ》ちゃんはそんなふうなことを思《おも》いながら目《め》を閉《と》じた。

夏《なっ》ちゃんが始終《しじゅう》ひとりごとをいうのを聞《き》いて、おかあさんは、だいぶ言葉《ことば》がスムースに出《で》るようになった。ああして会話《かいわ》の練習《れんしゅう》をしていくのね……と感心《かんしん》した。

夏《なっ》ちゃんは、学校《がっこう》から帰《かえ》ると毎日春《まいにちはる》ちゃんのために何《なに》か作《つく》っている。段《だん》ボールや小枝《こえだ》を使《つか》って、椅子《いす》やテーブル、シルバニアファミリーのおもちゃみたいな家具《かぐ》や台所《だいどころ》セット。春《はる》ちゃんはいつもその横《よこ》で、嬉《うれ》しそうに出来上《できあ》がるのを待《ま》っている。お客様《きゃくさま》がいらしても、そのおみやげの中身《なかみ》よりも外身《そとみ》の方《ほう》が欲《ほ》しくて、そばでじーっと待《ま》っている。春《はる》ちゃんも、夏《なっ》ちゃんの肩《かた》の上《うえ》で、同《おな》じようにじーっと見《み》つめている。二人《ふたり》の視線《しせん》だから、とても重《おも》い。おかあさんも、なんだかバツが悪《わる》い。

「この子《こ》、今《いま》、工作《こうさく》に凝《こ》っていまして……。お箱《はこ》がいただきたいのね」

すると、夏《なっ》ちゃんは、待《ま》ってましたとばかりうなずく。お客様《きゃくさま》は大抵感心《たいていかんしん》する。

「それはとても創造的《そうぞうてき》な、素晴《すば》らしいお子《こ》さんですねえ」

おかあさんはちょっと得意《とくい》。けど、いつも「いえいえ、とんでもない」と、終《お》わってしまうの。残念《ざんねん》ねえ、夏《なっ》ちゃん。

連休《れんきゅう》が始《はじ》まって大叔母《おおおば》さんの冴子《さえこ》さんと、おかあさんの年若《としわか》い従兄弟《いとこ》の友彦《ともひこ》くんがやってきた。叔母《おば》さんといっても年《とし》が近《ちか》いので、おかあさんとは小《ちい》さい頃《ころ》から姉妹《しまい》のように仲《なか》がいい。私《わたし》が驚《おどろ》いたのは、友彦《ともひこ》くんの方《ほう》。やってくるなり、夏《なっ》ちゃんの肩《かた》の上《うえ》にいた春《はる》ちゃんをまっすぐに見《み》て、

「ひゃー、かっわいいー」

と叫《さけ》んだ。夏《なっ》ちゃんと春《はる》ちゃんはとても驚《おどろ》いた。今《いま》まで春《はる》ちゃんに気《き》づいた人《ひと》なんて一人《ひとり》もいなかったから。でも、友《とも》くんも私《わたし》には気《き》づかなかったから、人《ひと》のセンスって様々《さまざま》ね。冴子《さえこ》さんとおかあさんは、友《とも》くんが夏《なっ》ちゃんのことをそういったのかと思《おも》った。

「まあ、ありがとう、友《とも》くん」

おかあさんは感激《かんげき》した。

「友《とも》ったら、まあ」

冴子《さえこ》さんは少《すこ》したじろいだ。

ダレカニ自分《じぶん》ノ存在《そんざい》ヲ認《みと》メテモラウッテ、トテモ気持《きも》チノイイモノネ、と後《あと》で春《はる》ちゃんは夏《なつ》ちゃんにささやいた。

おかあさんと冴子《さえこ》さんが、昔話《むかしばなし》に花《はな》を咲《さ》かせている間《あいだ》、夏《なつ》ちゃんと春《はる》ちゃんと友《とも》くんはすっかり仲良《なかよ》くなった。夏《なつ》ちゃんの苦心《くしん》して作《つく》ったおもちゃの家具類《かぐるい》を友《とも》くんはとてもほめてくれた。

「でも、夏《なつ》ちゃん、ほら、ほとんど紙《かみ》やボンド、セロテープで作《つく》ってあるだろう。だからちょっと頼《たよ》りないんだ。ぼくが釘《くぎ》の打《う》ち方《かた》、教《おし》えてあげるよ」

そういって、おかあさんから場所《ばしょ》を聞《き》いて、離《はな》れの縁側《えんがわ》の下《した》の大工道具《だいくどうぐ》や木片《きぎれ》を引《ひ》っ張《ぱ》り出《だ》し、糸鋸《いとのこ》のひきかたや、サンドペーパーで板《いた》を仕上《しあ》げることまで教《おし》えてくれた。夏《なつ》ちゃんは、口《くち》べただったけれど、それだけに無駄口《むだぐち》も挟《はさ》まずにとても熱心《ねっしん》に学《まな》んだ。

「仲良《なかよ》くやってるわね」

庭《にわ》でなにやら作《つく》っている二人《ふたり》を見《み》て、おかあさんは満足《まんぞく》そうにいった。

「この間《あいだ》まで、ガンダム、ガンダムって騒《さわ》いでいたのに、なんだか急《きゅう》におにいちゃんになっちゃったみたい」

「今《いま》でもまだガンダム、ガンダムよ。ただ、最近《さいきん》あの子《こ》、やけに大工仕事《だいくしごと》に興味《きょうみ》を持《も》ってるの。この間《あいだ》も、うちの増築《ぞうちく》にきた大工《だいく》さんにまとわりついて、いろいろ質問《しつもん》したり、やらせてもらったりしてたわ。学校終《がっこうお》えたら、弟子入《でしい》りにおいでって言《い》われてたけど、本人《ほんにん》もどうやらその気《き》のようよ」

冴子《さえこ》さんは苦笑《くしょう》しながらいう。

「いいじゃないの、うちもただで建《た》ててもらえるかも」

おかあさんは無責任《むせきにん》にもあつかましいことをいう。

工作指南《こうさくしなん》のほかに、友《とも》くんはもちろん夏《なっ》ちゃんにガンダムのことも教《おし》えた。

「ガンダムってのはね、ほら、この戦闘用《せんとうよう》モビルスーツのこと。この大《おお》きなロボットみたいなモビルスーツのね、目《め》の部分《ぶぶん》がコクピットになっているんだ。この男《おとこ》の子《こ》がね、ここに入《はい》ってガンダムを操縦《そうじゅう》するんだよ」

夏《なっ》ちゃんも春《はる》ちゃんも、なんだかよくわからなかったけど、友《とも》くんの気迫《きはく》に押《お》されてガンダムの勉強《べんきょう》をするはめになった。

離《はな》れで熱心《ねっしん》に強《つよ》いガンダムの話《はなし》をする友《とも》くん。目《め》を細《ほそ》くして「どひゃひゃ」と笑《わら》う友《とも》くん。あれ、ちょっと、おじいちゃんに似《に》てるんじゃない?

「春《はる》ちゃん、待《ま》ってろよ、帰《かえ》るまでにすごいうち建《た》ててやるからな」

「アリガト」

そしてまあ、本当《ほんとう》にすごいうちが建《た》ったの。二階《かいだ》建てよ。屋根《やね》と側面《そくめん》が取《と》り外《はず》せるようになっていて、なかには階段《かいだん》まで付《つ》いている。

「すごいドールハウスじゃない」

「友《とも》くんの建《た》てた記念《きねん》すべき第《だい》一号《ごう》っていうわけだな。光栄《こうえい》だなあ、夏《なっ》ちゃん」

おとうさんもおかあさんもこぞってほめそやした。

「あんまりおだてないで」

冴子《さえこ》さんも、困《こま》ってるみたいにいったけど、満更《まんざら》でもなさそう。春《はる》ちゃんは有頂天《うちょうてん》になって家中走《いえじゅうはし》り回《まわ》っている。夏《なっ》ちゃんは喜《よろこ》びの余《あま》り頰《ほお》を真《ま》っ赤《か》にして声《こえ》も出《で》ない。

ドールハウスとガンダムの思《おも》い出《で》を残《のこ》して、友《とも》くんと冴子《さえこ》さんは帰《かえ》って行《い》った。

しばらくして、友《とも》くんから、春《はる》ちゃん用《よう》のブランコが届《とど》いた。一見《いっけん》ミニチュアのおもちゃみたいだったけど、春《はる》ちゃんが乗《の》ると軽《かろ》やかに揺《ゆ》れた。

「まあ、風《かぜ》で揺《ゆ》れてるわ。本当《ほんとう》に誰《だれ》かが乗《の》っているようね。あの子《こ》、やっぱり才能《さいのう》あるわねえ」

おかあさんは感心《かんしん》した。友《とも》くんの手紙《てがみ》には、――ぼくが作《つく》ったのは家《いえ》の外側《そとがわ》だけだよ。中《なか》は夏《なっ》ちゃんが自分《じぶん》で工夫《くふう》するんだよ――と、書《か》いてあった。

「おにいちゃんぶっちゃって」

友《とも》くんを赤《あか》ちゃんの頃《ころ》から知《し》っているおかあさんは、思《おも》わず微笑《ほほえ》んだ。

それ以来《いらい》、夏《なっ》ちゃんが工作《こうさく》している間《あいだ》、春《はる》ちゃんはいつもブランコに揺《ゆ》られていた。かわいらしい両《りょう》の手《て》でしっかりと麻紐《あさひも》を握《にぎ》り、ぼんやりと風《かぜ》に吹《ふ》かれている春《はる》ちゃんは幸《しあわ》せそのものだった。


なんとか一学期《がっき》も無事《ぶじ》に終《お》わり、終了式《しゅうりょうしき》の後《あと》、夏《なっ》ちゃんは初《はじ》めての通知表《つうちひょう》を持《も》っていつものように急《いそ》いで帰《かえ》ってきた。にこにこと受《う》け取《と》って、読《よ》んでいたおかあさんの顔《かお》がみるみる曇《くも》った。通知表《つうちひょう》には――おとなしいお子《こ》さんで、教室《きょうしつ》ではお話《はな》しするところをみたことがありません。なるべくお友達《ともだち》と遊《あそ》ばせる機会《きかい》をおうちでもつくってあげてください――と、書《か》いてあった。

……そういえば、お友達《ともだち》を呼《よ》んだことも、呼《よ》ばれたこともない。お友達《ともだち》と遊《あそ》んでるところを見《み》たことがない……

黒雲《くろくも》のような不安《ふあん》が、もくもくとおかあさんの心《こころ》にひろがってきた。おかあさんは立《た》ち上《あ》がって、夏《なっ》ちゃんの部屋《へや》まで行《い》き、襖《ふすま》を開《あ》けた。

六畳《じょう》の夏《なっ》ちゃんの部屋《へや》の半分《はんぶん》ほどが、ドールハウスを中心《ちゅうしん》とした、人形《にんぎょう》のための、遊《あそ》び場《ば》や庭《にわ》になっていた。小学《しょうがく》一年生《ねんせい》が作《つく》ったとは思《おも》えないほど、豊《ゆた》かで牧歌的《ぼっかてき》な風景《ふうけい》がひろがっている。不用《ふよう》になった厚手《あつで》のカーテンを使《つか》って作《つく》られた丘陵《きゅうりょう》や、池《いけ》(中《なか》には水《みず》色《いろ》のビーズが溜《たま》っている)、ハウスからつながる緑《みどり》のリボンの小道《こみち》、ガーデンテーブルやチェアまでしつらえてある。ハウスの内部《ないぶ》の、調度品《ちょうどひん》の様々《さまざま》な種類《しゅるい》といったら!

……そういえば、少《すこ》し強迫的《きょうはくてき》じゃない?……

おかあさんはますます不安《ふあん》になってきた。

「夏《なっ》ちゃんの、一番好《いちばんす》きなお友達《ともだち》はだれ」

「春《はる》ちゃん」

夏《なっ》ちゃんは、振《ふ》り向《む》きもせずに、熱心《ねっしん》に紙粘土《かみねんど》で小《ちい》さなお皿《さら》を作《つく》りながら答《こた》えた。

……春《はる》ちゃん？　そんな子《こ》クラスにいたかしら。

「その子《こ》、学校《がっこう》の子《こ》？」

「ううん」

「近所《きんじょ》の子《こ》？」

「ううん。春《はる》ちゃんは、百合《ゆり》の花《はな》から生《う》まれたのよ」

……ああ、思《おも》いだした。そういえば、そんなこといってた。でも、子《こ》どもの空想遊《くうそうあそ》びだと思《おも》っていたんだっけ。この子《こ》、もしかしたら、本気《ほんき》なんだ……。

おかあさんの険《けわ》しい顔《かお》つきに気《き》づいた春《はる》ちゃんは、おびえてブランコの陰《かげ》に隠《かく》れる。

「だいじょうぶよ」

夏《なっ》ちゃんは春《はる》ちゃんに声《こえ》をかける。

「夏《なっ》ちゃん、今《いま》、誰《だれ》にいったの、だいじょうぶよって」

夏《なっ》ちゃんは答《こた》えない。

……ああ、そういえば、この子《こ》は、いつも一人《ひとり》で話《はな》したり笑《わら》ったりしていた。でも私《わたし》は無理《むり》におままごとの延長《えんちょう》だろうと思《おも》おうとしていた……。

おかあさんは心臓《しんぞう》がどきどきしてきた。頭《あたま》の中《なか》で「異常《いじょう》」という文字《もじ》が点滅《てんめつ》する。

「夏《なつ》ちゃん」

おかあさんは、静《しず》かな、けれどきっぱりした声《こえ》でいい渡《わた》した。

「夏《なつ》ちゃんは、おままごとをするにはもう大《おお》きいお姉《ねえ》さんになったから、このお道具《どうぐ》は、良《よ》くできているけれど、どこかの小《ちい》さなお友達《ともだち》にあげましょう」

夏《なつ》ちゃんの顔色《かおいろ》が変《か》わる。

「いや」

夏《なつ》ちゃんは激《はげ》しく首《くび》を振《ふ》る。

「いいえ。全部《ぜんぶ》あげましょう。そして、昌子《まさこ》ちゃんやゆみちゃんたちに来《き》てもらって、みんなで楽《たの》しく遊《あそ》びましょう」

「いや」

夏《なつ》ちゃんは立《た》ち上《あ》がり、体中《からだじゅう》を震《ふる》わせて激《はげ》しくじだんだを踏《ふ》む。噛《か》みしめた唇《くちびる》は紫色《むらさきいろ》。その見《み》たことのない激《はげ》しさに、おかあさんはおそれおののく。ああ！　どうなるのかしら。おかあさんは無言《むごん》で大《おお》きな袋《ふくろ》を持《も》ってきて、春《はる》ちゃんグッズを詰《つ》め込《こ》み始《はじ》めた。おかあさんにも勢《いきお》いというものがある。夏《なつ》ちゃんは泣《な》き叫《さけ》びながら、おかあさんにむしゃぶりつく。ほんとはそんな子《こ》じゃないのに勢《いきお》いでおかあさんを叩《たた》いたり蹴《け》ったりする。

でもそれは、おかあさんの勢《いきお》いと同質《どうしつ》のものなので、全体《ぜんたい》としてはどんどんエスカレートしていくばかり。ああ、止《と》めようがない。

あんな修羅場《しゅらば》は、この家《いえ》ではかつてないことだった。髪《かみ》を振《ふ》り乱《みだ》し、断固《だんこ》とした決意《けつい》を全身《ぜんしん》にみなぎらせて、容赦《ようしゃ》なく片付《かたづ》けていくおかあさん。自分《じぶん》にできる全《すべ》ての力《ちから》を出《だ》し切《き》って抵抗《ていこう》する夏《なつ》ちゃん。夏《なつ》ちゃんのどこにあんな力《ちから》があったのかしら。そしておかあさんのどこにあんな冷酷《れいこく》なところがあったのかしら。夏《なつ》ちゃんは春《はる》ちゃんを守《まも》るために。おかあさんは夏《なつ》ちゃんを守《まも》るために。信《しん》じるところを貫《つらぬ》こうとする。

でも結局力《けっきょくちから》ではおかあさんにかなわない。しゃくりあげ、敗北《はいぼく》と屈辱《くつじょく》のショックで座《すわ》り込《こ》んだまま動《うご》かない夏《なつ》ちゃん。胸《むね》の痛《いた》い勝利《しょうり》と共《とも》に引《ひ》き上《あ》げるおかあさん。しばらくして夏《なつ》ちゃんは春《はる》ちゃんの姿《すがた》が見《み》えないことに気《き》づいた。急《きゅう》にがらんとした部屋《へや》。わずかな空気《くうき》の流《なが》れにも敏感《びんかん》に反応《はんのう》するような繊細《せんさい》な春《はる》ちゃんが、あんな修羅場《しゅらば》に耐《た》えられたわけがない。ショックのあまり、散《ち》り散《ぢ》りに消《き》えてしまったの？　それともどこかに逃《に》げてしまったの？

おかあさんがぎこちなく晩《ばん》ご飯《はん》に呼《よ》ぶ声《こえ》が聞《き》こえる。夏《なつ》ちゃんはベッドに潜《もぐ》り込《こ》んだまま動《うご》かない。見《み》にきたおかあさんはため息《いき》をついて、そのまま襖《ふすま》をしめた。夜遅《よるおそ》く帰《かえ》ってきたおとうさんは、待《ま》ちかまえていたおかあさんから、事《こと》の次第《しだい》を聞《き》く。

「けれどそれだけで、すぐにおかしいと決《き》めつけるのもなあ。一人遊《ひとりあそ》びの上手《じょうず》な子《こ》は昔《むかし》からいたよ。子《こ》どもの頃死《ころし》んだ僕《ぼく》の姉《あね》なんかも、いつも一人《ひとり》で人形遊《にんぎょうあそ》びしたり本読《ほんよ》んだりしていた」

「そんなことといって、手遅《ておく》れになったらどうするんです」

「おまえ、目付《めつ》きがおかしいよ。少《すこ》し、冷静《れいせい》になりなさい。ちょっと待《ま》ってて」

おとうさんは立《た》ち上《あ》がって台所《だいどころ》へ行《い》き、蜂蜜入《はちみつい》りのミルクをわかす。おかあさんのお気《き》に入《い》りの厚手《あつで》のマグカップに注《そそ》いでシナモンを散《ち》らし、持《も》って来《く》る。おとうさんは昔《むかし》からこういうとこが細《こま》やかだ。

「ありがとう」

おかあさんは両手《りょうて》で受《う》け取《と》ってしばらくぼうっとする。おとうさんはまた食事《しょくじ》を続《つづ》けながらぽつんと、

「もう少《すこ》し、様子《ようす》を見《み》ようよ」

といった。おかあさんはうなずく。

けれど、かわいそうなのは夏《なっ》ちゃん。ベッドに入《はい》ったって眠《ねむ》れるわけがない。涙《なみだ》で枕《まくら》はずぶぬれ。でも、ほら、夏《なっ》ちゃん、耳《みみ》をすまして。どこかで何《なに》か聞《き》こえる。あの、なつかしい、鈴《すず》を振《ふ》るような声《こえ》が。夏《なっ》ちゃんはびっくりして飛《と》び起《お》きた。

「どこにいるの、春《はる》ちゃん」

夏《なっ》ちゃんはきょろきょろと辺《あた》りを見回《みまわ》す。

「ココヨ。夏《なっ》チャン。夏《なっ》チャンノ体《からだ》ノ中《なか》ヨ」

夏《なっ》ちゃんは、驚《おどろ》いて自分《じぶん》のおなかを見《み》つめる。

「入《はい》っちゃったの?」

「ソウ。ダッテココガ一番安全《いちばんあんぜん》デ居心地《いごこち》ガイインダモノ。ダメ?」

「もちろんいいよ。ずっと、ずっと」

夏《なっ》ちゃんは力《ちから》を込《こ》めていった。そんなことができるなんて。なんて素晴《すば》らしいんだろう。そしたら、夏《なっ》ちゃんと春《はる》ちゃんはいつも一緒《いっしょ》にいられる。

「そうだ。わたし、春《はる》ちゃんのモビルスーツになるよ。そして春《はる》ちゃんを守《まも》って上《あ》げる」

「コウヤッテ」

体《からだ》の中《なか》をさわやかな風《かぜ》が吹《ふ》き上《あ》げるような感覚《かんかく》があった。

「ワタシ、夏《なっ》チャンノ目《め》ノトコロカラ外《そと》ガ見《み》エルヨ」
「ああ、そう、コクピットだね」
夏《なっ》ちゃんはすっかり嬉《うれ》しくなる。おなかのまん中《なか》に、春《はる》ちゃんを大事《だいじ》に守《まも》り、安心《あんしん》して眠《ねむ》った。

おかあさんの心配《しんぱい》にもかかわらず、次《つぎ》の日《ひ》から、夏《なっ》ちゃんはとても聞《き》き分《わ》けのいいいつもの夏《なっ》ちゃんに戻《もど》った。おかあさんが呼《よ》んで来《き》た近所《きんじょ》のお友達《ともだち》ともよく遊《あそ》んでいる。いつも受《う》け身《み》でほかの子《こ》に命令《めいれい》されることの方《ほう》が多《おお》いけれど、それでも遊《あそ》んでいることには代《か》わりない。おかあさんは腕《うで》によりをかけてクッキーやドーナッツをつくる。ときには子《こ》ども達《たち》にもつくらせる。おかあさんの努力《どりょく》が功《こう》を奏《そう》して、夏休《なつやす》みの間《あいだ》、夏《なっ》ちゃんのうちは、子《こ》ども達《たち》でそれはそれはにぎやかだった。

でも、夏《なっ》ちゃんはしょっちゅうぼんやりとしている。それはね、夏《なっ》ちゃんの意識《いしき》が体《からだ》の中《なか》の春《はる》ちゃんに集中《しゅうちゅう》しているからなの。春《はる》ちゃんによりそって二人《ふたり》で並《なら》んでいるからなの。

やがて二学期《がっき》も始《はじ》まり、涼《すず》しい秋《あき》の風《かぜ》も吹《ふ》くようになった。ある日《ひ》夏《なっ》ちゃんとおかあさんは、近所《きんじょ》のお友達《ともだち》をおうちまで送《おく》ったあと、手《て》をつないで帰《かえ》り道《みち》を急《いそ》いでいた。そのとき、ふと、あの外国製《がいこくせい》の香水《こうすい》が香《かお》って、おかあさんは偶然隣《ぐうぜんとなり》を歩《ある》いている人《ひと》が、去年《きょねん》チューリップの球根《きゅうこん》を一籠《ひとかご》買《か》っていったあの素敵《すてき》な女《おんな》の人《ひと》だということに気《き》づいた。でもなんだか去年《きょねん》より顔色《かおいろ》が悪《わる》いよう。

……疲《つか》れてらっしゃるのかしら。ご近所《きんじょ》なんだもの。あいさつしたっておかしくないわよね。だめだめ、やっぱり変《へん》に思《おも》われる……

おかあさんは見違《みちが》えるようにやつれた様子《ようす》の女《おんな》の人《ひと》を、なんとか力《ちから》づけたくて、さんざん思《おも》いあぐねた。そして、いよいようちの前《まえ》まで来《き》たとき、おかあさんは慌《あわ》てて声《こえ》をかけた。

「あの、いいお天気《てんき》ですね」

女《おんな》の人《ひと》はびっくりしたようにおかあさんを見《み》た。それから顔中《かおじゅう》こぼれるような笑顔《えがお》で嬉《うれ》しそうにいった。

「ええ、本当《ほんとう》に」

「お天気《てんき》がいいと助《たす》かります」

その人《ひと》はますます嬉《うれ》しそうに、

「ええ、本当《ほんとう》に、本当《ほんとう》に」

と、繰《く》り返《かえ》した。それだけで、会釈《えしゃく》して別《わか》れたのだったけれど、その人《ひと》はちらりと私《わたし》にも視線《しせん》と微笑《ほほえ》みを回《まわ》した。どきどきする。

次《つぎ》の日《ひ》も同《おな》じようにお友達《ともだち》を送《おく》っていき、同《おな》じようにあの人《ひと》に出会《であ》った。今度《こんど》は最初《さいしょ》からにっこりと会釈《えしゃく》しあった。

別《わか》れ際《ぎわ》、おかあさんは、思《おも》い切《き》っていった。

「あの、うちはここなんですけど、お茶《ちゃ》でもどうですか。子《こ》ども受《う》けしなかった、ほろ苦《にが》いチョコレートケーキが、あるんです。たくさん焼《や》きすぎてしまって、こまっているんです」

実《じつ》はそのケーキはわざわざおかあさんがこしらえたもの。女《おんな》の人《ひと》は訝《いぶか》しそうな顔《かお》もしないで聞《き》いていたけれど、視線《しせん》をおかあさんから一旦《いったん》ずらし、はっきりと私《わたし》を見《み》て微笑《ほほえ》むと、またおかあさんに視線《しせん》を戻《もど》した。

「よろしいんですか」

「ええ、ええ、どうぞ」

裏庭《うらにわ》に面《めん》した広縁《ひろえん》に置《お》かれたソファに腰《こし》を降《お》ろして、その人《ひと》とおかあさんはお茶《ちゃ》を飲《の》む。夏《なっ》ちゃんと春《はる》ちゃんはアンテナの全《すべ》てをこのお客様《きゃくさま》に集中《しゅうちゅう》しながらも、そ知《し》らぬ顔《かお》をして宿題《しゅくだい》をしている。
（春《はる》ちゃん、どう思《おも》う？　この人《ひと》）
「キレイナ人《ひと》。デモアンマリ幸《しあわ》セソウジャナイ）
（なんだかちょっと、普通《ふつう》の人《ひと》じゃないみたい）
（ドコガ）
（うまくいえないけれど）

（ワタシ、コノ人《ひと》ノ中《なか》ニハ、入《はい》レナイヨ。シールドガ、トテモ固《かた》クテ）

春《はる》ちゃんは、シールドという言葉《ことば》を、友《とも》くんのガンダムで覚《おぼ》えた。

「私《わたし》、この近《ちか》くのマンションに住《す》んでいるんです。斎木《さいき》といいます」

「ええ、お見《み》かけしたことがあります。去年《きょねん》、種苗屋《しゅびょうや》さんで、チューリップの球根《きゅうこん》を買《か》ってらしたでしょう」

女《おんな》の人《ひと》は晴《はれ》やかに笑《わら》った。

「ええ。その、チューリップが、増《ふ》えすぎてしまって……。庭一杯《にわいっぱい》のチューリップを見《み》たかったんです。オランダみたいな……。ああ、私《わたし》、西洋骨董《せいようこっとう》のお店《みせ》をしているので、買《かい》付《つ》けによく、あちらに行《い》くんです。でも、馬鹿《ばか》だわ、球根《きゅうこん》が増《ふ》えるってことをすっかり忘《わす》れてた……。おかげで、今《いま》、クローゼットに段《だん》ボール二《ふた》つ分《ぶん》の球根《きゅうこん》が眠《ねむ》ってるんです」

球根《きゅうこん》は増《ふ》える！　夏《なつ》ちゃんと春《はる》ちゃんはこれを聞《き》いて、急《きゅう》に落《お》ち着《つ》きがなくなり、やがて我慢《がまん》できなくなって立《た》ち上《あ》がり、まっしぐらに庭《にわ》に向《む》かった。もちろん、あの百合根《ゆりね》を調《しら》べに。

その後《うし》ろ姿《すがた》を見《み》ながら、斎木《さいき》さんは微笑《ほほえ》んだ。

「うらやましいわ。落《お》ち着《つ》いたお宅《たく》にかわいらしいお子《こ》さん」

思《おも》いもかけない評価《ひょうか》におかあさんはびっくり。

「古《ふる》いばっかりの家《いえ》です。主人《しゅじん》がうんといわないので、未《いま》だに、サッシもはめられないんですよ。珍《めずら》しいでしょう。それにあの子《こ》も心配《しんぱい》させられることの方《ほう》が多《おお》くて……」

「あのお子《こ》さんなら、心配《しんぱい》なさらなくてもだいじょうぶでしょう。りっぱな守護霊《しゅごれい》もついてらっしゃるし」

そういって、まっすぐに私《わたし》を見《み》つめて、「ね？」というように、小首《こくび》をかしげた。え？　それ、私《わたし》のこと？　そういう自覚《じかく》がまるでなかった私《わたし》は心底驚《しんそこおどろ》いた。それと同《おな》じくらい驚《おどろ》いたのはおかあさん。自分《じぶん》が招《まね》き入《い》れたお客《きゃく》について急《きゅう》に不安《ふあん》になる。それに気《き》づい

たように斎木《さいき》さんは、

「これ、本当《ほんとう》においしいわ。どうやって作《つく》るんです？」

と、さりげなく話《はなし》をそらす。なんとか自分《じぶん》を取《と》り戻《もど》したおかあさんは、丁寧《ていねい》に作《つく》り方《かた》の説明《せつめい》をする。

夏《なっ》ちゃんは桜《さくら》の木《き》の根元《ねもと》を丹念《たんねん》に探《さが》したけれど、あの百合根《ゆりね》は増《ふ》えているどころか形《けい》跡《せき》もなかった。がっかりした夏《なっ》ちゃんが戻《もど》ると、ちょうど斎木《さいき》さんがお礼《れい》をいって席《せき》を立《た》つところだった。

「本当《ほんとう》に、ありがとうございました。昨日《きのう》は……」

といって、また私《わたし》に微笑《ほほえ》んだ。

「なんだか、この町《まち》でやっていく自信《じしん》がなくなっていたときだったので、お声《こえ》をかけていただいて、とても嬉《うれ》しかったんです。今日《きょう》はケーキまでごちそうになって、おかげで、だいぶ元気《げんき》になりました」

「よかった。おひまなときは、またいつでもお寄《よ》り下《くだ》さいね」

おかあさんも心《こころ》からいった。玄関先《げんかんさき》まで見送《みおく》ったおかあさんは、では、と斎木《さいき》さんが格子戸《こうしど》に手《て》をかけたとき、ためらいがちに、あの、と声《こえ》をかけた。

「さっき、あの、あの子《こ》の守護霊《しゅごれい》、って、おっしゃったでしょ。もしかして、そういうことが、お見《み》えになるの」

斎木《さいき》さんは格子戸《こうしど》にかけた手《て》を離《はな》してもう一度《いちど》向《む》きなおった。

「見《み》えるときと、見《み》えないときがあります。骨董《こっとう》を扱《あつか》っておりますでしょ。ですから、暗《くら》いイメージのものなどには、波長《はちょう》を合《あ》わさないようにしています。でも、この方《かた》の場合《ばあい》は」

斎木《さいき》さんはにっこりと、私《わたし》に友好《ゆうこう》の微笑《ほほえ》みを送《おく》った。

「きらきらとまぶしいばかりに輝《かがや》いてらっしゃるので、思《おも》わず引《ひ》かれてしまうんです」

興味《きょうみ》をそそられたおかあさんは、さらに、私《わたし》の容姿《ようし》、年格好《としかっこう》などについてつっこんだ質問《しつもん》をした。斎木《さいき》さんが語《かた》る私《わたし》の描写《びょうしゃ》は、なんだか私《わたし》の郷愁《きょうしゅう》を誘《さそ》い、思《おも》わず聞《き》きほれてしまった。でも、こんなによく見《み》える斎木《さいき》さんも、春《はる》ちゃんには気《き》づかなかったし、友《とも》くんは春《はる》ちゃんは見《み》えたけれど、私《わたし》には気《き》づかなかったから、人《ひと》ってほんとにいろいろだ。

その夜夏《よるなっ》ちゃんと春《はる》ちゃんが眠《ねむ》った後《あと》、おかあさんは帰《かえ》ってきたおとうさんに、早速《さっそく》今日《きょう》の話《はなし》をした。

「ほんとに、素敵《すてき》な人《ひと》なの。でも、ちょっと変《か》わったところがあって……」

「知《し》らない人《ひと》を、そんなに簡単《かんたん》に家《いえ》に入《い》れるなんて、ちょっと、無防備《むぼうび》だよ。なにかあったらどうするんだ」

おとうさんは、いつになく厳《きび》しくいった。

……それなら、あの垣根《かきね》の方《ほう》がよっぽど無防備《むぼうび》だわ……

おかあさんは心《こころ》の中《なか》でいい返《かえ》した。

「夏《なっ》ちゃんには守護霊《しゅごれい》がついてるんですって」

おかあさんはそれに構《かま》わずに早口《はやくち》でいった。

「だから、だいじょうぶなんですって」

「また、そんな、得体《えたい》の知《し》れないことを……」

おとうさんは不愉快《ふゆかい》そうだった。

「それがね、ずいぶんと、はっきりと描写《びょうしゃ》なさるのよ。年《とし》の頃《ころ》、十三、四。おかっぱ頭《あたま》で、広《ひろ》い額《ひたい》を出《だ》していて、目《め》がくりくりとしてて、とか……。それに、エンジのとっくりセーターに、チェックのスカート、ええと、白《しろ》いハイソックスだったかしら」

みるみるおとうさんの顔《かお》から険《けわ》しさが消《き》えていった。食事《しょくじ》の手《て》を止《と》めて静《しず》かに聞《き》いた。

「……それから？」

「その人《ひと》はとても気高《けだか》い亡《な》くなり方《かた》をなさったんですって」

しばらく黙《だま》っていたおとうさんの目《め》から、やがて、大粒《おおつぶ》の涙《なみだ》がぽろぽろとこぼれ落《お》ちた。

「……それは、僕《ぼく》の、姉《ねえ》さんだ」


おとうさんの名前《なまえ》は衛《まもる》という。小《ちい》さい頃《ころ》はよく二人《ふたり》で遊《あそ》んだ。サザンカの葉《は》をつかってままごとをしたり、泥《どろ》のお団子《だんご》をつくったり。でもだんだん、衛君《まもるくん》は男《おとこ》の子達《こたち》と遊《あそ》ぶことの方《ほう》が多《おお》くなっていったね。私達《わたしたち》の小《ちい》さな頃《ころ》、サザンカの垣根《かきね》の横《よこ》には幅《はば》が広《ひろ》くて、深《ふか》い、側溝《そっこう》が流《なが》れていた。危《あぶ》ないから近《ちか》くで遊《あそ》ぶなといわれていた。滅多《めった》にないほどの、激《はげ》しい長雨《ながあめ》が続《つづ》いたある日《ひ》、学校帰《がっこうがえ》りの衛君《まもるくん》は、ごうごうと渦《うず》を巻《ま》くその側溝《そっこう》に目《め》を奪《うば》われて立《た》ち尽《つ》くしていた。あの濁流《だくりゅう》の勢《いきお》いといったら、信《しん》じられなかった。そのうち、何《なに》かのはずみで、衛君《まもるくん》は足《あし》を滑《すべ》らし、側溝《そっこう》に落《お》ちてしまった。必死《ひっし》になって、サザンカの根元《ねもと》につかまりながら、なんとか立《た》とうとするのだけれど、流《なが》れが激《はげ》しくて、流《なが》されないようにするのが精《せい》いっぱい。私《わたし》はそこに通《とお》りかかった。無我夢中《むがむちゅう》で衛君《まもるくん》を引《ひ》き上《あ》げようとした。けれど、衛君《まもるくん》がサザンカの根元《ねもと》から手《て》を離《はな》した瞬間《しゅんかん》、私《わたし》は衛君《まもるくん》ごと側溝《そっこう》の中《なか》に流《なが》されてしまった。十メートルぐらいいったところで、私《わたし》はなんとか自分《じぶん》の体《からだ》をつっかいぼうにして、衛君《まもるくん》をせきとめた。早《はや》く上《うえ》に上《あ》がるのよ。衛君《まもるくん》は懸命《けんめい》に上《あ》がろうとして、最後《さいご》の動作《どうさ》で、私《わたし》の体《からだ》を蹴《け》った。衛君《まもるくん》は夢中《むちゅう》だった。わざとやったんじゃない。いいのよ、衛君《まもるくん》。そんなに自分《じぶん》を責《せ》めないで。だってしかたがないもの。私《わたし》はまた流《なが》され、後《あと》の事《こと》はよく覚《おぼ》えていない。

今《いま》になってみると、生《い》きていた頃《ころ》のことなんて夢《ゆめ》のようよ。ぼんやりとして、断片的《だんぺんてき》にしか思《おも》い出《だ》せない。それとも、今《いま》が夢《ゆめ》なのかしら。目《め》が覚《さ》めたら隣《となり》のお布団《ふとん》で、小《ちい》さい衛君《まもるくん》がおへそを出《だ》して眠《ねむ》っているのかしら。

あれから、あの側溝《そっこう》には蓋《ふた》がされ、それから道路工事《どうろこうじ》があって、完全《かんぜん》に地下《ちか》に埋《う》まった。

秋《あき》もすっかり深《ふか》まって朝夕《あさゆう》はほんとに寒《さむ》い。

夏《なっ》ちゃんの小学校《しょうがっこう》では、毎朝全校児童《まいあさぜんこうじどう》が校庭《こうてい》に出《で》て、体操《たいそう》をしたり、走《はし》らされたりする。寒《さむ》い朝《あさ》。かじかんだ手《て》。白《しろ》い息《いき》。緊張《きんちょう》して少《すこ》しのゆがみもなく整列《せいれつ》しなければ、すぐにマイクで怒鳴《どな》られる。体育会系《たいいくかいけい》の残忍《ざんにん》な目《め》をした教師《きょうし》が仕切《しき》る校庭《こうてい》。夏《なっ》ちゃんの居場所《ばしょ》はどこにもない。だから、夏《なっ》ちゃんはガンダムなの。怒鳴《どな》られたって、ビームシールドで、はねとばす。モビルスーツの奥津城《おくつき》で、春《はる》ちゃんと一緒《いっしょ》に膝《ひざ》を抱《かか》えて敵《てき》からの攻撃《こうげき》をやり過《す》ごす。ここにいれば、安全《あんぜん》。時々《ときどき》コクピットの目《め》の所《ところ》まで駆《か》け上《あ》がり、外《そと》の世《せ》界《かい》を眺《なが》めては、大急《おおいそ》ぎで戻《もど》る。柔《やわ》らかい、傷《きず》つきやすい春《はる》ちゃん。でもモビルスーツの夏《なっ》ちゃんの中《なか》にいれば安心《あんしん》。

ある日《ひ》、夏《なっ》ちゃんが学校《がっこう》から帰《かえ》ると、玄関《げんかん》の前《まえ》に段《だん》ボールが二《ふた》つ置《お》いてあった。おかあさんが中《なか》を開《あ》けると、山《やま》のようなチューリップの球根《きゅうこん》と一緒《いっしょ》に、手紙《てがみ》が入《はい》っていた。斎《さい》木《き》さんからだった。――しばらくヨーロッパへ行《い》きます。春《はる》までには帰《かえ》れないかもしれません。よろしかったら、チューリップを育《そだ》てていただけませんか――

「あら、まあ。うれしいような、困《こま》ったような。いったいどこに植《う》えたらいいの。こんなにいっぱい。庭《にわ》がうまっちゃうわ」

「サザンカの横《よこ》？　おかあさん。ずらーっと」

これは、春《はる》ちゃんのアイディア。

「そうね、何列《なんれつ》になるかわからないけれど、それなら、ほかの植物《しょくぶつ》の邪魔《じゃま》にはならないわ」

おかあさんと夏《なっ》ちゃんは、それから三日《みっか》もかけて、サザンカの垣《かき》の内側《うちがわ》にぐるりと庭《にわ》を囲《かこ》む形《かたち》で、段《だん》ボール二個分《こぶん》のチューリップを植《う》え終《お》えた。

それが、夏《なつ》ちゃんのモビルスーツが正常《せいじょう》に機能《きのう》している最後《さいご》の姿《すがた》になった。

次《つぎ》の日《ひ》から、夏《なつ》ちゃんの担任《たんにん》の安井先生《やすいせんせい》が産休《さんきゅう》をとった。安井先生《やすいせんせい》は、夏《なつ》ちゃんが授業中《じゅぎょうちゅう》ぼんやり窓《まど》の外《そと》を見《み》ていても、たいがいの場合見逃《ばあいみのが》してくれていたし、何《なに》よりも、いじめの対象《たいしょう》になりがちな夏《なつ》ちゃんのたどたどしい動《うご》きにも、それがあまりみんなの中《なか》で目立《めだ》たないようにそれとなく気《き》を配《くば》ってくれていた。けれど、代《か》わりにきた寺内先生《てらうちせんせい》は、同《おな》じ女性教師《じょせいきょうし》でももっと規律《きりつ》を重《おも》んじるタイプの先生《せんせい》だった。安井先生《やすいせんせい》がいない間《あいだ》に、このクラスを見違《みちが》えるような優秀《ゆうしゅう》なクラスにしなければならない、という責任感《せきにんかん》とやる気《き》でいっぱいだった。寺内先生《てらうちせんせい》は、ご自分《じぶん》に対《たい》する評価《ひょうか》が必要《ひつよう》だったの。そのかせから自由《じゆう》になれたら、もっと、楽《たの》しいのにねえ。

当然《とうぜん》、夏《なっ》ちゃんに対《たい》する要求《ようきゅう》は、安井先生《やすいせんせい》のときとは比《くら》べ物《もの》にならなかった。お昼休《ひるやす》みいっぱいかけても、夏《なっ》ちゃんは給食《きゅうしょく》が食《た》べきれない。体育《たいいく》の時《とき》のお着替《きが》えだって、みんなが校庭《こうてい》に整列《せいれつ》してでもまだできない。授業中《じゅぎょうちゅう》、何度注意《なんどちゅうい》しても、お顔《かお》は窓《まど》の外《そと》を向《む》いている。寺内先生《てらうちせんせい》は、そのたびにいらいらして皮肉《ひにく》と冷笑《れいしょう》を浴《あ》びせる。ついにはナマケモノというあだなさえ、先生《せんせい》は口《くち》にした。先生《せんせい》は夏《なっ》ちゃんが目障《めざわ》りでしょうがないみたい。何《なに》をいっても、夏《なっ》ちゃんがこたえないように見《み》えるので、これでもか、これでもかと、ばりぞうごんはエスカレートしていくばかり。

でも、本当《ほんとう》に夏《なっ》ちゃんがこたえないと思《おも》う？　夏《なっ》ちゃんのモビルスーツは常時緊急態勢《じょうじきんきゅうたいせい》に入《はい》っていて、ビームエネルギーを放出《ほうしゅつ》し、シールドを張《は》り続《つづ》けていたの。もう完全《かんぜん》に、モビルスーツになってしまって、移動《いどう》の時《とき》はスラスターを操作《そうさ》しなければならないし、ページをめくるときは、マニピュレーターを動《うご》かさなければならない。以前《いぜん》より動作《どうさ》はもっとぎこちなくなった。でも、それが先生《せんせい》にはとても反抗的《はんこうてき》に思《おも》えたらしかったの。

突然《とつぜん》あの恐《おそ》ろしい石化《せっか》が始《はじ》まったのは、冬休《ふゆやす》み直前《ちょくぜん》だった。モビルスーツの装甲材《そうこうざい》の、ガンダリウム合金《ごうきん》スーパーセラミック複合材《ふくごうざい》が、その激《はげ》しい使用《しよう》に耐《た》えかねてか、急激《きゅうげき》に内部《ないぶ》に向《む》かって化学変化《かがくへんか》を起《お》こし始《はじ》めた。逃《に》げて、春《はる》ちゃん。変化《へんか》の波《なみ》が中《なか》にいる春《はる》ちゃんを襲《おそ》う。春《はる》ちゃん、逃《に》げて、早《はや》く。夏《なっ》ちゃんはあせる。でもどうしようもないの。自分《じぶん》の体《からだ》の動《うご》きさえ自由《じゆう》にコントロールできないのに、どうしてその内部《ないぶ》のコントロールができるというの。逆《ぎゃく》かしら。かわいい子猫《こねこ》を寝《ね》てる間《あいだ》に圧死《あっし》させてしまった愛猫家《あいびょうか》が、自分《じぶん》の体《からだ》を呪《のろ》うように、夏《なっ》ちゃんは悲嘆《ひたん》に暮《く》れる。でも表情《ひょうじょう》には出《で》ない。ああ、大《たい》変《へん》。夏《なっ》ちゃんはもうすっかりガンダムになりきってしまったのかしら。そして春《はる》ちゃんはどうなってしまったの？

おかあさんが夏《なつ》ちゃんの変化《へんか》にはっきりと気《き》づいたのは、クリスマスのときだった。毎《まい》年《とし》いっしょに楽《たの》しくケーキをつくっていたのに、今年《ことし》はただ機械的《きかいてき》に手《て》が動《うご》いているだけのように見《み》えた。

……何《なに》か、心配《しんぱい》ごとでもあるのかしら。そういえば、最近《さいきん》、無口《むくち》がもっとひどくなった。顔《かお》もまるで土気色《つちけいろ》……。

「うん、実《じつ》は僕《ぼく》も気《き》になっていたんだ」

おとうさんは、テーブルの向《む》こうの夏《なつ》ちゃんを心配《しんぱい》そうに見《み》つめながらいった。

「どこか、痛《いた》いところでもあるの」

夏《なつ》ちゃんはかすかに首《くび》を振《ふ》るだけ。せっかくのごちそうもほとんど食《た》べていない。おとうさんとおかあさんは顔《かお》を見合《みあ》わせる。

食事《しょくじ》が終《お》わって、夏《なつ》ちゃんは自分《じぶん》の部屋《へや》に眠《ねむ》りにいく。いつもならもう少《すこ》しして、おとうさんが夏《なつ》ちゃんのプレゼントを置《お》きに行《い》って、クリスマスは終《お》わる。けれど、今年《ことし》は変《へん》だ。おとうさんは、プレゼントを持《も》って暗《くら》い夏《なつ》ちゃんの部屋《へや》に行《い》き、石像《せきぞう》のように眠《ねむ》る夏《なつ》ちゃんを見《み》つめた。それから、天井《てんじょう》を見上《みあ》げた。

「芳子姉《よしこねえ》さん」

この言葉《ことば》を発《はっ》して、おとうさんは涙《なみだ》ぐむ。

「よっちゃん」

なんてなつかしいその響《ひび》き。

「そこにいるなら、この子《こ》を守《まも》って」

ああ、衛君《まもるくん》。私《わたし》にはその力《ちから》はないの。私《わたし》には、夏《なっ》ちゃんのお着替《きが》えを手伝《てつだ》う力《ちから》もないの。私《わたし》はただ、夏《なっ》ちゃんの幸《しあわ》せを祈《いの》る存在《そんざい》。夏《なっ》ちゃんの傍《かたわ》らで、夏《なっ》ちゃんの喜《よろこ》びを喜《よろこ》び、悲《かな》しみを悲《かな》しむ、それだけの存在《そんざい》なの。

私達《わたしたち》のおとうさんは、確《たし》かに私達《わたしたち》を守《まも》ってくれたね。なんのいたずらだったか、あなたがひどいことをして近所《きんじょ》の人《ひと》から怒鳴《どな》り込《こ》まれたときも、おとうさんは土下座《どげざ》して、あやまってくれた。おじいちゃんになって、寝《ね》たきりになってからも、あの離《はな》れから人知《ひとし》れず家中《うちじゅう》を守《まも》り続《つづ》けていたんだよ。夏《なっ》ちゃんにはそれがわかっていた。いつも離《はな》れでおじいちゃんに守《まも》られてときを過《す》ごし、おじいちゃんが死《し》んだときもずっとおじいちゃんが目《め》覚《ざ》めるのを待《ま》ち続《つづ》けていた。おじいちゃんの魂《たましい》の道《みち》は、私《わたし》とは違《ちが》っていたようで、死《し》んでから会《あ》うことはなかったけれど。あんなふうに、守《まも》ってあげられたら、いいんだけれど……。

翌日《よくじつ》、おかあさんは近所《きんじょ》に住《す》む夏《なつ》ちゃんのクラスメートのゆみちゃんのうちを訪《たず》ねた。そして、さりげなくゆみちゃんから、夏《なつ》ちゃんの学校《がっこう》での様子《ようす》を聞《き》き出《だ》した。子《こ》どもの話《はな》すことだから全《すべ》て真《ま》に受《う》けるのは大人《おとな》げない、と思《おも》いつつも夏《なつ》ちゃんの学校生活《がっこうせいかつ》を想像《そうぞう》して胸《むね》が締《し》め付《つ》けられるようだった。

……一度《いちど》、寺内先生《てらうちせんせい》にお会《あ》いしなければならない……

おかあさんは心《こころ》に決《き》めた。それからのおかあさんの実行力《じっこうりょく》はすごかった。おかあさんは、一旦決意《いったんけつい》するとすごいパワーを発揮《はっき》する人《ひと》なの。僕《ぼく》が行《い》こうか、と心配《しんぱい》するおとうさんに、あなたが出《で》るのは最後《さいご》にしましょう。といい渡《わた》し、学校《がっこう》に電話《でんわ》して、明日《あした》の面接《めんせつ》のアポイントメントをとった。

次《つぎ》の日《ひ》、おかあさんは二番目《ばんめ》にいいスーツを着《き》て、髪《かみ》を結《ゆ》い上《あ》げた。アイシャドウは目《め》立《だ》たないレモン色《いろ》、でもパール入《い》りにする。頬紅《ほおべに》は無《な》し、ファンデーションの濃淡《のうたん》で顔《かお》を引《ひ》き締《し》める。口紅《くちべに》はきつい赤《あか》は避《さ》けて、柔《やわ》らかいピンクを口角《こうかく》までしっかりと塗《ぬ》る。香水《こうすい》も無《な》し。最後《さいご》に庭《にわ》に出《で》て、暖冬《だんとう》の影響《えいきょう》で花《はな》をつけているパンジーを惜《お》しげもなく摘《つ》み取《と》ってかわいらしいブーケをつくり、同系色《どうけいしょく》のリボンを結《むす》んだ。なんて素敵《すてき》。これを拒《こば》める女《おんな》の人《ひと》がいるとは到底思《とうていおも》えない。

「夏《なつ》ちゃん、おかあさんはちょっとお出《で》かけしてきます。すぐに帰《かえ》って来《く》るからお留守番《るすばん》していてね。おやつはテーブルの上《うえ》よ」

夏《なつ》ちゃんは表情《ひょうじょう》を変《か》えずに微《かす》かにうなずく。

さあ、出発《しゅっぱつ》だ。

学校《がっこう》では寺内先生《てらうちせんせい》が夏《なつ》ちゃんに対《たい》する不満《ふまん》を箇条書《かじょうがき》にして頭《あたま》の中《なか》で整理《せいり》しながら待《ま》ち受《う》けていた。おかあさんはにこやかに挨拶《あいさつ》をして、いつもお世話《せわ》になっています、と礼《れい》をいう。そして、庭《にわ》に咲《さ》いていたもので恐縮《きょうしゅく》ですけれど、といって、ブーケを差《さ》し出《だ》す。寺内先生《てらうちせんせい》は、戸惑《とまど》いながらも、まあ、かわいらしい、どうもありがとうございます、と受《う》け取《と》る。

それからおかあさんの偉《えら》かったところは、寺内先生《てらうちせんせい》の夏《なつ》ちゃんに対《たい》する仕打《しう》ちには一切《いっさい》言及《げんきゅう》せずに、とりあえず、最近《さいきん》のあの子《こ》の様子《ようす》は心配《しんぱい》でしょうがない、親《おや》としてはどう対応《たいおう》すべきでしょう、と相談《そうだん》をもちかけたところ。

「ご経験《けいけん》の豊富《ほうふ》な先生《せんせい》のご意見《いけん》を伺《うかが》いたくて。何《なん》といっても、あの子《こ》は初《はじ》めての子《こ》どもで、私達《わたしたち》にはどうしていいのか、よくわからないのです。学校《がっこう》では、元気《げんき》でやっているのでしょうか」

「そうですねえ」

寺内先生《てらうちせんせい》は、気勢《きせい》をそがれながらも、一応用意《いちおうようい》していた夏《なっ》ちゃんの問題点《もんだいてん》をあげる。

「まあ、本当《ほんとう》にご迷惑《めいわく》をおかけしてます。あの子《こ》は昔《むかし》から、自分《じぶん》の殻《から》にこもりがちになる子《こ》で、行動《こうどう》に移《うつ》す前《まえ》に自分《じぶん》の中《なか》で対話《たいわ》しないと先《さき》に進《すす》めないようなところがあるんです。入学前《にゅうがくまえ》も、そういう性格《せいかく》が災《わざわ》いして、お友達《ともだち》に誤解《ごかい》され、いじめの対象《たいしょう》になるのではないかと、心配《しんぱい》していたのですが……」

おかあさんは、ちらっと鋭《するど》く寺内先生《てらうちせんせい》の目《め》を見《み》た。

「そういう事実《じじつ》はありません」

寺内先生《てらうちせんせい》は力《ちから》なく答《こた》えた。

そんなやりとりの最後《さいご》に、おかあさんはとうとう寺内先生《てらうちせんせい》から「知能的《ちのうてき》には問題《もんだい》のないお子《こ》さんですから、長《なが》い目《め》で見《み》て差《さ》し上《あ》げたらどうですか。その子《こ》、その子《こ》のペースがありますから」

というアドバイスを引《ひ》き出《だ》すことに成功《せいこう》した。おかあさんは、安心《あんしん》しました、どうかよろしくお願《ねが》いします、何《なに》かお気付《きづ》きの点《てん》がございましたら、すぐにお電話下《でんわくだ》さい、とお菓子《かし》のパッケージに書《か》いてあるようなことをいって、深々《ふかぶか》とおじぎをし、引《ひ》き揚《あ》げた。

「どうだった」

家《いえ》に帰《かえ》り着《つ》くと早速《さっそく》おとうさんから電話《でんわ》があった。

「まあ、そんなに悪《わる》い方《かた》じゃないと思《おも》うわ。夏子《なつこ》のペースも認《みと》めて下《くだ》さったし……」

「それはよかった。夏《なつ》はどうしてる?」

おかあさんは庭《にわ》にいる夏《なっ》ちゃんにちらりと目《め》を遣《や》った。

「今《いま》、庭《にわ》に出《で》ているわ」

「今夜《こんや》は何《なに》か、夏《なつ》の好《す》きなものでもつくってやって」

「そうね」

夏《なっ》ちゃんは桜《さくら》の木《き》の根元《ねもと》をぼんやりと見《み》ている。クリスマス・ローズがひっそりとうつむいて冬《ふゆ》の寒《さむ》さをやり過《す》ごすように咲《さ》いている。

……春《はる》ちゃん、春《はる》ちゃん、どこへ行《い》ってしまったの……

夏《なっ》ちゃんのガンダムが泣《な》いている。表情《ひょうじょう》も変《か》えずに。春《はる》ちゃんの声《こえ》はあれ以来《いらい》ぷっつりと聞《き》こえなくなった。

……春《はる》ちゃん、ここは乾《かわ》いてぴりぴりと痛《いた》い冬《ふゆ》の風《かぜ》が吹《ふ》いている……

春《はる》はあまりに遠《とお》い。でも、夏《なつ》ちゃん、泣《な》かないで。春《はる》ちゃんはきっと眠《ねむ》っている。夏《なつ》ちゃんの奥《おく》の、深《ふか》い深《ふか》い土《つち》の中《なか》で、球根《きゅうこん》になって眠《ねむ》っている。春《はる》ちゃんを信《しん》じましょう。ブランコの好《す》きだった春《はる》ちゃん。ブランデンブルク協奏曲《きょうそうきょく》の好《す》きだった春《はる》ちゃん。笑《わら》うと百合《ゆり》の花《はな》のにおいがする春《はる》ちゃん。春《はる》ちゃんはきっと目《め》を覚《さ》ます。夏《なつ》ちゃんのガンダムは、ぎこちなくかがむと、そっとクリスマス・ローズを両手《りょうて》で包《つつ》んだ。

年《とし》が明《あ》けて、寺内先生《てらうちせんせい》から年賀状《ねんがじょう》が届《とど》いた。――いっしょにいられるのもあとわずかですね。有意義《ゆうぎ》な一年《ねん》にして下《くだ》さい――と、書《か》かれていた。もちろん、有意義《ゆうぎ》にはひらがながうたれていたけれど、おとうさんは、

「小学《しょうがく》一年生《ねんせい》に、何《なに》が有意義《ゆうぎ》だよ」

と、憤慨《ふんがい》した。

「そんなふうにいわないで。くださっただけでもすごい前進《ぜんしん》よ」

おかあさんは満足《まんぞく》そうだった。それを手《て》に取《と》った夏《なつ》ちゃんには何《なん》の変化《へんか》もなかった、ように見《み》えた。

けれど、冬休《ふゆやす》み明《あ》け、おとうさんとおかあさんの危惧《きぐ》にもかかわらず、夏《なつ》ちゃんは登校《とうこう》した。もし嫌《いや》がっても無理強《むりじ》いするのはやめましょうね、とおとうさんといい交《か》わしてい

ただけにおかあさんは拍子《ひょうし》抜《ぬ》けした。

学校《がっこう》では、夏《なっ》ちゃんはいつもの通《とお》りのモビルスーツぶりだった。けれども、先生《せんせい》の対応《たいおう》は前《まえ》とは違《ちが》い、夏《なっ》ちゃんをそっとしておいてくれるようになった。寺内先生《てらうちせんせい》が、心《こころ》の中《なか》でどんなに努力《どりょく》したか、誰《だれ》かわかってくれる人《ひと》がいたらいいのに。それは尊敬《そんけい》に値《あたい》した。先生《せんせい》はご自身《じしん》の価値観《かちかん》と一生懸命《いっしょうけんめい》闘《たたか》ったのよ。夏《なっ》ちゃんに積極的《せっきょくてき》に働《はたら》きかけたわけではなかったから、それは外《そと》からは見《み》えにくい努力《どりょく》だったけれど。

それでも、夏《なっ》ちゃんの無表情《むひょうじょう》は変《か》わらなかった。おかあさんはときどき、この子《こ》は一《いっ》生《しょう》このままかしら、とあきらめかけることもあった。

二月《がつ》も半《なか》ばを過《す》ぎた頃《ころ》、思《おも》いがけず、ヨーロッパの（そのときの住所《じゅうしょ》はブリュッセルだった）斎木《さいき》さんから小包《こづつみ》が届《とど》いた。開《あ》けると中《なか》には、銀細工《ぎんざいく》の精巧《せいこう》なつくりの、美《うつく》しい百合《ゆり》の花《はな》のペンダントが入《はい》っていた。カードが添《そ》えられており、――過日《かじつ》は多量《たりょう》の球《きゅう》根《こん》を押《お》し付《つ》けてしまってごめんなさい。このペンダントを見《み》たとき、百合《ゆり》のように清《きよ》らかな夏子《なつこ》さんを思《おも》いだしました。アンティークですが、幸福《こうふく》な人々《ひとびと》の胸《むね》の上《うえ》ばかり渡《わた》ってきたものです。受《う》け取《と》ってくださったら、嬉《うれ》しいです――と、書《か》かれていた。

「まあ、なんてきれいなの。ほら、夏《なっ》ちゃんご覧《らん》なさい」

おかあさんは興奮《こうふん》してペンダントを夏《なっ》ちゃんの胸《むね》にかけた。驚《おどろ》いたことに、夏《なっ》ちゃんははっきりとこう呟《つぶや》いた。

「わたし、これ、大好《だいす》き」

そして、まだ少《すこ》しぎこちなかったけれど、嬉《うれ》しそうに微笑《ほほえ》んだ。数《すう》ヶ月《かげつ》ぶりの笑顔《えがお》だった。

おかあさんは泣《な》いた。

そのペンダントのパワーは、どこまでも長《なが》く伸《の》びる早春《そうしゅん》の光《ひかり》のように、夏《なっ》ちゃんの心《こころ》の奥《おく》の、固《かた》く石化《せっか》してしまったかのような土《つち》の奥《おく》まで射《さ》し込《こ》んだ。そして、確《たし》かに何《なに》かが目覚《めざ》めた。

……目《め》を覚《さ》ましたのは、春《はる》ちゃん？　おじいちゃん？　夏《なっ》ちゃん？　それともみんななの？

姿《すがた》は確《たし》かに春《はる》ちゃんなんだけれど、なんだか以前《いぜん》の春《はる》ちゃんと違《ちが》う。もうお話《はなし》はしない。もっとも春《はる》ちゃんが考《かんが》えることはほとんど同時《どうじ》に夏《なっ》ちゃんが考《かんが》えることのようで、もう対話《たいわ》の必要《ひつよう》がないのかも。例《れい》の化学変化《かがくへんか》の影響《えいきょう》かしら。春《はる》ちゃんは目《め》を覚《さ》ましてから、夏《なっ》ちゃんの中《なか》で少《すこ》しずつ大《おお》きくなっている。でも夏《なっ》ちゃんのモビルスーツはしつこくて、なかなか固《かた》さがとれないの。あまりあせってはだめよね。

春休《はるやす》みになり、ぎっしりと五重《ごじゅう》に庭《にわ》を囲《かこ》っていた色《いろ》とりどりのチューリップが一斉《いっせい》に咲《さ》きそろった。外《そと》と内《うち》をくっきりと隔《へだ》てた、それは見事《みごと》な美《うつく》しいボーダーになった。そのあでやかさにひかれるように、低《ひく》く切《き》られたサザンカの垣《かき》も勢《いきお》いよく芽吹《めぶ》いた。高《たか》さはまだまだ足《た》りないけれど、チューリップが枯《か》れる頃《ころ》には、以前《いぜん》よりもしっかりと密生《みっせい》した、りっぱな垣根《かきね》になるだろう。野良犬《のらいぬ》もそう簡単《かんたん》には入《はい》れなくなるだろう。

春《はる》ちゃんはだんだんと育《そだ》って、美《うつく》しい娘《むすめ》さんになっていくよう。しなやかに伸《の》びていく手足《てあし》。細《ほそ》い指《ゆび》。くるくると軽《かろ》やかな動《うご》き。夏《なっ》ちゃんの中《なか》で、嬉《うれ》しそうに笑《わら》う。夏《なっ》ちゃんの体《からだ》の中《なか》の、あちこちでシャボン玉《だま》が弾《はじ》けるように、屈託《くったく》なく笑《わら》う。ああ、なんていい気持《きも》ちなの。夏《なっ》ちゃんのガンダムも、少《すこ》し緩《ゆる》んで微笑《ほほえ》む。以前《いぜん》の春《はる》ちゃんはもっと弱々《よわよわ》しかった。ときどき夏《なっ》ちゃんは自分《じぶん》がガンダムから遠《とお》く離《はな》れて今《いま》の春《はる》ちゃんそのものになったような気《き》がするの。

春《はる》ちゃんが大《おお》きくなるたびに、モビルスーツの頑強《がんきょう》な厚《あつ》い装甲材《そうこうざい》が、ピチン、ピチンと弾《はじ》けていく。モビルスーツはどんどん薄《うす》くなる。春《はる》ちゃん、そんなに大《おお》きくなると、じきに夏《なっ》ちゃんに追《お》いついちゃうわ。もう、私《わたし》にもどっちがどっちだかわからない。

二年生《ねんせい》になってから、夏《なっ》ちゃんがみるみる明《あか》るくなっていくようで、おかあさんは嬉《うれ》しい。冴子《さえこ》さんは電話《でんわ》で、

「子育《こそだ》てなんてそんなものよ。いつかなんとかなるって信《しん》じなきゃ、やってられないわ。でも脅《おど》かすようだけど一難《いちなん》去《さ》ってまた一難《いちなん》よ。友彦《ともひこ》も、中卒《ちゅうそつ》で大工《だいく》になるってがんばっていたけれど、ビルを設計《せっけい》するためには、大学《だいがく》に行《い》った方《ほう》がいいかなあ、なんていってるわ。いつまでも、ハラハラドキドキ」

と笑《わら》った。

すがすがしく晴《は》れ渡《わた》った日《ひ》の朝早《あさはや》く、今年一番《ことしいちばん》のほととぎすが高《たか》らかに「てっぺんかけたか」とうたった。

ピチンと、モビルスーツの最後《さいご》の薄《うす》い膜《まく》が弾《はじ》け散《ち》る音《おと》がした。いつのまにか春《はる》は夏《なつ》になった。今年一番《ことしいちばん》の燕《つばめ》が、窓《まど》の外《そと》でくるりと円《えん》を描《えが》き、いよいよ本当《ほんとう》の夏《なつ》が始《はじ》まるよ、といっているみたい。

甘《あま》い、みずみずしい予感《よかん》と共《とも》に、夏《なっ》ちゃんは目《め》を覚《さ》ました。

解説

きのうからあしたへ——読者とともに歩む物語

児童文学評論家《じどうぶんがくひょうろんか》　井上征剛《いのうえせいごう》

この本のテーマである「きのうまでにさよなら」という言葉からは、学んだり試練《しれん》を乗りこえたりして未熟《みじゅく》な自分から成長《せいちょう》する、という変化《へんか》をイメージする人が多いかもしれません。けれどもこの言葉には、もうひとつの意味がふくまれています。自分が感じる生きにくさやもやもやした気分を受け止めたうえで、自分なりにそんな気分とつき合えるようになる——この本には、最近《さいきん》多くの児童《じどう》文学作家たちに共有《きょうゆう》されるようになってきた、そんな「きのう」から「あした」への歩みについての考え方にもとづいて書かれた物語が集められています。はっきりとは分からないけれど、何かがうまくいっていない、という思いを抱《いだ》く若《わか》い人々にどんな物語を手渡《てわた》せるか、という課題《かだい》に多くの作家たちが取り組んできた成果《せいか》が、この一冊《さつ》なのです。

川島《かわしま》えつこ「ながれ星」は、主人公あいの、大好《だいす》きなおばあちゃんとの別《わか》れをテーマとする物語『花火とおはじき』（ポプラ社、二〇〇八年、第四十二回日本児童文学者協会新人賞《にほんじどうぶんがくしゃきょうかいしんじんしょう》）の、最初《さいしょ》の章です。あいは、おばあちゃんのお通夜が営《いとな》まれている晩《ばん》に、不思議《ふしぎ》な女の人に連《つ》れ出されて、それまでとはちがうお祭りの夜を過《す》ごします。この一晩《ひとばん》の小さな旅の中であいは、「心をこめてねがう」ことの意味について、また、おばあちゃんをふくめた、まわりの人たちと自分との関係《かんけい》について、新しい見方ができるようになります。おばあちゃんに強い愛情《あいじょう》を抱《いだ》いているだけでなく、人が死ぬということへの、どきりとする冷静《れいせい》な視点《してん》をときどき見せるのも、この作品のおもしろいところです（たとえば、あいが木魚やお経《きょう》について考えごとをする場面）。一晩の経験《けいけん》へとあいをみちびくのが若《わか》い女の人であることもまた、この作品が、単《たん》に大好《だいす》きな人との別《わか》れを惜《お》しむ物語から一歩踏《ふ》み出して、何を伝《つた》えようとしているのかを読み取る手がかりになっています。

　錦織友子《にしきおりともこ》「ねこかぶりデイズ」（小峰書店《こみねしょてん》、一九九七年、第三十一回日本児童文学者協会新人賞《にほんじどうぶんがくしゃきょうかいしんじんしょう》）の主人公菜々《なな》は、「自分らしさ」を捨《す》てることで「きのうまでにさよなら」しようとします。自分の本音とまわりの人たちの言うことがずれているとき、まわりに合わせる、あるいは世の中のあり方を受け入れるべきだと考える人は少なくありません。菜々もまた、周囲《しゅうい》に合わせて要領《ようりょう》よく生きようとしはじめるのですが、まさにそのために、逆《ぎゃく》に追《お》いつめられていきます（こんな菜々の葛藤《かっとう》が教育の場とされる学校で展開《てんかい》されることからも、作者の問題意識《いしき》を感じ取ることができます）。この物語の最後《さいご》で菜々は、「自分らしさ」を取りもどします。ここだけ見るといったん「さよなら」した「きのう」にもどっているかのようですが、実際《じっさい》には彼女《かのじょ》は別《べつ》の意味で「きのうまでにさよなら」しています。物語の最初《さいしょ》と最後では、彼女が世の中に向き合おうとするにあたっての考え方が変《か》わっているのです。新しい自分になることのしるしは、行動や見た目とはちがうところにたしかに現《あらわ》れるのだ、ということを考えながら登場人物を眺《なが》めてみるおもしろさも、この作品にはあります。

　大島真寿美《おおしまますみ》「人間のカタチのスイッチ」は、アリサが風変《ふうが》わりな同級生の男の子ニシダくんとすごす日々を描《えが》く短編集《たんぺんしゅう》『空はきんいろ——フレンズ——』（偕成社《かいせいしゃ》、二〇〇四年）の最初《さいしょ》の物語です。作者の大島さんは、「春の手品師《てじなし》」（『ふじこさん』講談社所収《こうだんしゃしょしゅう》、二〇〇七年）で一九九二年、第七十四回文學界新人賞《ぶんがくかいしんじんしょう》を受賞し、その後も、『ピエタ』（ポプラ社、二〇一一年）など、大人向けの作品でも活躍《かつやく》しています。この作品では、細かく書きこまない、さっぱりした文章で、アリサが自分の暮《く》らす世界になじめず、苦労《くろう》している様子が描き出されています。たとえば、工事現場《げんば》の穴《あな》をめぐるアリサと両親のかみあわない会話を読むと、彼女《かのじょ》が最《もっと》も近くにいる家族とも理解《りかい》しあえていないことが分かります。けれども、まわりに合わせることなく気になったものをひとり観察《かんさつ》しつづけるアリサのライフスタイルは、彼女を「なんかよくわかんないから気になってしかたがない」ニシダくんとの出会いへとみちびきます。そして彼女の世界は、「なんかよくわかんない」ものを、自分なりに決着がつくまで見つづけていたいという気分を部分《ぶぶん》的《てき》にニシダくんと共有《きょうゆう》することで、ひとまわり広がっていきます。この物語を読むうえでは、アリサとニシダくんが「来年がこないかもしれない」という漠然《ばくぜん》とした恐怖《きょうふ》をずっと抱《かか》えていることにも、注目してみるとよいでしょう。

安東《あんどう》みきえ「ひとしずくの海」は、第十一回椋鳩十《むくはとじゅう》児童文学賞《じどうぶんがくしょう》を受賞した短編集『天のシーソー』（理論社《りろんしゃ》、二〇〇〇年）の最初の一編です。主人公ミオは、母や妹とうまく行かず、「うんざりする」毎日を過《す》ごしています。そんな彼女は、年上の友だちサチエにみちびかれて、それまで「うんざり」するものと思っていたふだんの風景《ふうけい》が、全くちがう意味を持ち始める体験《たいけん》をします。『天のシーソー』では、どのエピソードでもこのような、世界の見え方が変《か》わる瞬間《しゅんかん》がとらえられています。「ひとしずくの海」では、親やきょうだい、そして自分の家が不愉快《ふゆかい》に感じられてしかたがないという、若《わか》い人々にとって身近な問題が扱《あつか》われています。このとき、いっしょに歩いていく、少しだけ人生経験《けいけん》の長い仲間《なかま》がいることが、ミオの「きのうまでにさよなら」する歩みの支《ささ》えとなります。けれどもその仲間《なかま》（ここではサチエ）もまた、しばしば足元がかしぐような気持ちになりながらさまよい、自分にとってのよりよい世界を探《さが》していることを、ミオは知ります。自分自身がさまよいつつも、ほかの人の支えになってともに歩もうとするサチエの姿《すがた》は、作家自身の感覚《かんかく》を反映《はんえい》しているのかもしれません。

梨木香歩《なしきかほ》「夏の朝」（「飛《と》ぶ教室《きょうしつ》」一九九四年春号　光村図書出版《みつむらとしょしゅっぱん》）は、球根の好《す》きな女の子夏ちゃんが、百合のつぼみの中から現《あらわ》れた女の子、「春ちゃん」といっしょに成長《せいちょう》する物語です。成長するとは、世の中に合わせてうまく生きられるようになること――ここでも私《わたし》たちは、この考え方が主人公とまわりの人々をしばるさまを目にします。ただ春ちゃんと楽しく過《す》ごしていたはずの夏ちゃんの毎日は、いつの間にか、自分たちの身を守るためのものに変《か》わってしまいます。それでは、夏ちゃんの心の声は、誰《だれ》にどのようにして届《とど》くのか。そして、彼女《かのじょ》のまわりにいる人たちは、どのようにして「きのうまでにさよなら」して、世の中との新しい向き合い方へと踏《ふ》み出して行くのか。物語の主な舞台《ぶたい》が、庭という、家と外の世界をつなぐ空間であることも、この作品を読み解《と》く大きな手がかりです。梨木さんは、『西の魔《ま》女《じょ》が死んだ』（楡《にれ》出版、一九九四年、第二十八回日本児童文学者協会新人賞《にほんじどうぶんがくしゃきょうかいしんじんしょう》）や『裏庭《うらにわ》』（理論社、一九九六年、第一回児童《じどう》文学《ぶんがく》ファンタジー大賞《たいしょう》）など、庭を舞台に非現実《ひげんじつ》と現実の境目《さかいめ》をゆく少女の物語を数多く書いています。梨木さん以外《いがい》にも、社会やほかの人たちとの関係《かんけい》をうまく結《むす》べない子どもたちを描《えが》く場として、庭や植物を取り上げている作品は数多くありますので、ぜひいろいろ読んでみてください。

これら五つの作品は、現在《げんざい》の子どもたちを教えみちびくのではなく、彼《かれ》らが感じる生きにくさをある程度《ていど》共有《きょうゆう》し、いっしょに右往左往《うおうさおう》しながら、このもやもやさせられる世の中といかに向き合うかを探《さぐ》りたい、という考え方を基盤《きばん》においている点で共通《きょうつう》しています。物語における主人公の到達点《とうたつてん》が、ほかちの人々に認《みと》められたり、社会的《しゃかいてき》な評価《ひょうか》を与《あた》えられたりするのではなく、自分なりの世界の眺《なが》め方《かた》を手に入れるところにある、という点もこれらの作品が示《しめ》す考え方の特徴《とくちょう》です。読むと生きにくさが一気に解決《かいけつ》、といったマニュアルを与えてくれるわけではありませんが、これらの物語は、自分自身の考え方や感じ方にもとづいて世界を歩きつづける旅の、よい道連《みちづ》れとなることでしょう。

川島えつこ　かわしま・えつこ

一九七〇年、群馬県に生まれる。二〇〇二年「十一月のへび」で第十九回小さな童話大賞、二〇〇九年『花火とおはじき』（ポプラ社）で第四十二回日本児童文学者協会新人賞受賞。作品に『星のこども』『わたしのプリン』『まんまるきつね』（以上、ポプラ社）などがある。群馬県在住。

錦織友子　にしきおり・ともこ

一九七一年、神奈川県で生まれる。一九九八年『ねこかぶりデイズ』（小峰書店）で第三十一回日本児童文学者協会新人賞受賞。神奈川県在住。

大島真寿美　おおしま・ますみ

一九六二年、愛知県で生まれる。一九九二年「春の手品師」で第七十四回文學界新人賞受賞。作品に『ピエタ』『空はきんいろ』『ぼくらのバス』『ちなつのハワイ』（以上、ポプラ社）、『すりばちの底にあるというボタン』（講談社）、『青いリボン』（理論社）、『宙の家』『モモコとうさぎ』（角川書店）、『ビターシュガー』（小学館）、『あなたの本当の人生は』（文藝春秋）などがある。愛知県在住。

安東みきえ　あんどう・みきえ

山梨県で生まれる。一九九四年「ふゆのひだまり」で第十一回小さな童話大賞大賞、「いただきます」で同賞今江祥智賞、二〇〇一年『天のシーソー』で第十一回椋鳩十児童文学賞受賞。作品に『頭のうちどころが悪かった熊の話』『ワンス・アホな・タイム』（ともに理論社）、『夕暮れのマグノリア』『満月の娘たち』（ともに講談社）、『星につたえて』（アリス館）、『呼んでみただけ』（新潮社）などがある。東京都在住。

梨木香歩　なしき・かほ

一九五九年、鹿児島県で生まれる。一九九五年『西の魔女が死んだ』（楡出版）で第二十八回日本児童文学者協会新人賞、第十三回新美南吉児童文学賞、第四十四回小学館文学賞、『裏庭』（理論社）で第一回児童文学ファンタジー大賞、二〇〇六年『沼地のある森を抜けて』（新潮社）で第十六回紫式部文学賞、二〇一〇年『渡りの足跡』（新潮社）で第六十二回読売文学賞随筆・紀行賞を受賞。作品に『岸辺のヤービ』（福音館書店）、『僕は、そして僕たちはどう生きるか』（岩波書店）などがある。東京都在住。

日本児童文学者協会創立七十周年記念出版

「児童文学　10の冒険」刊行に寄せて

児童文学というジャンルは、大人の作者が子どもの読者に向けて語る、というところに特徴があります。そのため、時に押しつけがましく語り過ぎたり、時に大人の側の独りよがりになってしまったりするようなことも、なしとはしません。ただ、そこに児童文学を書くことの難しさやおもしろさもあり、わたしたちは読者である子どもたちと、そして自身の中にある「子ども」とも心の中で対話しながら、さまざまな作品を書き続けてきました。

このシリーズは、児童文学の作家団体である日本児童文学者協会が創立七十周年を迎えたことを記念して企画されました。先に創立五十周年記念出版として刊行された『『心』の子ども文学館』（全二十四巻、日本図書センター刊）に続くものです。協会が創立されたのは太平洋戦争敗戦後まもない一九四六年のことで、その時代とはもとより、『心』の子ども文学館」が刊行された二十年前に比べても、大人と子どもとの関係は大きな変化を見せ、児童文学もさまざまに変貌しています。

主に一九九〇年代以降の、日本児童文学者協会の文学賞（協会賞・新人賞）の受賞作品や受賞作家の作品、そして同時代の他の文学賞の受賞作家の作品、長編と短編を組み合わせて一巻ずつを構成したこのシリーズを、わたしたちは、「児童文学　10の冒険」と名づけました。「希望」が語られにくい今の時代の中で、大人と子どもがどのようにことばを通い合わせていくことができるのか。それはまさに「冒険」の名に値する仕事だと感じているからです。

今子ども時代を生きている読者はもちろん、かつて子どもであった人たちも、本シリーズに収録された作品たちを手掛かりに、それぞれの冒険の旅に足を踏み出せるよう願っています。

日本児童文学者協会「児童文学　10の冒険」編集委員会

出典一覧

川島えつこ『花火とおはじき』（ポプラ社）
錦織友子『ねこかぶりデイズ』（小峰書店）
大島真寿美『空はきんいろ―フレンズ―』（ポプラ文庫ピュアフル）
安東みきえ『天のシーソー』（ポプラ文庫ピュアフル）
梨木香歩『丹生都比売　梨木香歩作品集』（新潮社）

「児童文学 10の冒険」編集委員会
津久井 惠・藤田のぼる・宮川健郎・偕成社編集部
装 画……牧野千穂
造 本……矢野のり子（島津デザイン事務所）

児童文学　10の冒険

きのうまでにさよなら

発行　二〇一八年十二月　初版一刷

編者　日本児童文学者協会
発行者　今村正樹
発行所　株式会社偕成社
〒一六二－八四五〇　東京都新宿区市谷砂土原町三－五
電話〇三－三二六〇－三二二一（販売部）
〇三－三二六〇－三二二九（編集部）
http://www.kaiseisha.co.jp/

印刷　三美印刷株式会社
製本　株式会社常川製本

NDC913　292p.　22cm　ISBN978-4-03-539800-4

乱丁本・落丁本はおとりかえいたします。
本のご注文は電話・ファックスまたはEメールでお受けしています。
電話〇三－三二六〇－三二二一　ファックス〇三－三二六〇－三二二二
e-mail : sales@kaiseisha.co.jp

Time Story
タイムストーリー
全10巻

時間をめぐるお話を各巻5話収録

- 5分間の物語
- 1時間の物語
- 1日の物語
- 3日間の物語
- 1週間の物語
- 5分間だけの彼氏
- おいしい1時間
- 消えた1日をさがして
- 3日で咲く花
- 1週間後にオレをふってください

©磯 良一

日本児童文学者協会 編

むかしもいまもおもしろい

古典から生まれた新しい物語

全5巻

日本児童文学者協会・編

〈恋の話〉迷宮《めいきゅう》の王子　スカイエマ・絵

〈冒険の話〉墓場《はかば》の目撃者《もくげきしゃ》　黒須高嶺・絵

〈おもしろい話〉耳あり呆一《ほういち》　山本重也・絵

〈こわい話〉第三の子ども　浅賀行雄・絵

〈ふしぎな話〉迷《まよ》い家《が》　平尾直子・絵

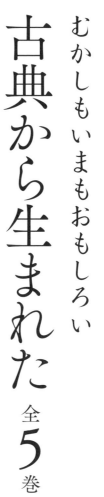

日本児童文学者協会70周年企画

児童文学 10の冒険

編＝日本児童文学者協会

1990年代以降の作品のなかから、文学賞受賞作品や受賞作家の作品、
その時代を反映したものをテーマ別に収録した児童文学のアンソロジー。
各巻を構成するテーマや、それぞれの作家、作品の特色などについて
読者の理解が深まるよう、各巻に解説をつけました。
対象年齢を問わず、子どもから大人まで、すべての人に読んでほしいシリーズです。

©牧野千穂

子どものなかの大人、大人のなかの子ども

第1期 全5巻

明日をさがして
旅立ちの日
家族のゆきさき
不思議に会いたい
自分からのぬけ道

第2期 全5巻

迷い道へようこそ
友だちになる理由
ここから続く道
なぞの扉をひらく
きのうまでにさよなら

平均270ページ、総ルビ、A5判、ハードカバー